Antoine Rault

Je veux que tu m'aimes

ROMAN

Albin Michel

1

Marlène est la personne que j'admire le plus au monde. Dabord elle et belle. On a envi de l'aimer dé qu'on la voit avec ses petites mains, ses petits pieds si fin, elle fait du 35, elle dit quelle a des pied de chinoise mais elle n'ai pas petite même si elle n'est pas très grande. Je trouve qu'elle et parfaite de cors, de tête. Elle a un beau visage oval régulier, deux yeux maron vert, dès lèvres fine comme dès elles d'oiseaux, un nez un peu en trompette mais pas trop, juste bien, des mèches chatin qui tombe quelquefois sur le front et les joux. La seul chose sait qu'elle ai souvent fatigé, je lui dit que ces parcequ'elle fume baucoup et que ces mauvais pour sa santé, elle me répont qu'elle fait ce qu'elle veux de sa vie parce qu'elle a le sens de la réponse et que je ferai mieu d'avoir des bonnes note. Elle est très exigeante avec moi parceque elle ~~même~~ m'aime même quand elle me dit qu'elle en a marre de moi.

Souvent, dans la rue, je compare et on ne peut pas comparé, Marlène est sans comparaison. Je sais quelle voudrait ressembler au mannequin top model des magazines parce qu'elle en achète mais si ces femmes la sont belles selon les criter, elles ont la beauté glacé, grande avec des grandes jambes longue comme des girafes et en plus elles on des talons haut et ça fait que leurs jambe ont l'air encor plus longue et fine et ~~vacyante~~ vassillante comme des pattes de girafe. Elles ne mangent que de la salade, des légumes, des carotes rapé, des tomates en rondelles et dans ses magazines justement il ni a que des recettes de salade et des crèmes pour ~~mégrir~~ maigrir et des truc pour épanouir votre sexualité, alors ses femmes ne mangent rien et leur robe tombe toute droite sur leur long corp, on voit les os de leur torax et surtout leur long coup comme les girafes et leurs grands yeux ~~écarquié~~ équarquillés aussi comme les girafes et très maquiller avec des ciles comme des dans de pègne, des lèvres gonfler par la chirurgie ~~estétic~~ esthétique et la peau toujour bronzé sauf les noirs qui le sont déja naturellement et même plus quand elles sont chocolat. Les manequins, ceux sont des femmes qui n'existe pas, on n'en voit jamais dans la rue, elles sont toujours presque nus, la peau toujours bronzé et elles ont toute les yeux bleu et personne ne s'habille comme ça. Je pense que ce qui fait rêver les femmes dans les magazine sait que tout et beau et propre et bien rangé, le ciel toujour bleu, la mer bleu, le soleil derrière les ridaux ~~blans~~ blanc des chambres ou les lits font 2 m de large avec des draps blanc. La top model est la sur le lit en train de boire un coctelle glacé de fruit exotic qui a l'air meilleur que les 7 fruit saveur exotic à teneur garantie en vitamine qu'on achète chez Shopi. Marlène raconte quelle a était dans des paradis comme ça. J'aimerai qu'on y aïe ensemble aussi mais ça doit être trop cher ! J'aimerai lui ofrir tout ce qu'il y a de plus beau et une villa avec terasse comme dans le magazine au dessus d'une mer ou d'un lac bleu ou elle serai comme une reine car elle le mérite et qu'en je la regarde, je trouve qu'elle a vraiment l'air d'une reine. Ce qui m'ennuie trop sait qu'elle regarde aussi les hommes top model dans les magazines et les sportifs et les stars qui sont toujour grand, musclé et bronzé eux aussi, en tous cas ce qui pose en maillot de bain. Elle dit qu'ils sont sexy, cracan, et je suis jalou quand je les vois avec leur sourire sur deux et dominateur et je me demande quand je vais faire ma croissance. Marlène dit que pour 13 ans je suis petit mais je sais que mon père n'été pas grand et qu'il ne faut pas que je rêve trop même si les enfants de maintenant son plus grand que leur parent avec tous les jus, les laits, les cereals qui boivent, ce n'est pas sistématique. Sur ma courbe de croissance dans mon carnet de santé, je devrai faire environ 1 m 75 ce qui et dans la moyenne mes très loin des 1 m 85, 1 m 90 des imbéciles qui font réver Marlène.

À force de voir des grands elle se trouve trop petite avec des hanche tros large et des siens trop petis mes non ! Elle dis que ces quen elle a eu Sophie qu'ils été bien parcequ'ils était plus rons. Moi je trouve qu'elle et juste bien. Elle dit quelle est une fosse maigre, ces mieu que d'être une vrai grosse et ces mieu que d'être toute maigre avec des alumettes a la place des jambes. Y en a on ne dirai plus des femmes mais des petite filles : voila ce qui arrive qu'en on et tellement obcédé par ses top model et qu'on ne mange plus que des boites pour maigrir en pharmacie et de la salade.

Marlène est toujour élégante et elle s'est s'habillée quand elle sort le soir en robe avec ces chaussures noir, elle est grassieuse et légère comme une dansseuse. Elle a du gout, elle et artiste, elle s'est aprécié la music, les ~~tablots~~ tableaus et Michel son coiffeur dit quelle est belle comme une madone. Si j'été peintre, je la peindrai. L'année dernière on était aller au Louvre avec la classe. Franchemment, la joconde est beaucoup moin bien.

J'aurai encore beaucoup de chose à dire mais je n'ai plus le temp.

Je l'admire aussi parcequ'elle et cultivé, elle a beaucoup voyagé. Et elle a du courage après le malheur quelle a eu. Elle n'a pas une vie facile et je voudrais la rendre heureuse.

On a dû faire une rédaction-surprise pour voir un peu notre niveau. C'est ce qu'elle a dit, Mme Bijouty. Notre niveau en orthographe et en expression écrite. Elle est toute large et gonflée avec un ventre rond, elle ressemble à une poule, surtout quand elle marche sur l'estrade avec ses gros seins comme des ballons de rugby. Pour la première rédac de l'année, elle a choisi un sujet « où tout le monde aura quelque chose à dire ». Et c'est vrai que moi, j'ai eu quelque chose à dire, je n'ai même pas pu tout dire, je n'avais pas assez de temps, j'ai tellement de choses... Elle m'inspire ! Alors que d'habitude je trouve les sujets ennuyeux. Le sujet, c'était : « Décrivez quelqu'un que vous admirez particulièrement. » Mme Bijouty a dit : « On a tous quelqu'un qu'on admire, n'est-ce pas ? » Thomas a choisi Spiderman et Maxime Zinedine Zidane mais la plupart ont choisi quelqu'un qu'ils connaissent personnellement : les filles, leur père, enfin, souvent, les garçons, leur père aussi, enfin, il y a aussi eu des mères, je crois, des grands-mères, un grand-père, un prof de natation, un chien, un grand frère... C'était assez varié quand même. JB comme toujours s'est fait remarquer. « Et si on n'admire personne ? » Mme Bijouty, qui a l'humour sans rire lui a répondu : « Alors, décrivez-vous vous-même. » (Elle est la seule prof à dire vous quand elle s'adresse à nous.)

D'abord, j'ai pensé que j'allais parler de mon père. Mais comme il est mort, je me suis dit que ça allait faire bizarre. Mme Bijouty allait sûrement s'imaginer que j'ai des problèmes, tout ça parce qu'il est mort. Les vieux voient toujours des problèmes partout et tout se perd et c'était mieux avant !... Et les jeunes aujourd'hui, c'est une catastrophe, ils n'ont plus de repères. Moi, j'ai une date, un repère, enfin environ : mon père, j'avais trois ans quand il est mort. À trois ans, on est trop petit, alors forcément, je n'ai pas de souvenir personnel. Il y a sa photo sur l'étagère mais quand je ne l'ai pas devant les yeux, j'ai du mal à voir son visage ; et sa voix, alors !... Quelquefois, je rêve de lui, il a une voix grave mais je ne sais pas si c'était sa voix et même s'il m'a parlé quand j'étais dans le ventre de ma mère ou après quand je suis né – on dit que les bébés se souviennent de tout – moi, j'ai tout oublié. Ah ! si : son odeur. Je ne sais pas pourquoi, c'est mon seul souvenir. Il puait de la gueule à cause de la clope et du vin. Les hommes souvent ne sentent pas bon même quand ils s'arrosent de parfum, c'est encore pire, on leur serre la main et on a la main qui schlingue après, toute la journée ; c'est souvent à partir de cinquante ans, j'ai remarqué, qu'ils forcent la dose pour masquer l'odeur de vieux beurre de leur peau. Mon père n'était pas vieux mais il avait déjà cette odeur de peau et cette haleine que j'ai senties souvent sur d'autres hommes. Un mélange de transpiration, de déo, d'après-rasage et d'haleine de chacal comme dit Marlène. Elle dit qu'il suçait des pastilles à la menthe sans sucre pour avoir une haleine de dentifrice et qu'il faisait : « Fraîcheur de vivre, ha ! ha ! » en me soufflant sur le visage mais au bout d'une demi-heure, on ne sentait plus l'effet bénéfique. J'espère que je ne puerai pas autant plus tard mais il y a des risques, c'était mon père. C'est fou ce que les hommes sentent vite mauvais même quand ils se lavent. C'est pour ça qu'on vend tellement de produits dans les supérettes. Chez Shopi, plus on se rapproche des caisses, plus il y a des produits contre les odeurs : les pschit pour les chiottes, les savons, les dentifrices, les déos, les crèmes, les parfums et, enfin, juste devant les caisses, des tas de chewing-gums et de pastilles extra-fresh à la menthe. C'est bien la preuve qu'on ne sait plus quoi inventer pour cacher qu'on pue. Mais je parle surtout des hommes. Les femmes sentent meilleur en général. Marlène, elle sent toujours bon, tu peux me croire. Sa peau a une odeur de fleur, de crème de fleur, et tous les parfums qu'elle se met sentent bon sur elle.

J'imagine la réaction de Mme Bijouty si j'avais écrit que mon seul souvenir personnel de la personne que j'admire le plus, c'était qu'il puait de la gueule.

Évidemment, j'aurais pu raconter ce qu'il a fait dans sa vie, ce que Marlène nous a dit, son caractère, ses qualités. J'avais déjà la première phrase : « Mon père était un homme d'exception comme le général de Gaulle » parce que j'ai lu qu'il l'était et c'est un mot qui veut dire que c'était quelqu'un de très important, « un homme d'exception ». J'espère que moi aussi je deviendrai un homme d'exception malgré que Marlène dit que c'est mal parti quand on voit mes résultats scolaires. Mon père, lui, c'était un génie, sûrement, même à l'école, même à treize ans… mais après tout, on ne sait pas, Marlène n'était pas avec lui à l'époque, moi non plus. Le proviseur a dit quand il nous a accueillis à la rentrée dans le réfectoire que la quatrième est une classe difficile où les élèves ont du mal à se concentrer mais qu'il ne faut pas se décourager parce que Einstein a été nul jusqu'en seconde. « Comme quoi, il a dit aux parents qui étaient là, tous les espoirs sont permis. » Il a eu le sourire d'un qui se croit très drôle alors il y a des parents qui ont ri pour lui faire plaisir mais franchement, cet humour à la moi, c'est nul, on n'a même pas commencé l'année et il est déjà sûr qu'on va se planter, vachement encourageant !

Je pense souvent à mon père mais il y a des trous dans ma mémoire et je ne sais pas quel âge j'avais dans mes souvenirs, sauf qu'en tout cas, il n'y était pas. Donc, il était déjà mort. Bien sûr, il reste les photos de notre vie mais ça ne fait pas tellement et je me dis qu'il faudrait en prendre toujours beaucoup (on n'y pense pas sur le moment) parce que après, on n'a plus que ça et c'est bien peu pour se souvenir. On voit Sophie et Marlène et moi. Marlène les a rangées en vrac au fond du tiroir de son secrétaire. Je les regarde en cachette avec Sophie parce qu'elle s'énerve si je fouille dans ses affaires. Elle n'a fait que deux albums : celui de la naissance de Sophie et celui d'un voyage dans les îles avec mon père. Elle a perdu l'album de ma naissance mais heureusement Mamoune, mon arrière-grand-mère, a cinq photos, oui, juste cinq, de moi bébé. Elle m'en a donné une très jolie où je suis dans les bras de Marlène en train de dormir, on dirait que je souris, c'est le sourire de l'ange des nourrissons quand ils ont bien tété. Dans l'album de Sophie, on me voit aussi. J'ai trois ans, je la regarde qui dort dans son berceau. Mais l'album que je préfère, c'est le voyage dans les îles parce que Marlène est belle, si belle sur les photos ! Il y a surtout des photos d'elle. C'est normal, c'est lui qui les prenait, c'était son métier. Il y en a où elle est toute nue sur une plage, c'est les plus belles. C'est un grand photographe. Il était reporter de guerre, enfin, jusqu'à ce qu'ils se rencontrent parce que après, Marlène ne voulait plus qu'il parte, elle avait peur. Et finalement, c'est bête parce qu'il est mort à Paris, à scooter.

Il est allé dans le désert, dans la jungle et partout en Afrique mais c'est pas lui qui m'a raconté, j'étais trop petit. J'aurais pu inventer ses exploits mais Mme Bijouty a bien insisté pour qu'on donne son point de vue personnel et qu'on soit sincère dans notre rédaction, et on ne peut pas déjà avoir un point de vue personnel sur son père à même pas trois ans !

La seule chose vraiment personnelle que j'aurais pu écrire, en plus de l'odeur, c'est que j'aimerais lui ressembler parce qu'il a rendu Marlène tellement heureuse et qu'il lui a offert une vie de rêve, elle nous l'a dit souvent, des voyages de rêve, des hôtels de rêve, un palace de rêve sur un lac italien, celui dont elle parle toujours avec du marbre partout et une terrasse de rêve, immense, sublime, où on bronze sur des transats, sur des matelas épais comme ça, au-dessus des eaux bleues et vertes du lac et les montagnes derrière que le soleil du soir enflamme au crépuscule (j'aimerais parler aussi bien qu'elle plus tard), et le serveur tout en noir et très stylé sert les cocktails dans des coupes glacées en cristal qui étincellent aussi dans le soleil couchant. Ah ! la lumière en septembre sur les lacs italiens ! la fin de l'été !... je n'imagine pas. À chaque fois, elle a les larmes aux yeux quand elle nous raconte. J'ai trouvé dans un magazine une publicité exactement pareille : terrasse, soleil rouge, coupes de champagne qui brillent dans les mains d'un couple d'amoureux tout en blanc, tout heureux. « En septembre, faites durer l'été sur le lac Majeur. » J'ai découpé cette page parce qu'il n'y a pas de photos d'eux là-bas. Mon père s'est fait voler ses appareils au retour dans le train et Marlène en était malade. J'ai acheté un cadre pour mon image découpée et je l'ai offerte à Marlène pour son anniversaire. Elle l'a regardée, elle a dit « Là où on était, c'était mille fois mieux, mille fois plus beau », elle ne l'a pas accrochée au mur, je l'ai retrouvée sous des magazines. Je lui ai demandé comment mon père s'était fait voler, elle m'a dit qu'il y a la mafia qui vous endort avec un gaz dans les trains italiens et alors, ils vous prennent tout et vous ne vous apercevez de rien parce que vous dormez. « Le plus beau voyage de ma vie et il ne reste rien ! » J'aurais voulu voir sa tête au plus beau moment de sa vie, ses yeux, ses joues, son menton, ses lèvres. On peut voir combien une personne a de la joie en observant son visage, des yeux jusqu'au menton. Si c'est détendu au coin des lèvres et dans le bas du menton, si les joues sont gonflées et qu'on dirait qu'elles brillent comme les yeux, alors c'est qu'elle nage de bonheur. À la maison, c'est le contraire et aussi quand elle voit des gens. Même quand elle sourit ou quand elle rit, je sens que c'est comme un masque. Elle fait comme si elle est gaie mais derrière rien ne va plus. Je vois son menton tendu, ses lèvres et ses joues qui sourient trop fort et surtout ses yeux, surtout sur les photos quand j'en prends avec l'appareil qu'on nous a offert parce que je les regarde de près, je grossis des détails sur l'écran et je remarque qu'elle a les yeux… préoccupés… Oui. Alors que sur toutes les photos de mon père elle rayonne ! Pourquoi elle ne rayonne plus ? Ça m'arrive d'être jaloux. Moi, cette Marlène, je ne l'ai jamais connue. Elle dit qu'il était drôle et fantastiquement séduisant, il savait parler aux femmes, surtout les écouter, ça doit être pour ça, il était intelligent, bon, généreux, on pouvait compter sur lui, il n'élevait jamais la voix, il chantait faux mais c'était si attendrissant, il aimait Mozart et les Beatles. Marlène a le DVD de *Love Story* où sur la pochette il y a écrit : « Elle aimait Mozart et les Beatles. » La même chose et c'est l'histoire d'un grand amour, sauf que dans le film, c'est elle qui meurt et lui qui reste. Je pense que c'est pour ça que Marlène l'a acheté. J'ai regardé le début, j'ai arrêté, c'est trop lent, ils passent leur temps à se raconter des trucs débiles et la fille rit et lui aussi comme un niais. Je sais que c'est triste et qu'elle meurt à la fin, c'est écrit dessus : « Le film qui a fait pleurer des millions de spectateurs. » Ils ne le disent pas mais je suis sûr que c'est surtout des femmes. Les femmes adorent les histoires d'amour qui font pleurer. Parfois, je me demande si ce n'est pas pour ça que Marlène aime raconter son histoire avec mon père, juste pour le plaisir de se souvenir et de pleurer, parce que ça fait du bien, les larmes. Moi, le soir, avant de m'endormir, souvent, je l'imagine qui se penche au-dessus de mon lit. Elle me sourit, elle a les yeux et les joues brillants comme sur ses photos de bonheur. Elle pose une main toute légère sur ma joue et on dirait une plume et ça me caresse. Je ris, de joie : « Tu me chatouilles. » (Je pense « Maman me chatouille, ma maman... », même si en vrai, elle a toujours voulu qu'on l'appelle Marlène.) Elle se penche vers moi et elle m'embrasse. « Dors bien, mon chéri, fais de beaux rêves. » Alors, je ferme les yeux, je sens des larmes qui coulent comme de l'eau tiède sur mes tempes, dans mes cheveux, dans le creux de mes oreilles et je m'endors en me sentant beaucoup mieux. C'est de l'émotion quand on pleure mais c'est de la douceur aussi.

Marlène, elle nous raconte leur vie à Paris. Ils sortaient tout le temps. Je ne sais pas qui me gardait parce que j'étais un bébé. Elle dit qu'ils étaient invités à des fêtes chez des ministres, des gens célèbres parce que mon père était un grand photographe, il a même eu une expo de ses photos de guerre dans une galerie. Et même une fois ils ont dîné avec Delon et Chirac qui étaient très connus. Tout le monde voulait être photographié par mon père parce qu'il vous rendait beau en prenant la photo. Il était tellement merveilleux, tellement génial, mon père, que je me demande parfois s'il a vraiment existé.

Tout ce que je sais sur lui, c'est Marlène qui me raconte et c'est pour ça, c'est pour lui faire plaisir que je voulais en parler dans ma rédaction. Seulement, j'ai réfléchi et j'ai pensé que pour avoir une bonne note, il faut faire ce que Mme Bijouty a dit : être personnel. Alors, j'ai parlé de Marlène parce que c'est elle la personne que je connais le mieux et que j'admire. Et quand je vois son malheur, il n'y a pas de justice, elle mérite l'amour et c'est beaucoup plus triste pour elle que pour mon père parce que lui, il est mort d'un coup dans son accident de scooter alors qu'elle, elle est restée toute seule… Non. Elle n'est pas seule. Nous sommes là. Je lui dis mais elle soupire et elle regarde ailleurs comme si je comparais et qu'on ne peut pas comparer. Elle pense que je suis trop petit pour comprendre. Elle croit que je suis encore un enfant parce qu'elle est ma mère. Les mères ne comprennent pas que leurs enfants grandissent.

Mme Bijouty a rendu les rédactions. Elle n'a pas mis de notes parce que c'était la première. Elle a dit qu'elle était effarée par notre orthographe, que chaque année c'est pire, ce sont les ravages de la méthode globale et il est faux de prétendre que la méthode semi-globale serait moins désastreuse et on ne fait plus assez de dictées. Elle va nous en faire au moins deux par semaine, une préparée et une non préparée alors qu'elle aurait préféré se consacrer à autre chose mais elle ne peut décemment pas nous laisser dans cet état. Elle nous a donné une liste de livres à lire avec des étoiles pour le niveau de difficulté. Il faut lire le plus possible pour nous ouvrir l'esprit. Mme Bijouty constate chaque année un peu plus les ravages de la télé et des jeux vidéo et elle trouve consternant de voir fleurir des cybercafés autour des collèges. Consternant et révoltant. C'est une incitation et des gens sans scrupules gagnent de l'argent en nous abrutissant et compromettent notre avenir. « Enfin, elle a dit, il n'y a pas que ça, malheureusement. Moi, mes enfants, je n'ai pas la langue de bois comme vous pourrez le constater et je ne vais pas vous dire ce qui vous fait plaisir pour que vous me trouviez sympa. Passer des heures devant un écran à faire clic clic clic avec sa souris c'est débilitant et je le dis. » Elle a fait rire toute la classe en disant ça mais elle, elle ne voyait pas ce qu'il y avait de drôle, au contraire, et elle a continué : « Oui, je le dis ! Tout comme je vous dis que la drogue et l'alcool font de véritables ravages et que vous êtes déjà menacés et que vous devez à tout prix ne jamais y toucher. » Il y a un mot qu'elle aime beaucoup, j'ai remarqué, Mme Bijouty, c'est « ravage ». Dans sa liste de livres à lire, elle en a même mis un qui s'appelle comme ça, *Ravage* de Barjavel. Ça doit parler de la drogue et des jeux vidéo – ou de la méthode globale.

Sur ma copie, elle a écrit : « Une description imagée et vivante. Essayez de corriger vos fautes. » Ce n'était pas si mal. JB, par exemple, il a eu : « C'est bien court. Et que de fautes en vingt-cinq lignes ! » Du coup, il a décidé en sortant de classe que Mme Bijouty « est une grosse conne » et qu'il va « bien la faire chier ». Moi, à la fin de son cours, elle m'a fait signe d'approcher de son bureau et là, elle m'a demandé : « Qui est Marlène ? » De quoi je me mêle ! Elle a dit de décrire une personne qu'on admire, elle n'a pas besoin de savoir qui c'est. J'ai pris mon air le plus bête pour bien lui faire sentir. Elle me regardait, je voyais ses gros yeux noirs posés sur moi, ses cheveux en faux blond, ses lèvres peintes en rouge et elle devait aussi se maquiller les joues, en orange, pour faire semblant d'avoir bonne mine, sa peau luisait comme les bols vernis chinois qu'on a à la maison pour le petit déjeuner. Elle voulait savoir et je ne sais pas pourquoi, j'avais pas envie de lui dire, comme si c'était mon secret.

Après, je me suis dit que c'est idiot, qu'elle va le savoir de toute façon, qu'il suffit d'ouvrir mon carnet de liaison pour voir que ma mère s'appelle Marlène Daumier. Elle n'est pas très maligne, Mme Bijouty. Elle ne doit pas comprendre que je l'appelle Marlène. Marlène n'a jamais voulu qu'on l'appelle maman. Et alors ? Qu'est-ce que ça peut bien faire ? Ça ne change pas qu'on l'aime. Et puis, je déteste les gens qui vous posent plein de questions quand ils vous connaissent pas, on se croirait chez les flics. J'ai dit : « Ce qu'il fallait, c'était choisir quelqu'un qu'on admire et expliquer pourquoi.

– Oui, a dit Mme Bijouty.

– Mais qu'il existe ou pas, ça n'est pas important. Ce qui compte, c'est comment on en parle. »

Elle a eu l'air très contente de ma réponse et elle m'a regardé avec un sourire gentil. « Oui. » Elle a ajouté : « Je ne voulais pas être indiscrète. Mais j'ai senti une grande sincérité dans votre rédaction. Ce que vous écrivez est très touchant. En revanche, il va falloir faire un gros effort en orthographe. Ne vous en faites pas, vous allez progresser. Et… David… n'hésitez pas à venir me trouver s'il y a quelque chose que vous ne comprenez pas bien, je suis là pour ça… ou même simplement pour parler. » Alors, là, rêve, vieille tortue ! « À demain, David.

– À demain, madame. »

J'ai rejoint les autres dans la cour. Martin a dit quand j'arrivais : « On voit déjà les fayots. » Quel con ! Je lui ai répondu : « Je ne suis pas un fayot. C'est elle qui m'a demandé de venir.

– Oui, oui, c'est ça. »

Je me rends compte qu'il faut se méfier tout le temps. On a vite fait de te faire une réputation. Surtout les imbéciles genre Martin.

Mme Bijouty, je suis sûr que c'est parce qu'il y a écrit « père décédé » sur mon dossier scolaire. Chaque année, il y a toujours un prof qui me pose des questions. En cinquième, en sixième, on m'a déjà traité de lèche-cul parce que je suis sage en classe, mais Marlène serait furieuse si je foutais le bordel en cours. Et puis je m'en fous de ce que disent les gens. Mais bon, c'est vrai que rester tout seul en tête à tête avec un prof dès le début de l'année, ça te flingue aux yeux des autres. Finalement, avec Mme Bijouty, j'aurais dû choisir notre cochon d'Inde, Simone, comme personne que j'admire le plus. Elle m'aurait demandé : « Qui est Simone ? Une personne de ta famille ? Ta tante ? » Et moi, j'aurais été mort de rire.

2

Le matin, c'est moi qui conduis Sophie à l'école. Je la tiens par la main, souvent je la tire, elle ne marche pas vite avec son énorme cartable sur le dos comme une tortue et elle est toute petite de taille et toute maigre. Ça prend neuf minutes de la caserne à l'école, on traverse le boulevard, on marche le long du square et de l'église. Après il faut que je fonce quand j'ai cours à huit heures, quelquefois j'arrive, ils sont déjà rentrés en classe, alors ça me vaut des réflexions du prof : « On a oublié son réveil, David ? Il faut se coucher tôt, vous vous couchez beaucoup trop tard, tous, dans l'ensemble, ça se voit à vos têtes. Et à vos résultats ! » Les autres, en général, c'est leur mère ou leur père qui les emmène mais Marlène, elle n'arrive pas à se lever. Elle sort beaucoup, elle se couche très tard. Heureusement, dans la pub, on ne commence pas avant dix heures. Mais aussi, elle est malheureuse. Oui, c'est sûr. Et même Sophie qui a beau avoir dix ans, elle le sent, elle sent déjà les choses. Même quand elle dort, Marlène est fatiguée. Après le dîner si elle ne sort pas, elle prend son bain et elle se met au lit. C'est un signe. Dormir, c'est pour échapper. Souvent, elle dit qu'on l'use, qu'on l'épuise. Je dis pas qu'on est parfaits mais c'est pas nous qui l'épuisent, c'est les autres, les gens qu'elle voit, qui ne la rendent pas heureuse, elle fait semblant de l'être avec eux et après, avec nous, elle a l'air triste et c'est stupide et débile et dégueulasse parce que nous on l'aime, on ne fait pas semblant. L'autre jour, JB a dit à Sébastien et moi à la cantine qu'il en a marre de sa mère qui se plaint de tout et surtout de lui et d'être crevée par cette vie de merde et elle veut toujours qu'il la laisse tranquille, alors, JB trouve qu'elle devrait carrément se tirer, ça changerait rien, il se fait déjà à dîner tout seul. Il a dit que maintenant, il va demander au juge d'aller vivre chez son père. C'est ça qui est différent : ses parents sont divorcés et sa mère, elle est peut-être malheureuse mais elle a choisi de quitter son père et si elle a fait une erreur, tant pis pour elle (c'est JB qui le dit). Marlène, elle a perdu mon père qui était merveilleux et l'amour de sa vie, c'est pas de sa faute et, depuis, elle n'y arrive pas, même si elle est très forte et fait croire que si. Alors, elle se réfugie sous sa couette. Moi aussi, c'est ce que je fais quand je ne peux plus, c'est humain. Le lit, c'est le dernier endroit qui reste quand on ne sait plus où se mettre. Les enfants heureux ne veulent jamais se coucher, c'est jamais l'heure, c'est trop tôt. Mais ceux qui en peuvent plus se mettent dans leur lit. Sophie, pareil, dès qu'elle sent que

Marlène s'énerve, elle file dans notre chambre et elle éteint la lumière. Après, elle ne dort pas, elle écoute son MP3 en serrant Léon, son lion, contre sa joue. Dans ces cas-là, moi, je me couche en même temps, forcément, on est dans la même chambre et Sophie ne veut jamais s'endormir sans moi. Au lit, dans le noir, je mets la radio contre mon oreille. Elle fait réveil et je vérifie toujours qu'elle est bien branchée avant de m'endormir. J'écoute Skyrock, j'aime bien entendre les ados parler de leurs problèmes – parce qu'on a tous nos problèmes.

Sophie et moi, on petit-déjeune sans faire de bruit pour ne pas réveiller Marlène, on mange nos corn flakes. On s'habille, en général on renfile nos vêtements de la veille, ou alors on fouille dans le placard et on met ce qu'on trouve. J'essaye de choisir pour Sophie mais c'est jamais bien et le soir après l'école, Marlène m'engueule parce que je lui ai mis une jupe – « par ce froid ! » – ou un pantalon de velours – « par cette chaleur ! ». Je dis : « Oui, oui, désolé, pardon. » Parfois, elle passe à autre chose mais parfois elle s'énerve encore plus. « On ne peut vraiment pas compter sur toi. Je ne te demande pas grand-chose : habiller ta petite sœur, à quatorze ans ! » Je n'ai pas quatorze ans. Dans huit mois. Je n'ai jamais invité des copains à la maison pour mon anniversaire, ça ne m'intéresse pas, je préfère quand on est juste nous trois, Marlène, Sophie et moi. Pour mes treize ans, c'était un dimanche, Sophie a fait une très belle table et elle est allée avec Marlène m'acheter un gâteau chez le pâtissier. Elles m'ont aussi offert un stylo plume, c'est Sophie qui a eu l'idée, c'est ce qu'elle a dit et elle a choisi un stylomine en plus mais je pense que c'est aussi Marlène parce qu'elle admire les écrivains, elle lit, je pense qu'elle serait fière que je le devienne. Elle dit que c'est important de lire et de bien écrire. Personne lisait chez elle quand elle était petite, c'est en pension qu'elle a commencé, grâce aux religieuses. Je les garderai toute ma vie, mes stylos. Mon anniversaire de l'année dernière, c'est un des plus beaux jours de ma vie. On n'a pas besoin de copains quand on passe de bons moments en famille. Et il y a des fois comme ça quand elle nous regarde manger notre gâteau en silence où c'est merveilleux. Si je deviens écrivain plus tard, je la raconterai. Je suis content que Mme Bijouty m'encourage.

Sophie, elle, a voulu inviter dix-huit enfants de sa classe pour ses dix ans. Elle dit qu'elle a plein d'amis mais suffit qu'elle parle cinq minutes avec quelqu'un pour croire que c'est son ami. Comme Marlène. Les filles sont naïves. On ne donne pas sa confiance comme un chewing-gum au premier menteur qui te dit que tu es formidable. Marlène se trompe sur les gens, j'essaye quelquefois de lui faire comprendre et qu'elle se méfie mais elle n'écoute rien et même évidemment elle me dit : « De quoi je me mêle ? Ce n'est pas un môme qui a rien vécu qui va m'apprendre la vie ! » Pourtant, c'est comme les yeux au milieu du visage qu'elle se fait avoir chaque fois par des connards qui profitent parce qu'elle est belle. Ce qui me rend fou, c'est qu'on dirait qu'elle le cherche. Dès qu'il y a un homme, elle prend des airs, des sourires comme des invitations, des regards qui brillent, des rires pour rien tout le temps – elle fait son intéressante et c'est faux, elle en fait trop, ça me rend dingue. Elle veut sentir qu'elle plaît. Et Sophie, c'est pareil. L'autre jour, sur le chemin de l'école, elle avait l'air trop ravi en retrouvant deux petites naines de son âge. Elles ricanaient déjà à huit heures du matin, elles cotcotaient comme des poules. Je lui ai dit : « Arrête de faire ta pétasse ! » Sophie s'est vexée : « Je suis pas une pétasse. Si tu me dis ça, laisse-moi, je vais toute seule à l'école.

– Pas question. T'es beaucoup trop petite. Marlène veut que ce soit moi qui t'accompagne.

– Je lui dirai que tu me traites de pétasse.

– Tu lui diras rien du tout. Moi, je lui dirai que tu fais ton intéressante avec tes copines et que tu regardes rien quand tu traverses.

– C'est faux ! On traversait même pas. Tu me traites de pétasse pour rien, parce que t'es de mauvaise humeur ou je sais pas. C'est pas de ma faute si toi, tu n'as pas d'amis !

– Tu ne les connais pas mes amis.

– Tu ne les ramènes jamais à la maison.

– Moi, je les choisis, mes amis. Je fais pas semblant d'être ami avec n'importe qui – avec des pouffes ! – enfin, vous êtes bien ensemble, entre pouffes !

– Tu es méchant. Pauvre con ! » Et elle est partie en courant rejoindre ses copines qui marchaient devant. Je l'ai rattrapée et je l'ai serrée très fort par le poignet.

« Lâche-moi ! Tu me fais mal.

– Ah ! non. Tu vas avec moi jusqu'à l'école. Je ne vais pas laisser un petit moustique comme toi toute seule. » J'ai dit ça pour l'humilier devant ses copines parce qu'il y avait cette colère qui grondait en moi. Ça me rendait hystérique qu'elle fasse comme Marlène – déjà – sourires et *gningningnin* à tout le monde : des simagrées de gonzesse. Elle est toute charmante avec de gros frimeurs qui en ont qu'après... oui, qu'après *ça* !... Et qu'est-ce qu'elle y gagne, hein ? Par contre, ceux qui l'aiment vraiment, ceux qui veulent son bien vraiment... elle ne fait pas attention, elle n'a pas de discernement, c'est ce que dit Mamoune : « Marlène manque parfois de discernement. »

Je me suis énervé l'autre jour contre Sophie et c'était injuste mais j'ai ressenti qu'elle imitait Marlène, les gestes, les rires. La veille, à la réunion d'information du collège, Marlène a dragué le père d'Olivier qui est dans ma classe. Le genre de mec qui veut que ça se voie. Il avait garé sa BM devant le collège. Il était là avec ses deux portables à la main, tout cramoisi de soleil, puant le parfum à trois mètres à la ronde. Marlène a commencé à lui parler et ils ont découvert qu'ils avaient aussi leurs filles dans la même classe de primaire – évidemment, j'ai pensé que c'était peut-être une des pétasses qui ricanaient et ça aussi ça m'a trop énervé. Ils se sont mis à rire connement et ce gros cochon, il caressait l'épaule de Marlène en lui parlant et il secouait aussi, pour qu'elle la voie bien, sa grosse montre en argent sur son bras de singe plein de poils. Elle lui a dit qu'elle travaillait dans la publicité. Et lui, il est producteur de cinéma. Producteur de cinéma ! Évidemment, Marlène, elle se sentait plus ! Et je lui en veux, je lui en veux, quand elle est aussi conne !

Bien entendu, la fille de ce type a été invitée à l'anniversaire de Sophie. Seulement, le père ne l'a pas déposée ni la mère, c'est la baby-sitter. Marlène a voulu les choses en grand. D'abord, une magicienne qui a dû coûter trop cher est venue faire un spectacle. Dans notre trois pièces, on était serrés. Moi, je devais servir les jus de fruits et mettre de la musique pour qu'ils dansent, il y avait surtout des filles. Les gâteaux, les bonbons, les boissons, Marlène a prévu beaucoup trop. En plus, elle a offert des pochettes-cadeaux à tous les gamins – et du champagne pour les parents ! Mais elle ne voit pas que c'est ridicule, que tous ces gens la méprisent parce qu'on n'habite pas un grand appartement et qu'en plus, on est logés dans une caserne de gendarmes ! À part ceux de la caserne, tous les autres nous regardent comme si on était des pauvres ploucs, pas de leur monde, tous ces gros snobs, ces gros bourges ! Je le sais, c'est pareil au collège. « Ah ! T'habites à la caserne… Ton père est flic ?

– Non. Il était photographe. » Parfois, je résiste pas, je précise fièrement : « Photographe de guerre.

– Et maintenant, il est flic ?

– Maintenant, il est mort. » En général, ça crée un malaise.

« Il est mort à la guerre ? »

Parfois, je dis la vérité, l'accident de scooter. Parfois, je dis oui, à la guerre. Ce que je déteste, c'est la pitié, « Ah, pardon, c'est triste… » Je pense à tout ce que Marlène me raconte sur mon père et alors je me sens fier et je sais que tous ces petits cons n'auront jamais un père d'exception comme moi. « C'était un très grand photographe. Et il était très riche. Il a photographié les stars.

– À la guerre ?

– Mais non, pauvre tache ! À Paris.

– Et pourquoi t'habites à la caserne, alors ?

– Parce qu'il travaillait pour l'armée.

– Mais s'il était très riche… »

C'est JB qui a dit ça, l'autre jour, on était tous dans la cour à la récré. Thomas est intervenu : « Arrête de l'emmerder avec tes questions à la con, là ! » Thomas, c'est le plus gentil, il comprend tout sans qu'on ait besoin d'expliquer. J'ai regardé JB dans les yeux : « Tu penses qu'il faut être pauvre pour habiter à la caserne ? C'est un logement de fonction, mon père l'a eu quand on n'était même pas nés… Comme il est mort, ma mère est veuve et l'armée lui a laissé l'appartement en reconnaissance pour tout ce que mon père a fait pendant sa vie et aussi parce qu'elle était toute seule avec ma sœur et moi. »

Après, j'ai regretté d'avoir dit tout ça. Ma vie ne les regarde pas. On ne peut pas comprendre les autres tant qu'on n'a pas vécu comme eux.

Ils ont tous parlé de leurs vacances. Olivier, évidemment, avec son père producteur, il est allé en Amérique dans des palaces avec un gros 4 × 4 et il a fait du surf en Californie et il a vu les studios à Hollywood. JB, il est allé en Corse dans la villa de son père, ils ont un hors-bord juste devant dans les rochers. Sébastien, il a fait de la voile à La Trinité en Bretagne, Thomas un stage d'anglais dans une famille en Écosse et ensuite à Saint-Trop chez sa grand-mère… Moi, je n'ai pas dit que j'ai passé toutes les vacances à Cherbourg chez Mamoune, j'ai dit que j'étais dans un palace en Italie, celui où Marlène allait avec mon père et j'ai même dit que j'ai fait du ski nautique. Mais Sébastien qui était en cinquième avec moi l'année dernière se souvenait que je lui avais parlé du club de voile de Cherbourg. « Tu n'es pas allé chez ta grand-mère à Cherbourg ? » Comme j'aime pas mentir, je me suis senti devenir tout rouge et j'ai bredouillé un truc trop compliqué. « À la fin… seulement… Elle est trop vieille maintenant. C'est pas ma grand-mère, c'est mon arrière-grand-mère. » Et j'étais sûr que tout le monde me regardait et comprenait que j'avais fait un mensonge et j'avais honte de moi, je me sentais nul. Non mais qu'est-ce que j'en ai à foutre après tout de ce qu'ils peuvent penser, tous ces gosses de gros pleins de fric qui ont rien fait pour à part d'être nés ! On verra, plus tard !

Moi, je serai riche, plus riche qu'eux… peut-être… et j'emmènerai Marlène à Hollywood. J'ai compris maintenant et je le referai plus, je me jure à moi-même que je le referai plus, ce n'est pas la peine de se faire aussi gros que le bœuf comme dans mon livre des *Fables* de La Fontaine que je lis à Sophie quelquefois le soir dans son lit. De toute façon, juste parce qu'on habite à la caserne, ça se voit dans leurs regards qu'on est des pauvres pour eux, pas autant que les fils de concierge mais déjà pas mal. On peut faire semblant comme Ali qui s'est fait payer son portable mais il y en a tout de suite des nouveaux modèles qui sortent, que les autres vont avoir et pas lui et, en plus, il se prend des réflexions, de Martin par exemple, qui se croit très drôle en lui disant : « Où tu l'as volé ? » Marlène, avec l'anniversaire de Sophie, elle voulait pas seulement lui faire plaisir mais montrer qu'on a les moyens. Quand je l'ai compris en la regardant s'écrier d'une voix de fausse joie : « Entrez donc cinq minutes prendre un verre ! Un peu de champagne ? » et tendre une coupe à des mémères qui regardaient autour d'elles comme si elles avaient un mètre au fond des yeux pour mesurer la taille du salon, quand je l'ai entendue rire en sentant qu'à l'intérieur elle ne riait pas du tout, j'étais en colère et il y avait dans mon cœur une énorme injustice. Marlène vaut mille fois mieux, mille fois mieux, et pourquoi elle n'a pas la vie qu'elle rêvait ?

Après l'anniversaire, le père d'Olivier l'a appelée pour la remercier. Je ne sais pas ce qu'il lui disait mais elle poussait des rires encore alors que je suis sûr que c'était pas drôle. Elle lui a dit : « Avec plaisir » et j'ai tout de suite deviné. Ils ont pris un café ensemble à la terrasse en face du lycée. Ce jour-là, Marlène s'est levée tôt – enfin, tôt pour elle –, elle était assez de bonne humeur. Elle se préparait pendant qu'on petit-déjeunait. Elle se faisait belle. Je me sentais triste. Je suis passé devant le café après avoir déposé Sophie à l'école, je les ai vus. Ils se regardaient dans les yeux en se souriant, leur tasse à la main. Je sais très bien ce qu'il va se passer. Peut-être même c'est déjà fait. C'est chaque fois pareil. Mais comment est-ce qu'elle peut ? Avec un homme marié ! Elle ne voit pas qu'encore une fois elle n'aura rien – que du chagrin. Il suffit de les regarder cinq minutes, t'as tout compris. C'est uniquement parce qu'elle est belle et c'est pour ça que depuis mon père, elle n'a que des hommes qui passent. Enfin, c'est mieux que ceux qui s'incrustent. On a vu ce que ça faisait avec Serge.

Il ne s'est installé avec nous que trois mois mais déjà c'était trop, c'était un cauchemar. Comme il est commissaire, il commençait le matin tôt et c'est lui qui nous réveillait pour l'école mais je n'avais pas besoin, on se débrouille très bien tout seuls. Il arrêtait pas de dire : « Chut, chut ! faut pas la réveiller ! » comme si on le savait pas. Le soir, il s'installait avec un whisky devant la télé – il est alcoolique. Il est moche, il a les joues rouges, c'est la preuve. Qu'est-ce qu'elle a bien pu lui trouver au début à part que c'était un ami de mon père ? Il est grand, d'accord, Mamoune dit qu'il est bel homme mais ce n'est pas parce qu'on est grand et même bel homme qu'on rend une femme heureuse. Mon père n'était pas grand et moi non plus, même si je n'ai pas commencé ma croissance. Ce qui compte, c'est la sensibilité, être gentil et les petites attentions. Dans un magazine de Marlène, ils expliquent comment rendre une femme heureuse et c'est écrit par une femme, en plus, une spécialiste, qui dit que c'est d'abord les petites attentions. Quelquefois je lui achète une rose sans dire que c'est moi. Elle rentre, elle voit ma fleur, elle fait comme si de rien mais je la connais, elle est contente, je suis sûr. Je la cherche avec mes yeux et quand soudain elle me regarde et qu'elle comprend, j'ai le cœur comme un fou, qui bat, qui bat… La dernière fois, je lui ai dit : « Ça te fait plaisir ?

– Oui, bien sûr. » Elle a répondu oui mais sa voix était absente, elle était ailleurs, elle était triste. Mais pas à cause de moi, bien sûr que non. Elle peut passer des heures comme une statue les yeux ouverts assise dans le canapé ou allongée sur son lit et alors, je devine qu'elle est avec mon père, qu'elle le voit, peut-être même elle lui parle. Un jour, je me suis approché sans bruit derrière quand elle se reposait, peut-être qu'elle rêvait, et elle a dit : « Jacques ? » C'est le prénom de mon père.

« Non… C'est David.

– Ah… »

Ça m'a fait de la peine parce que j'ai senti qu'elle était déçue.

« Laisse-moi, je me repose. » Ça m'a fait de la peine mais je comprends.

Quand on a été trop bien avec quelqu'un, on ne peut plus avec les autres. Dehors, elle fait tout le temps semblant quand elle rit comme une folle avec les hommes, quand elle fait des gestes, la tête en arrière et les bras écartés pour qu'ils regardent son corps, et c'est comme pour leur dire : « Admirez-moi, je suis belle », parce qu'elle est belle et c'est affreux d'être encore jeune et belle sans l'amour. Elle ne supporte pas d'être seule, voilà, mais tout ce qu'elle fait, c'est une façade. Personne ne peut lui rendre ce qu'elle a perdu. En tout cas, pas ces hommes. Mais Sophie et moi… on est ses enfants. Et les enfants de notre père. Seulement, elle dit qu'on est un poids, un boulet. Nous nourrir, nous habiller, nous élever !... Elle le dit tout le temps. Et qu'on coûte cher. Et qu'elle ne sait pas comment on va s'en sortir. Et c'est vrai que je ne comprends pas comment ça se peut que mon père était très riche. Sans doute qu'il ne l'était pas tant que ça. Et je suis sûre que c'est une des raisons qui la poussent vers les hommes. Elle est secrétaire dans une agence de pub qui fait des campagnes en ville sur des panneaux et dans des magazines. Après son travail, elle ne rentre pas souvent à la maison. Elle ne supporte pas de rester cloîtrée, comme elle dit, elle deviendrait folle. Alors, elle sort, elle va dans les cafés où elle allait avec mon père, au Saint-Germain, au Bristol, au Palazia… au… au Raphaël… Elle en parle toujours mais avec qui, elle y est avec qui ? Une fois, je l'ai vue rue de Sèvres sans qu'elle me voie. D'abord, j'ai cru qu'elle allait faire des courses pour nous chez Shopi, il était six heures, mais non, elle ne s'est pas arrêtée, elle a continué, elle est allée au Palazia et je l'ai suivie – c'était pendant Serge, quand elle ne le supportait plus parce qu'il était jaloux et lui faisait des scènes et qu'elle disait que c'était insupportable d'être tout le temps suspectée comme ça. Elle est entrée dans le bar de l'hôtel et j'ai pas pu me retenir, je suis entrée derrière elle en essayant de prendre l'air d'un riche gosse de riche qui a l'habitude quand le portier m'a regardé comme si j'étais un chien perdu qui cherche son maître. J'ai poussé l'énorme tourniquet, bien droit, le dos, la tête, tout, et le regard loin devant, celui qui est pressé et qui sait où il va. Heureusement, on m'a rien demandé. Il y avait un monde fou dans la grande salle de bar très luxe toute rouge et dorée avec des canapés en velours et un type qui jouait sur un piano à queue mais personne l'écoutait. Marlène a retrouvé au milieu de la salle un gros blond tout en blanc avec des longs cheveux dans le cou mais plus rien du tout sur le crâne. Il l'a prise par la taille et l'a serrée contre lui pour lui dire bonjour et il y avait pas d'ambiguïté. Je me suis senti coupable de la voir en cachette mais qu'est-ce que c'est que ce gros porc encore ? On a déjà assez avec Serge. Au moment où j'allais sortir, elle m'a surpris en train de les surprendre, elle s'est levée, furieuse, elle est venue vers moi : « Qu'est-ce que tu fais là ? » J'étais vraiment comme un petit qui a fait une bêtise. « Qu'est-ce que tu fais là ? Tu me suis maintenant ! Au lieu d'être à la maison et de t'occuper de ta sœur, tu traînes dans les rues !

– Je t'ai vue entrer ici, je voulais juste te dire bonjour et puis je t'ai vue avec… » J'ai fait un mouvement de la tête vers le gros blond, elle avait l'air gêné comme moi, elle a eu un temps pour hésiter, elle n'avait pas la confiance tranquille, je crois. Le type s'inquiétait, il levait la tête vers nous et puis il la baissait, il remuait dans son fauteuil mais il n'osait pas s'approcher. Elle a parlé plus bas mais toute dure contre moi. « Tu m'espionnes, tu espionnes ta mère. Tu me déçois terriblement.

– Mais… Marlène… je ne t'espionnais pas…

– C'est un rendez-vous… professionnel.

– Oui, Marlène.

– Mais je te préviens, si tu dis quoi que ce soit a Serge, quoi que ce soit, tu m'entends…

– Oui, Marlène. Je ne dirai rien. Je te le promets.

– Et si jamais tu recommences… je te mets en pension. » Elle est retournée vers le gros. Dans la rue, je suis resté avec le cœur qui cogne à respirer très fort. Le voiturier de l'hôtel m'a regardé. « Ça ne va pas, mon petit ? » Je suis parti en courant. J'ai couru le plus longtemps au milieu des piétons, des voitures, en bousculant des gens au passage, jusqu'à ce que j'aie un point de côté qui me faisait tellement mal que je me suis arrêté et je me suis assis devant une porte d'immeuble.

Quand je réfléchis, je la comprends. Je dois pas lui en vouloir. D'abord, Serge, c'est vraiment ce qui se fait de pire en homme. Elle en cherche toujours des nouveaux parce que l'espoir fait vivre... Quand on est malheureux, on est comme un lion dans une cage, on n'arrête pas de chercher une sortie pour échapper à son malheur. Si on ne la trouve jamais, on devient fou, non ? On fait une dépression. Dans une émission à la télé, il y avait une panthère qui marchait tout le temps le long de ses barreaux et son soigneur lui donnait des antidépresseurs. Je ne sais pas ce que je peux faire. Moi, j'ai treize ans.

3

Le soir de la scène de Serge, ç'a été terrible. Déjà, depuis qu'il s'était installé chez nous, quand il rentrait et que Marlène n'était pas là, il piquait une crise. Au début, elle le blaguait pour détendre l'atmosphère. « Tu me fais ta crise de la quarantaine ? » Parce qu'il avait quarante-trois ans. Il était jaloux comme un loup. Pourtant, il n'avait pas d'informations, il ne l'a pas surprise au Palazia mais il disait qu'il sent, qu'il sent les choses et Marlène ça l'énervait encore plus et elle répondait : « Tu ne vas pas me mettre en cage ! Moi, je supporte pas les hommes comme ça ! » En général, ça le calmait et après, la nuit, il en profitait bien. Une fois, Sophie s'est réveillée, elle les a entendus, tous les deux, elle a entendu Marlène. Elle est venue me tirer le bras pour me réveiller. « David, David ! Serge fait du mal à Marlène. » J'ai écouté. J'ai compris. J'étais gêné. Qu'est-ce que je devais dire à Sophie ? On n'explique pas à une petite fille de neuf ans que sa mère… J'étais vraiment mal. En plus, imaginer ce type en train de !... « C'est rien, Sophie. Quelquefois, les grandes personnes font ça dans leur sommeil.

– C'est un cauchemar ? » À ce moment-là, Marlène a poussé un soupir de plaisir. J'ai dit à ma sœur : « Ça y est, tu vois, tout va bien, c'est passé. Rendors-toi. »

Mais moi, je pensais que ce type méritait pas ma mère et je comprenais pas comment elle pouvait encore le supporter avec toutes ces scènes qu'il lui faisait pour un rien.

Alors, quand tout a explosé le soir du bar, je me suis dit : « Enfin ! » Pas sur le moment parce que c'était vraiment violent mais après qu'on l'a fichu dehors et que Marlène a fait changer les clefs de la serrure, là, je me suis dit qu'on était enfin débarrassés. Elle a dû rester très longtemps au Palazia parce qu'il était tard quand elle est rentrée, on avait dîné et Sophie ne voulait pas se coucher sans elle et Marlène ne répondait pas sur son portable. Serge, ça l'a rendu fou, il lui a laissé des messages. « Où tu es ? Qu'est-ce que tu fabriques ? Tu aurais pu prévenir. Ta fille s'inquiète... » En ouvrant la porte, elle était déjà furieuse contre lui. « Je n'ai aucun compte à te rendre, pour qui tu te prends ! » Elle a quand même donné une raison : « Je faisais du shopping.

– À neuf heures du soir !

– Il y avait une nocturne. »

Elle mentait et elle savait que je le savais. Elle m'a regardé pour être sûre que j'allais pas la balancer, j'étais content de lui prouver qu'elle pouvait compter sur moi. Je lui ai fait un sourire de soutien. Mais Serge est commissaire, il a l'habitude des enquêtes. « Du shopping ! T'as même pas de paquets !

– C'était pas moi qui achetais, c'était une copine.

– Quelle copine ?

– Tu ne la connais pas. Et puis, merde, je suis libre ! Quand tu vas boire après ton travail, toi, je ne te fais pas toute une histoire. »

Il a horreur qu'on dise qu'il boit, c'est le sujet qui le fâche.

« Et tes enfants, tu t'en fous ? Ils se sont terriblement inquiétés. »

Aussitôt, j'ai dit : « Non », mais Sophie a dit en même temps : « Oui. » Soudain, Serge a reniflé Marlène. « Il y a une odeur, il y a un parfum. » Et il l'a agrippée par le bras : « Avec qui tu étais ?

– Tu es malade, lâche-moi ! » Elle est partie dans sa chambre, il l'a suivie.

« Tu mens, tu mens tout le temps ! Tu crois que je le sais pas ce que tu fais dès que j'ai le dos tourné ?

– T'es d'une jalousie de malade, faut te faire soigner !

– Tu crois que je le sens pas ? Putain ! » Il lui a filé une baffe, elle est tombée assise sur le lit. J'ai bondi, j'ai crié plus fort que lui : « T'as pas le droit de parler comme ça à ma mère, t'entends ! » Je me suis jeté sur lui, il m'a repoussé, je lui ai mordu la main, il a hurlé, il m'a frappé avec le pied, je me suis relevé et je lui ai ressauté dessus, j'ai agrippé sa chemise, il s'est dégagé, ça lui a craqué deux boutons, j'ai vu tous ses poils noirs sur sa poitrine comme un ours. Il a été surpris par le *crac !* il a baissé la tête pour voir sa chemise déchirée. « Petit saligaud ! » Et il m'a claqué une gifle tellement bien que je suis tombé par terre. Alors, il s'est arrêté, il s'est baissé vers moi. « Pardon, David, je te demande pardon, ça va, je t'ai fait mal ?

– T'as pas à parler comme ça à notre mère, t'as compris ? T'es rien, toi, rien, ici, t'es rien. »

Marlène était encore sur le lit, la tête dans les mains comme quand on pense et des flammes dans les yeux. Serge respirait très fort.

« Ta mère, c'est pas une mère. Est-ce qu'elle s'occupe de toi ? Et de Sophie ? Qui c'est qui conduit Sophie à l'école tous les matins ?

– C'est pas toi.

– Non, c'est toi.

– Ça ne me gêne pas. Et Marlène vient chercher Sophie deux fois par semaine.

– Oui, parce que ces soirs-là, tu ne peux pas, tes cours finissent trop tard. Et ce n'est même pas pour Sophie, elle ne pense jamais à son goûter. C'est pour se faire voir, pour draguer les papas comme une minette de dix-huit ans – pour se trémousser du cul ! »

Marlène, on sentait tout son mépris pour lui. « Tu es vulgaire, Serge. »

Moi, je me suis relevé, je serrais les poings et j'ai dit avec une voix calme : « Maintenant, tu t'en vas d'ici. »

Il a été surpris, il a vu que je plaisantais pas et que je voulais me battre encore. Il s'est tourné vers Marlène. « J'étais prêt à tout pour toi. J'ai tout quitté pour toi. J'ai plaqué ma femme. Tu n'es qu'une petite salope. »

Je lui ai enfoncé mes ongles dans le gras du bras et je l'ai secoué et je l'ai tiré vers le salon, il n'a pas bougé.

« Tu racontes tout le temps des histoires, tu mens tout le temps et si encore ça n'était qu'avec moi ! Mais tes enfants ! Tu ne t'en occupes pas, tu n'es jamais là, tu les abandonnes.

Marlène a crié : « Tu n'as pas le droit de dire ça !

– Parce qu'il y a que la vérité qui blesse. Tu les abandonnes !

– Tais-toi !

– Tu les abandonnes !

– Ta gueule ! Pauvre con...

– De toute façon, tu es incapable de quoi que ce soit pour les autres, tu n'aimes que toi. »

J'ai attrapé Serge à deux mains, je l'ai tiré encore vers moi mais il était lourd et tellement plus grand. « Tu pars, Serge, maintenant, tu pars. » Il m'a regardé, il a dit : « Mon pauvre petit, c'est toi que je plains, tu ne comprends pas ? »

Marlène a pris Sophie qui se tenait derrière moi et elle l'a entraînée dans notre chambre. Serge a voulu aller avec elle, je me suis mis en travers. Marlène a redressé la tête vers lui, le menton en avant, avec tout le mépris qu'elle pouvait, pour bien lui faire sentir qu'il était une merde – car c'est une merde, une grosse merde qui s'y croit parce qu'il porte un flingue. « Tu es un détraqué, Serge, un grand malade, tu délires, c'est dans ta tête.

– Ah oui ? Et les SMS que tu gardes dans ton portable ?

– Tu fouilles dans mes affaires !

– "Baisers. Je t'embrasse fort. Tu me manques. Tendresses"…

– Fous le camp, fous le camp tout de suite ! »

Il n'est pas complètement con, Serge, il a senti que ça tournait mal pour lui. Alors, il a fait celui qui se calme, le gentil, « Excuse-moi, je le ferai plus ».

« Je te demande pardon pour ça.

– Fous le camp !

– Écoute, je n'aurais pas dû te parler de ça devant les enfants, on parlera plus tard tranquillement ensemble. Laissons ça, d'accord ?

– Je te dis de quitter cet appartement, Serge.

– Marlène… je tiens à toi. »

J'ai vu dans ses yeux que Marlène l'a méprisé encore plus à ce moment-là que pendant qu'il gueulait. Elle a eu un sourire comme quand on va écraser un ver de terre et qu'on entend déjà le craquement sous le pied.

« Moi pas, Serge, moi pas du tout. Va-t'en.

– Très bien. » Il a regardé Sophie, il a esquissé un geste vers elle mais je le tenais encore. « Tu peux me lâcher, je m'en vais. » Il est allé jusqu'à la porte. « Et mes affaires ?

– Tu les prendras demain », a dit Marlène. Il m'a tendu la main.

« On peut se dire au revoir quand même. » J'ai rien dit, pas bougé, je lui barrais le passage pour qu'il revienne pas dans le salon. Il est parti. J'ai refermé la porte. J'étais plutôt fier et j'espérais que Marlène aussi. Je me sentais comme un cow-boy dans les films. Je me sentais comme un homme. J'aurais bien aimé qu'elle me félicite ou qu'elle m'embrasse. J'ai même dit pour qu'elle réalise que j'ai été fort et que c'est en partie grâce à moi : « Voilà, maintenant, il reviendra plus. On est débarrassés. » Je l'ai même dit en me frottant les mains comme quand on a fini un bon travail. Mais elle ne m'a pas félicité. Juste : « Allez vous doucher, vous brosser les dents et puis vous irez vous coucher. » Sophie s'est couchée la première, Marlène l'a embrassée. Je me suis mis en pyjama, je me suis brossé les dents et après, je suis venu lui dire bonne nuit dans sa chambre. Elle était en train de vider les affaires de Serge et de les mettre dans un sac-poubelle. « Tu veux que je t'aide ?

– Non, va te coucher, laisse-moi. » Je me suis approché pour lui donner un baiser mais elle a eu un geste de recul et elle m'a dit : « Tu avais juré de rien dire à Serge.

– Mais je lui ai rien dit.

– Menteur !

– Je te le jure !

– Je pourrai jamais avoir confiance en toi. »

J'étais tellement surpris que mon cœur s'étouffait et j'ai senti des grosses larmes chaudes qui coulaient sur mes joues.

« Arrête de pleurer ! J'ai horreur de ça.

– Pardon. Mais je te jure, je te jure…

– Je te crois pas. Sinon, tu ne pleurerais pas. » Tout de suite, j'ai frotté mes yeux, j'ai respiré à fond pour m'arrêter, je voulais plus pleurer, de toutes mes forces – et j'y suis arrivé. « J'espère qu'à l'avenir je ne serai plus déçue par toi, David. Va te coucher. »

Dans mon lit, c'était trop quand même, j'ai repleuré en serrant mon oreiller pour qu'elle entende pas. Elle est passée dans le salon, elle a mis le sac-poubelle sur le paillasson et puis elle a refermé la porte de notre chambre.

Dès le lendemain, on a fait changer la serrure parce que Serge avait une clef et Marlène a déposé une main courante au commissariat pour raconter qu'il est violent et qu'elle a peur qu'il essaye de revenir. Elle nous a emmenés, Sophie et moi. Le flic était surpris à cause de Serge qui est justement commissaire et on habite en plus dans une caserne de gendarmes. Mais Marlène a dit : « Il y a des fous partout. »

Serge est seulement passé prendre son sac-poubelle. Je ne sais pas s'il a rappelé ou revu Marlène. Je pensais que la vie irait mieux mais non et même c'est pire et je me demande comment elle fait pour se trouver un mec encore plus nul. Surtout que, de notre côté, on fait tout pour qu'elle en ait pas besoin, d'un autre mec. J'essaye que tout soit bien. Même déjà pendant Serge et même depuis et même maintenant. Je mets la table, je fais les courses, je passe l'aspirateur. Souvent, je voudrais parler mais elle n'a pas le temps, elle a autre chose à faire, elle est pressée, elle s'habille pour sortir, elle se lave ou elle est fatiguée ou elle téléphone avec une copine. Quand elle me voit, c'est toujours pour savoir si j'ai fait mes devoirs, si j'ai eu des notes et si elles sont mauvaises, elle me crie dessus, c'est pour ça que j'essaye de pas toutes lui dire. L'année dernière, je me suis rattrapé au troisième trimestre et j'ai même eu les encouragements mais la quatrième, c'est beaucoup plus dur.

On ne lui suffit pas, Sophie et moi, je vois bien, alors elle a une autre vie. Elle continue au Palazia et dans les cafés et presque tous les soirs, elle n'est pas là. Elle ne se supporte pas avec nous toute seule. C'est comme les castors. Il paraît que si le mâle meurt et que la femelle a des petits, elle se cherche tout de suite un autre mâle en remplacement, elle peut faire des kilomètres pour le trouver. L'autre jour, elle a dit à sa copine Flore, je l'ai entendue : « Il faut croire que je les attire, les mecs à problèmes, les salauds, les tordus, les gros égoïstes. » Flore, c'est une femme gentille et ronde avec des yeux très bleus et des joues très roses. Elle a répondu : « Mais non, tu es seulement mal tombée jusque-là. » J'ai failli intervenir pour rappeler qu'il y a quand même eu notre père qui était le plus fantastique des hommes mais je me suis retenu, elle m'aurait engueulé parce que j'écoutais derrière la porte.

« Non, Flore, moi, je n'ai droit qu'à des histoires comme ça, des mecs mariés qui ne baisent plus avec leur femme, des divorcés désespérés qui parlent sans arrêt de leur ex, des jaloux névrosés. » J'ai regardé dans le dictionnaire, un névrosé, c'est quelqu'un qui souffre d'un trouble de la personnalité et un trouble de la personnalité, c'est quelque chose de malade dans la personnalité. Donc, Serge, évidemment, c'était un névrosé.

Elle a dit à Flore qu'elle rêverait d'une vie où on partagerait son dentifrice et son savon et où on a une épaule pour se blottir le matin. Mais avec Jeanne, son autre meilleure copine, elle a dit qu'elle n'est pas faite pour la vie à deux, qu'elle ne supporterait pas d'avoir un mec sur le dos tout le temps, qu'elle est trop indépendante. Je crois que c'est parce qu'il y a eu Alain, cet été, le gros blond du Palazia. Au départ, elle devait nous emmener en vacances. Un mois après Serge, à un moment, elle était mieux. Elle a dit qu'on partirait tous ensemble en Grèce. Tous ensemble ça voulait dire avec Alain ! J'ai pas compris tout de suite quand elle nous a dit ça, Sophie non plus, on était trop fous de joie ! On irait dans une île, en bateau ! Tous les trois ! On a cru qu'on serait tous les trois. On aurait un hôtel tout blanc au bord d'une plage ! J'ai regardé sur internet au cybercafé des photos des îles Grecques : une mer bleu foncé avec des dauphins et des statues antiques et des oliviers qui poussent dans les rochers juste au-dessus de la mer... Le seul truc, c'est qu'ils mangent beaucoup de salade avec des poivrons mais ça ne fait rien. Sophie a juré qu'elle mangerait de tout parce que je lui ai dit que c'est la condition. D'abord, j'ai rêvé que ce serait comme avec mon père, le même bonheur. Tout changeait maintenant qu'on a dégommé Serge. Marlène pouvait enfin être avec nous et nous emmener et c'était pas innocent. Elle était notre mère qui nous aime et qui part en vacances avec ses enfants. Je sais bien qu'elle nous aime, qu'elle nous adore. Là, c'est la preuve. J'étais tellement content et Sophie aussi que tous les jours, on faisait bien attention que tout soit rangé et propre et calme quand elle rentrait, on faisait la caisse de Simone, on enlevait les crottes. On faisait même le repassage. Seulement, une fois, je me suis trompé, au lieu de mettre de l'eau déminéralisée dans le fer, j'ai mis du produit pour déboucher l'évier, les bouteilles se ressemblaient, j'ai brûlé un jean de Sophie et le fer était foutu. Marlène était furieuse. « Tu sais combien ça coûte, un fer ? Tu crois que j'ai de l'argent à jeter par les fenêtres ? Tu crois que c'est pas déjà assez difficile comme ça ? » J'ai eu peur qu'on parte plus en Grèce. « Je vais en racheter un, avec mon argent.

– Avec quel argent ?

– Je vais faire des baby-sittings.

– Tous les soirs ? Tu es trop petit. Et puis, tu as

cours, tu dois te coucher tôt. Il faut que tu travailles. Déjà que tes résultats…

– Mais quand j'ai pas classe, le vendredi soir et le samedi ?...

– Tu crois qu'on peut attendre trois mois pour avoir un nouveau fer ?

– Tu peux l'acheter maintenant et je te rembourserai. Ou alors, je peux demander à des copains au collège et je les rembourserai eux, après.

– C'est ça ! Pour qu'ils pensent qu'on est pauvres ! Tellement pauvres qu'on ne peut même pas s'acheter un fer ! »

Pour les baby-sittings, j'ai mis des annonces partout dans les halls d'immeubles et chez les commerçants du quartier mais j'ai eu que deux familles que je connais déjà dans la caserne, les autres préfèrent les filles. Ça m'a pris un mois pour rembourser parce que je n'ai pas pu en faire toutes les semaines et le fer coûtait soixante euros. En fait, c'est pas tant que ça. Mais quand j'ai donné l'argent, mon cœur n'y était plus. Marlène venait de ramener Alain et de nous dire que c'était avec lui qu'on partait en Grèce – avec lui et avec ses enfants ! Trois petits de trois, cinq et sept ans ! Alain est divorcé. Tout à coup, j'imaginais les cris de ces braillards sur la plage et le gros blond en maillot de bain tenant Marlène contre son gros bide, son gros bras autour de ses épaules et l'embrassant les pieds dans l'eau sur la bouche devant tout le monde. C'était plus un rêve, c'était un cauchemar ! En plus, j'ai vu du premier coup que ce type, c'est un connard et qu'on était repartis pour un tour et que ça se finirait comme avec l'autre et qu'elle en aurait marre mais comme c'était le début, qu'il la sortait tout le temps, qu'il lui faisait plein de cadeaux, qu'elle avait l'air heureuse, surtout je ne disais rien, je ne voulais rien gâcher surtout pas les vacances. Sophie se faisait la fête d'aller dans une île et moi alors !... On n'a jamais fait d'aussi belles vacances. Même avec le gros ce serait génial là-bas. Quand même mieux que de passer tout l'été chez Mamoune à Cherbourg ! En plus, on n'a jamais pris l'avion. Tous ceux de ma classe, ils prennent l'avion depuis qu'ils sont petits. J'ai même menti pour ça aussi avec eux. Là, je pourrais leur raconter, la prochaine fois, pour de vrai !... Sauf qu'on n'est pas allés en Grèce. J'ai rien vu venir. Marlène n'en parlait pas depuis quelque temps, elle ne disait rien quand elle voyait Sophie le soir en maillot de bain car elle résistait pas à le mettre tous les soirs même s'il était un peu trop petit depuis l'année dernière et elle espérait que Marlène lui en achète un autre mais, pareil que moi à cause de l'argent, comme elle dit toujours qu'on n'en a pas, Sophie n'osait pas demander. Avant les vacances, pas longtemps avant, Marlène a dit un soir où elle dînait avec nous comme s'il y avait jamais eu la Grèce : « Cet été, vous allez chez Mamoune. En juillet, Sophie ira au centre de loisirs, toi tu resteras à la maison. Et en août, Mamoune vous prend. » La tête de Sophie ! Et la mienne, mais je me voyais pas. J'ai encore eu une seconde d'espoir : « Et après, on part dans l'île grecque ?

– Non. Alain m'invite. Mais seulement moi. »

Fin du rêve. Coup de poing dans la gueule. Le salaud, le salaud, le salaud ! J'en étais sûr que c'était un salaud !

« Mais tu nous avais promis, a dit Sophie d'une toute petite voix.

– Alain a déjà ses enfants, ça ferait trop. Et puis, c'est cher. »

J'ai demandé : « C'est lui qui paye ?

– Oui. » Il l'achète, voilà. Le soleil, la mer, la chaleur, tout ce qu'elle aime.

« Mais on pourrait dormir à plusieurs dans la même chambre, on ne coûterait pas cher. » Sophie s'accrochait plus longtemps que moi.

« Non. C'est comme ça. Moi à votre âge, je suis jamais allée en Grèce non plus. J'allais aussi chez Mamoune et je n'en suis pas morte. Je passais de très bonnes vacances. Vous irez au club de voile. »

Sophie s'est rapprochée et elle s'est blottie contre moi et elle s'est mise à pleurer.

Marlène était embêtée. « Mais on a pensé à quelque chose, Alain et moi. On viendra vous chercher à Cherbourg fin août et on ira à Guernesey.

– On y est déjà allés avec Mamoune. À Guernesey, la

mer est froide comme à Cherbourg. » Sophie avait des secousses dans mes bras à cause des sanglots. Marlène a approché la main pour lui toucher la tête. Sophie s'est poussée. « Laisse-moi ! » C'est sorti du fond du cœur. On sentait tout son chagrin. Moi, j'étais tellement déçu aussi que je ne pouvais plus rien dire. Marlène, ça l'a énervée, la réaction de Sophie. « Je n'ai jamais dit que c'était sûr pour la Grèce, j'avais dit que peut-être…

– Non, tu avais dit sûr.

– Non. Et puis, avec Alain, on vient de se rencontrer. C'est important qu'on passe du temps ensemble et qu'on parte en vacances et j'ai envie d'être heureuse, voilà. Une mère a le droit d'être heureuse. Vous pouvez le comprendre, non ? Vous êtes assez grands pour comprendre maintenant. C'est normal qu'on parte en amoureux pour la première fois. »

J'ai dit : « Je croyais qu'il y avait ses enfants.

– Tais-toi, toi ! N'en rajoute pas. Alain est divorcé. Il n'a ses enfants que quinze jours par an en vacances. » Je voyais bien qu'elle avait des remords sur la conscience. Elle a dit d'une voix gentille : « Cette fois-ci, ce n'est pas possible mais la prochaine fois, on partira tous ensemble. Et puis, cette année déjà, on viendra chez Mamoune et on va passer trois jours dans un très bel hôtel à Guernesey, on va en chercher un avec une piscine. » Elle était debout, elle s'est penchée, elle a posé la main sur la tête de Sophie. J'ai dit : « Avec une piscine ? » Et je lui ai souri. Après tout, oui, si elle est heureuse... si elle est heureuse, elle sera heureuse aussi avec nous. Elle a pris Sophie par les épaules, elle l'a tournée vers elle, elle a cherché ses yeux. « Avec une piscine, Sophie, une piscine très chaude. » Elle a essuyé ses larmes avec ses doigts et elle l'a embrassée sur la joue. « Allez vous mettre en pyjama et puis au lit, maintenant. »

Seulement, bien sûr, elle n'a pas été heureuse avec Alain. Il était pire que Serge mais différent. Elle l'a dit à Mamoune en venant nous reprendre à Cherbourg pour la rentrée scolaire. Il ne s'intéressait qu'à ses gosses, elle n'existait plus, à part pour l'aider à préparer le dîner et elle a horreur de faire la cuisine, ça, je le sais. Ils se sont disputés en Grèce sur l'île, il lui a dit des horreurs, elle n'a pas précisé. Elle a repris l'avion deux jours plus tôt que prévu. J'ai tout écouté en haut de l'escalier de la maison de Mamoune. Alain l'a virée. D'abord, j'ai cru qu'il l'avait virée de là où ils étaient et foutre une femme dehors sur une île où on connaît personne, quelle racaille, ce gros enculé !

Dans le train du retour – parce que évidemment avec tout ça on n'est pas allés à Guernesey – j'ai demandé à Marlène : « Alain, c'est ton patron ?

– Oui.

– Et il t'a renvoyée ?

– Pourquoi tu demandes ça ? Tu as encore écouté aux portes ?

– Non... » Je mentais mal comme toujours. Je sais

pas mentir. Enfin, à Marlène, parce que avec mes copains, j'y arrive assez bien.

« Il ne m'a pas renvoyée. » Elle a dit ce mot tout bas pour que les autres voyageurs n'entendent pas. « Ce n'est pas lui qui dirige la boîte. Et je te préviens, David, tu n'as pas intérêt à raconter ça à qui que ce soit. »

Je comprenais pas pourquoi puisqu'elle disait qu'il l'a pas renvoyée. Ou alors, c'est qu'il l'a renvoyée. C'est bien ce que je pensais ! Alain est un salaud. Enfin, j'ai rien dit, j'ai fait « oui oui » avec la tête. « Bien sûr, Marlène.

– Et arrête de dire bien sûr ! Tu dis toujours oui et après, tu ne tiens pas tes promesses. »

C'est seulement il y a pas longtemps que j'ai eu la preuve. Elle a reçu une lettre de l'ANPE et j'ai vérifié, c'est bien ça : elle est au chômage. Mais je tiens ma promesse, pas un mot, à personne, et surtout pas à elle pour ne pas l'énerver.

Le matin à dix heures, elle fait comme si elle part au travail. Et le soir, elle rentre tard, aussi tard qu'avant. Et moi, je fais semblant comme elle.

Tous les quatrièmes, on a vu un par un l'assistante sociale. Elle est nouvelle, elle voulait se présenter. Elle est d'abord venue s'expliquer en classe : elle est là pour nous aider. Elle a parlé des règles de la vie en société et aussi des problèmes qu'on peut avoir. Avec moi, comme elle avait ma fiche, j'ai eu droit bien sûr à la question qui tue : « À la maison, tout se passe bien ? Avec ta petite sœur ? Vous êtes seuls tous les trois, c'est bien ça ? » Elle bouge son petit nez pointu comme une souris, on dirait qu'elle renifle ses fiches comme des croûtes de fromage. On sent qu'elle est super-curieuse, elle pose trop de questions. Sinon, elle est jolie avec ses cheveux noirs tout raides et courts aux épaules. « Et ta mère travaille ? » J'ai pas hésité, j'ai répondu tout de suite : « Évidemment. Elle est assistante de direction.

– Elle travaille à plein temps ?

– Oui. » Ensuite, elle a cherché mon regard avec ses yeux bleu clair et ça me gênait. « Tu sais, je suis là, moi, pour écouter quand les élèves ont quelque chose à me dire. Si un jour, tu veux me raconter, je ne sais pas moi, un truc, un problème, un petit souci – ou un gros (elle a ri) – en classe, à l'école ou même à la maison, tu sais que je suis là et que tout ce que tu dis, c'est entre toi et moi, hein ? D'accord ? Voilà, je voulais juste que tu saches que je suis toujours là pour parler. » Elle insistait comme une malade, j'avais compris. Les adultes croient toujours qu'on comprend rien alors que c'est eux qui mettent des plombes. J'ai rien répondu, je suis sorti de son bureau. Je n'allais pas trahir Marlène. De toute façon, ce n'est pas cette femme qui va lui redonner un travail. J'arrête pas d'y penser même si je sais bien que Marlène ne voudrait pas en parler avec moi. Qu'est-ce qu'on va devenir ? Qu'est-ce que je peux faire ?

La lettre de l'ANPE est arrivée le lendemain de l'anniversaire de Sophie. Elle a dépensé tout ça, cette fête, alors qu'elle n'a plus de travail ! Je n'avais pas réalisé, sur le moment, je comprends seulement maintenant. C'est pire que je pensais. Elle a tellement besoin de faire croire. Pourquoi ? Pourquoi ? Sûr que... Elle a honte. C'est parce qu'elle est fière. Mais réfléchis. Oui, David, réfléchis : c'est bien d'être fier. C'est très bien. Je suis fier d'avoir une mère courageuse comme elle. Parce que maintenant je comprends, elle a raison : il ne faut jamais montrer aux autres que ça ne va pas, il faut garder ses problèmes et au contraire, faire comme si tout va bien, très bien, très, très bien. Oui, c'est elle qui a raison. Plus c'est dur, plus faut être fort. Et se battre. Et c'est comme ça. Et Marlène va y arriver, je lui fais confiance, je crois en elle. Et faut que je sois à la hauteur. Oui. Toujours.

4

Mamoune est morte. On sait combien on aime quelqu'un quand elle n'est plus là. Elle n'était pas si vieille, pourtant. Bon, c'est vrai, elle s'essoufflait comme un hippopotame en montant les escaliers. Mais cet été, elle allait bien. Elle nous conduisait à la plage de Querqueville avec sa voiture, elle marchait pieds nus dans l'eau. Elle disait que c'est bon pour la circulation. Elle avait des vieilles jambes très blanches avec des veines bleues et des petits vaisseaux rouges, sa peau était toute fine et craquée comme un vieux papier calque. Elle s'était tassée, chaque année elle perdait un ou deux centimètres et comme elle n'était pas très grande au départ, elle faisait presque la taille de Sophie. Souvent, je me dis que les vieux ressemblent aux petits enfants. Ils ont les mêmes petits bras fragiles et on fait toujours attention quand on les touche à ne pas les renverser. Mais Mamoune était encore en bon état, sinon. On allait sur le port au marché acheter du poisson. Elle achetait toujours des soles parce que Sophie adore. À cinq ans – ou six ans –

Sophie disait : « J'ai mangé une solde. » C'est trop mignon. Je lui ai rappelé, cet été. Elle s'est vexée. « C'est pas vrai, je disais pas ça.

– Si.

– Non. » Elle s'est mise à crier sur le marché. Elle crie dès qu'on lui dit quelque chose qui ne lui plaît pas. Surtout si c'est moi. On ne peut rien lui dire, c'est pénible. Elle n'a aucun sens de l'humour. Ce qui l'a encore plus vexée, c'est que Mamoune s'est mise à rire. Elle a ri parce qu'elle voyait cette petite bonne femme de neuf ans en colère toute rouge comme une tomate et qui tapait du pied. « Non ! Non ! » « Toi, au moins, tu ne te laisseras pas faire par les hommes, c'est bien. » Moi, je me suis mis à rire aussi en voyant Mamoune rire, c'est contagieux. Et la marchande de poisson, elle souriait, elle avait aussi envie de rire. Sophie est partie furieuse. Mamoune lui a couru après et elle était toute soufflante quand elle l'a rattrapée. « Sophie, je ne riais pas de toi, je riais à cause du mot.

– Mais je l'ai pas dit, moi.

– C'est drôle quand même. Viens, on va acheter des bonbons. Reste avec moi, ne me fais pas courir. Je suis une vieille dame. » C'est la dernière fois que je l'ai vue rire et je revois son visage. Elle était en forme. On a fait plein de jeux, des dames, des batailles, la crapette. Et en plus, elle trichait et elle prenait un air bizarre quand on remarquait. « Mamoune, tu triches !

– Non… David, je suis ton arrière-grand-mère, un peu de respect.

– Montre ta main qui est sous la table. »

Alors, elle faisait comme une petite fille, elle ne voulait pas sortir sa main, elle se tortillait quand Sophie et moi on voulait lui attraper le bras. « Hin, hin, hin, arrêtez, vous me chatouillez. » Finalement, on trouvait sa main, on l'ouvrait et la carte était à l'intérieur.

« Oh !

– Oui, bon, c'est parce qu'il y a une carte qui est tombée sur mes genoux et je l'ai ramassée, c'est tout. » Elle avait un peu honte, pour la forme, mais en même temps, on voyait dans ses yeux qui brillaient qu'elle était toute contente et qu'elle s'amusait.

Je pouvais pas croire qu'un jour elle ne serait plus là. Elle était là depuis toujours et pour toujours, elle était éternelle, avant nous, avec nous. La vie sans elle, on ne pouvait pas imaginer. Même à Paris, elle était là parce que je savais qu'elle était là-bas à Cherbourg, je la voyais dans son lit, le dos dans ses trois oreillers, en train de lire après son petit déjeuner, toute calme et toute contente, du soleil sur la moitié de son visage qui entrait par la fenêtre – « Je suis comme les chats, elle disait, j'aime sentir le soleil me chauffer. » À côté d'elle, sur son édredon, elle gardait toujours son téléphone. Je savais que je pouvais l'appeler si j'avais besoin de parler, on pouvait lui dire tellement. C'est la seule qui connaissait Marlène si bien. Elle me racontait, elle m'expliquait et je comprenais, du coup. Je lui ai dit pour la Grèce, qu'on a été très déçus et que Marlène nous a prévenus qu'au dernier moment. Je lui ai dit aussi que c'est dur d'être proche avec Marlène et qu'elle nous embrasse pas souvent – moi surtout, Sophie moins mais ça, je me suis retenu, je me le dis quelquefois mais j'aime pas y penser, surtout que c'est peut-être pas ça, juste que je suis l'aîné et qu'elle est plus sévère avec moi, c'est normal. Mamoune a pris du temps, elle me regardait, avant de me dire : « Ta maman n'a pas eu une enfance très simple, tu sais. Elle était en pension à dix ans, à l'âge de Sophie, et c'était difficile pour une petite fille. Moi, je la prenais pendant les vacances comme vous mais c'était seulement pour les vacances et j'étais sa grand-mère, pas sa mère. » C'est là que Mamoune m'a dit un secret. Sur le moment, j'ai pensé qu'elle me le disait à moi parce que je suis grand et qu'elle m'a demandé de ne pas le dire tout de suite à Sophie. « Quand elle aura ton âge, pas avant, enfin, on verra. » Évidemment, j'étais d'accord, j'étais trop fier, ça a du bon d'être l'aîné. Maintenant, quand j'y repense, elle me parlait droit dans les yeux et très grave et j'ai l'impression qu'elle savait déjà... qu'elle sentait la mort près d'elle... et qu'elle voulait me confier le secret avant. « Ta grand-mère s'est remariée quand Marlène avait neuf ans. Elle l'a eue très jeune – trop jeune –, on n'est pas toujours une maman juste parce qu'on met un enfant au monde, parfois, c'est compliqué. Ta grand-mère n'a pas eu d'autre enfant, après.

– Toi aussi, tu n'as eu qu'un enfant, tu n'as eu qu'elle et tu l'as élevée, tu t'en es beaucoup occupée, tu ne l'as pas mise en pension.

– Non… » Et voilà le secret : « J'ai adopté Christiane – ta grand-mère. » Adopter… Il fallait que je réfléchisse. Je sais ce que c'est, une adoption. Mais d'abord, j'ai pensé à un enfant étranger. Par exemple, dans la rue, ça m'arrive de remarquer une maman blanche avec un petit enfant noir. Le contraire aussi mais là, alors, c'est la baby-sitter. Mamoune m'a expliqué avec des détails pour que je comprenne parce que c'est vrai que c'est compliqué. « Christiane est née sous X.

– Sous X ?

– Ça veut dire que sa mère biologique – (biologique !…) – a accouché sans donner son nom à l'enfant. C'est autorisé en France. Quand une femme est enceinte et qu'elle ne veut pas garder son bébé, elle peut décider de l'abandonner. L'enfant ne connaîtra jamais son nom. Il est confié à l'Assistance publique et ensuite une famille peut l'adopter.

– Pourquoi elle l'a abandonnée ?

– Je ne sais pas – puisqu'on ne sait pas qui c'est. Il y a différentes raisons. Certaines mamans sont trop jeunes. Souvent, c'est des adolescentes qui tombent enceintes à quinze ans. Elles ont honte, elles paniquent, elles cachent leur grossesse le plus longtemps possible jusqu'à ce qu'il soit trop tard pour avorter. Il y a aussi des personnes qui sont trop pauvres, qui n'ont pas les moyens. Ça existe encore.

– Elle sait qu'elle a été abandonnée ? »

Je me souviens qu'à ce moment-là, Mamoune m'a souri tendre et triste, elle m'a pris la main et m'a tiré vers elle pour que je me rapproche.

« Tu devines tout très vite. Christiane avait quatre mois quand on l'a eue, Roland et moi. On l'a baptisée. On lui a donné son prénom – et notre nom, bien sûr. On l'a élevée avec tout notre amour, on l'a adorée. Je crois qu'elle a été heureuse. Et nous, on était tellement heureux ! C'était le rêve de notre vie. On ne pouvait pas avoir d'enfant. C'était une chance incroyable de pouvoir adopter une petite fille comme elle. Si mignonne, si belle… »

C'est la seule fois de ma vie où j'ai vu Mamoune pleurer. Enfin, elle ne pleurait pas, elle a seulement eu deux larmes qui sont sorties dans le creux de ses yeux près de son nez, elle a soulevé ses lunettes pour les essuyer et elle m'a encore souri. « Marlène ne t'en a jamais parlé ?

– Non. Elle m'a seulement dit que sa mère n'avait jamais été une bonne mère, qu'elles n'avaient rien à se dire et qu'elle ne voulait plus la voir. Elle a dit aussi que Christiane ne s'intéressait pas à nous – à Sophie et à moi – mais ça, je ne sais pas si…

– Si quoi ? » Mamoune me regardait, elle attendait. J'ai hésité à lui avouer et tant pis, je l'ai fait. « Christiane a écrit une lettre à Marlène pour se plaindre qu'elle nous voyait jamais alors qu'elle est notre grand-mère et qu'elle a le droit de nous voir.

– Tu as lu cette lettre ? » J'ai baissé la tête.

« Oui… Marlène l'a jetée dans une poubelle.

– Donc, ça te soucie, tout ça, tu cherches à comprendre ? » J'ai fait oui de la tête. « C'est pour ça que je veux que tu saches.

– Marlène, elle sait ?

– Oui. Christiane était une petite fille facile, très jolie, tout le monde l'aimait. Elle ressemblait à Marlène. Marlène, maintenant, elle a encore l'air d'une adolescente. Elle me rappelle Christiane. Ta grand-mère avait beaucoup de succès. Les gens se retournaient sur elle dans la rue. "Oh ! comme elle est mignonne !" Elle était toute blonde. À l'école, à six ans, elle avait déjà des amoureux. Enfin, des petits garçons qui l'aimaient bien. À treize, quatorze ans, tous les gars lui couraient après. Elle faisait des jaloux. Et c'est comme ça qu'on lui a fait des réflexions méchantes. Parce qu'elle était blonde aux yeux bleus et Roland et moi bruns et châtains, yeux marron et surtout, elle ne nous ressemblait pas. Un jour, elle nous a demandé pourquoi. J'ai cru que c'était mieux de dire la vérité. En fait, non, pas toujours. Je me disais qu'après tout, c'était vraiment nous, ses parents, que de toute façon, il n'y avait que nous. J'avais lu un livre qui recommandait de dire aux enfants adoptés la vérité sur leur histoire. Mais à partir de ce jour-là, elle a changé, elle était perturbée, elle s'est éloignée de nous.

Elle a rencontré Michel et à dix-sept ans, elle a eu Marlène et ils sont partis. Michel a travaillé dans un garage près du Mont-Saint-Michel. Christiane ne me donnait plus de nouvelles. Mais elle m'a rappelée un jour pour me demander si je pouvais garder Marlène pendant les grandes vacances. Marlène avait deux ans. À partir de ce moment-là, j'ai pris Marlène à toutes les vacances. Et je ne voyais Christiane que quand elle venait me l'apporter ou la reprendre. » Mamoune s'est arrêtée. Je l'écoutais sans bouger. Tous ses mots entraient dans ma tête. Je savais que Marlène était fâchée avec sa mère. Elle nous a dit que Christiane l'a abandonnée quand elle était petite. Pourtant, elle ne l'a pas abandonnée. En pension, ce n'est pas abandonner. Mais ce qui fait de la peine, ce n'est pas la réalité, c'est le sentiment qu'on a. Quand on espère quelque chose et qu'on ne l'a pas. Par exemple, nous, la Grèce. Je sais que Marlène nous aime, je sais qu'une autre fois… mais quand même.

« Marlène s'est sentie abandonnée ?

– Oui.

– Christiane n'en voulait pas ?

– C'est ce qui est compliqué à comprendre, David, pour un enfant de ton âge… Quelquefois, on ne sait pas pourquoi on fait quelque chose. On croit qu'on sait mais en fait, on ne sait pas… Christiane, quand elle a appris qu'elle avait été abandonnée, elle s'est sentie trompée, déçue par sa mère qui l'a abandonnée et par moi qui lui ai caché la vérité. Elle a ressenti une grande colère contre… contre tout le monde… C'est trop compliqué pour toi.

– Non ! » Je ne voulais pas qu'elle s'arrête, je voulais qu'elle me raconte tout.

« Quand Marlène est née, Christiane ne pouvait pas s'occuper de son enfant, elle n'était pas prête à être mère, elle avait trop de problèmes. Moi, elle me rejetait, je n'étais plus sa mère pour elle, seulement elle n'en avait pas d'autre, tu comprends ?

– Oui.

– Elle se sentait seule et un enfant, c'était trop lourd pour elle, elle ne supportait pas de garder Marlène longtemps avec elle, elle me la laissait, je m'en occupais beaucoup. Tu vois, souvent, les gens font des choses à cause de ce qui leur est arrivé avant. Quand une personne leur a fait du mal, ils refont le même mal mais à quelqu'un d'autre. C'est comme si on répétait. Ça peut t'arriver de rentrer de mauvaise humeur de l'école à cause d'un copain qui t'a fait de la peine et alors à la maison, comme tu es énervé, tu t'en prends à ta sœur, tu te disputes avec elle, tu lui dis des mots blessants mais elle, elle ne t'a rien fait et tu l'aimes. Seulement, c'est plus fort que toi. Eh bien, Christiane se sentait tellement malheureuse d'avoir été abandonnée que malgré elle, elle rejetait sa fille, elle se sentait incapable de s'en occuper. Alors… Marlène, elle aussi, a été très malheureuse.

– Elle dit que non. Une fois, je lui ai demandé si elle était malheureuse de ne jamais voir sa mère et qu'on ne la connaisse pas, elle m'a dit non, qu'elle s'en fiche complètement et que ça lui suffit de voir son père.

– Son père… Il ne s'en est pas plus occupé. Vous le voyez, Sophie et toi ?

– Non.

– Enfin, ce que je veux te dire, David, c'est que Marlène elle aussi s'est sentie abandonnée, rejetée, elle aurait voulu que sa mère soit plus affectueuse, lui donne plus d'amour. C'est pour ça qu'aujourd'hui, elle ne sait pas toujours exprimer ses sentiments. C'est plus difficile d'être une maman quand on n'a pas eu soi-même une maman qui vous a aimé comme une maman. » Mamoune a vu à ma tête que je réfléchissais à ce qu'elle venait de dire et que j'avais du mal. Elle m'a souri. « C'est compliqué à comprendre à ton âge. » J'ai secoué la tête pour dire que non. « Je te dis tout ça, David, pour que tu comprennes pourquoi Marlène a très besoin d'être aimée, très aimée, et qu'on lui prouve qu'on l'aime. »

C'est sûr que Mamoune a voulu me confier le secret avant de mourir. C'est sûr. Avec mon père, c'est elle qui aimait le plus Marlène. Elle a voulu compter sur moi parce que maintenant, il n'y a plus que moi. Heureusement qu'elle m'a parlé. Sinon, j'y croyais plus. C'est tellement difficile avec Marlène. Tout ce que je fais, ça ne va jamais, c'est jamais assez. Cette année, j'avais beaucoup de soucis parce que j'ai tout fait – et Sophie a été très sage – et pourtant il y avait presque tout le temps une mauvaise ambiance, Marlène gueulait sur nous pour ci, pour ça, il y avait toujours une raison, notre chambre, nos devoirs, la vaisselle, du bazar dans la salle de bains, on se couche trop tard, on fait trop de bruit le matin en se levant… Quand en plus en juin on a eu le coup de la Grèce et qu'elle se tirait avec ce gros porc !... J'ai cru que j'allais craquer, j'ai eu la haine. Oui, je lui en ai voulu, je lui en voulais. C'est nous qu'elle trompait, qu'elle laissait, nous, ses enfants ! Heureusement que je sais ! Ça m'aide à comprendre mais quand même !...

Depuis la rentrée, elle continue comme avant et même pire et ce n'est pas le père d'Olivier – Jean-Philippe ! – qui va lui arranger la vie. À part peut-être lui redonner un boulot. Elle a dit l'autre jour qu'elle pensait changer et qu'au lieu de travailler à Boulogne, elle irait à Nation et surtout, qu'elle travaillerait dans le cinéma. Alors, là, puisque Jean-Philippe est producteur, j'ai tout de suite deviné ! Mais comme a dit Mamoune, souvent on ne sait pas ce qu'on fait. On croit savoir mais on ne sait pas. Marlène se trompe mais elle ne le voit pas. Ces hommes ne valent rien. Ce connard-là, il est marié. Olivier, il croit peut-être que ses parents s'aiment, le pauvre ! Pourquoi rien n'est jamais comme on voudrait ? Lui, ses parents ne s'aiment pas mais ils sont vivants. Moi, ils s'aimaient mais mon père est mort et tout vient de là. Elle était tellement heureuse avec lui. Il était unique et c'est elle qui le dit quand elle en parle. Avec lui, on serait allés en Grèce tous les quatre.

J'ai du chagrin. Je ne sais pas comment m'y prendre.

Je ne sais plus. Je dois tenir. Mamoune compte sur moi. Oui. Elle m'a dit tout ça. Mais elle ne sera plus jamais là et quand elle était là, c'était plus facile. Marlène l'aimait et l'écoutait et lui parlait. Elle meurt d'un coup sans prévenir. Quand sa voisine a téléphoné pour nous dire, Marlène était rentrée assez tôt et je ne sais pas ce qu'il y avait eu dans sa journée mais elle était de très bonne humeur. Et moi j'avais une bonne note en SVT. C'était vendredi, le week-end commençait bien. J'étais plein d'espoir et c'est toujours pareil ! Paf ! Dans notre vie, faut toujours qu'il y ait quelque chose qui va pas.

Marlène a raccroché et en le disant, elle s'est mise à pleurer : « Mamoune est morte. » Sophie et moi, on a pleuré aussi. On est venus près d'elle. On est restés tous les trois debout immobiles à pleurer entre le salon et notre chambre. Je lui ai pris la main. Elle m'a laissé la tenir un moment, je lui caressais le dessus avec un doigt, elle a la peau fine et si douce. J'étais triste mais en même temps ça me faisait du bien qu'on soit comme ça ensemble.

Ensuite, elle est allée sur son lit. Je lui ai demandé : « Qu'est-ce qu'elle a eu ?

– Un arrêt cardiaque. » C'est bizarre comme on peut penser des trucs à des moments où on devrait pas. J'ai pensé : tout le monde meurt d'un arrêt cardiaque, c'est forcé. C'est même ça qui fait qu'on est mort. Avec Sophie, on a voulu venir sur son lit contre elle. « Non, laissez-moi… »

Christiane a téléphoné. Sophie a décroché. « Allô ? » Elle a eu l'air surpris comme si ça ne lui disait rien. « Grand-mère ? » Puis elle a ajouté : « Oui, oui, bien sûr, grand-mère Christiane. Oui, je vous la passe. » Marlène a fait « non, non, non » avec la main sur son lit. J'ai pris le téléphone.

« Allô ?

– Marlène ?

– Non, c'est David.

– Bonjour, David. C'est grand-mère.

– Oui…

– Je voudrais parler à ta mère. »

En regardant Marlène, j'ai répondu avec beaucoup d'assurance et j'étais fier.

« Elle n'est pas là. Je peux prendre un message ?

– Elle rentre dans longtemps ?

– Je ne sais pas.

– Il est quand même tard.

– Pas tellement. Vous voulez lui dire quelque chose de précis ?

– Tu me vouvoies !

– Euh… je ne sais pas...

– Bon, alors, dis-lui que c'est à propos de Mamoune.

– Je lui dirai. »

Elle a senti quelque chose à ma voix, elle a eu un doute.

« Tu sais déjà… pour Mamoune ? »

J'ai essayé de mentir avec sincérité. « Non.

– Elle est morte aujourd'hui, dans son sommeil, pendant sa sieste.

– Ah bon ? » Comme je le savais déjà, je n'ai pas eu l'air ému et ça lui a transmis la puce à l'oreille. En même temps, Christiane n'avait pas la voix trop triste non plus mais ce n'est pas parce qu'on ne pleure pas qu'on n'a pas de chagrin, on ne peut pas pleurer tout le temps, elle avait peut-être pleuré avant comme nous. Je connais le secret et elle ne voyait plus Mamoune mais ça ne veut pas dire qu'elle a pas de peine, on ne peut jamais être sûr pour le cœur des autres. En tout cas, Christiane a deviné, cette fois, j'ai mal menti.

« Tu le sais déjà, n'est-ce pas ? Et Marlène aussi. David, passe-moi ta mère, je suis sûre qu'elle est là, passe-la-moi.

– Mais non, elle n'est pas là. » Marlène me faisait des signes pour que je raccroche. « Je lui dirai que vous... que tu as téléphoné.

– Ah ! Elle ne veut pas me parler, c'est ça, elle ne veut pas me parler ! »

Marlène s'énervait : « Raccroche, David. » Elle s'est levée vers moi. J'ai bredouillé dans le téléphone : « Bon, ben, au revoir. »

Sophie et moi, on a senti qu'il fallait rien dire à Marlène. Elle a fumé une cigarette et elle s'est servi un whisky pour se détendre. Son père lui a offert une bouteille. Il lui offre toujours des cadeaux quand il vient la voir. Il vient juste déjeuner avec elle et puis il repart.

Souvent, il vient quand on est à l'école. Nous, on ne l'intéresse pas. Il n'y a qu'elle qu'il aime. Mais comme on n'a jamais rien fait avec lui, pas de vacances, rien, ça nous manque pas, on n'a même pas envie de le voir. De temps en temps, il nous donne un peu d'argent dans une enveloppe. Elle dit que son père l'adore. Je trouve ça bizarre qu'il l'adore et que les enfants qu'elle a ne comptent pas du tout pour lui. Rien n'est comme chez les autres chez nous, c'est plus compliqué. Enfin, je sais pas, je ne suis pas chez les autres. Christiane, c'est différent, elle aimerait bien nous connaître, je suis sûr, et si on se voit pas, c'est à cause de cette lettre qu'elle a écrite à Marlène pour lui faire des reproches, qu'elle serait rancunière, dure, cruelle, ingrate. Ça, j'ai pas osé le dire à Mamoune, qu'elle la traite d'ingrate et tout dans sa lettre qui était à la poubelle. Elle n'avait qu'à pas l'écrire, tant pis pour elle. C'était il y a longtemps mais il y a des mots irréparables. Nous, ça nous manque pas de jamais la voir, on n'a pas d'attachement.

Marlène a voulu s'occuper de l'enterrement, elle a retéléphoné à Josyane, la voisine de Mamoune, mais en fait, il n'y avait rien à préparer, Mamoune avait souscrit une convention obsèques qui prévoit tout, l'enterrement, le cercueil. Comme elle ne voulait pas de messe parce qu'elle n'y croit pas, on est allés directement au cimetière sur le caveau familial. Il y a eu un mot du patron des pêcheurs, qui était un ami parce que mon arrière-grand-père était pêcheur avant sa mort. On n'était pas beaucoup, une quinzaine peut-être, Mamoune avait une sœur qui est morte et qui est déjà dans le caveau avec son mari. Marlène a apporté pour décorer devant la tombe un rosier qui s'appelle Louis de Funès, qui est très gai et qui fait des fleurs orange. Elle a dit que Mamoune adorait Louis de Funès et c'est vrai qu'on le regardait chez elle en vidéo. Josyane a dit qu'elle viendrait l'arroser. Christiane est venue avec son mari, son troisième (c'est Mamoune qui me l'a dit que c'est son troisième). Elle est arrivée en retard, est-ce qu'elle l'a fait exprès ? Elle est restée derrière, je l'ai vue à la fin, en repartant, en passant à côté, parce qu'il pleuvait et elle était sous un parapluie. J'étais sûr que c'était elle parce que c'est vrai qu'elle ressemble à Marlène. Elle a voulu lui parler. Marlène a marmonné entre ses dents : « Pas maintenant » et nous a entraînés par la main. Christiane nous a suivis. « Tu pourrais être un peu plus aimable, au moins aujourd'hui.

– Je n'ai rien à te dire, laisse-moi. » On a repris le train et Marlène était énervée parce qu'elle ne pouvait pas fumer, c'est interdit. Elle secouait son genou tout le temps sur le siège. Elle regardait ailleurs, par la fenêtre, la pluie, le ciel gris, le vent, l'automne, des phares de voitures. Et puis, elle a fait des SMS sur son portable, je suis sûr que c'est pour Jean-Philippe. Sophie s'est endormie. J'avais envie de parler, j'aurais bien voulu mais je connais ses réactions. Pour elle, je suis qu'un enfant, elle ne comprend pas que je peux comprendre. Pendant tout le voyage, je la regardais – si belle avec ses yeux marron vert doré, son cou long et fin, ses lèvres toutes minces qu'elle avait peintes en rouge… – et j'essayais de me souvenir de tout ce que Mamoune m'a dit. Marlène a besoin qu'on lui prouve qu'on l'aime. Je me suis penché pour l'embrasser, elle m'a arrêté : « Qu'est-ce que tu fais ?

– Je voulais te faire un baiser.

– Tu ne peux pas me laisser un peu tranquille ? »

Sur le moment, ça m'a fait comme si mon cœur se vidait d'un coup. Surtout ce mouvement de recul qu'elle a eu quand je me suis approché. Je me suis remis dans mon coin sur mon siège. Elle a encore regardé ses SMS. Je me suis levé. « Je vais faire pipi. » Dans les toilettes, je me suis senti pour voir si c'était que je puais la transpiration parce que maintenant, Marlène dit que je transpire à cause de ma puberté mais j'ai acheté un déo, je me suis reniflé et non, je schmoutais pas, je ne sentais que le parfum du déo ou alors, elle trouve que c'est le déo qui schmoute. Peut-être qu'elle voulait seulement être comme elle a dit, tranquille ? Peut-être qu'elle voulait être seule avec son chagrin ? Moi non plus je n'aime pas que les autres me voient triste. Mamoune, elle l'aimait plus que sa mère alors c'est dur… Mais j'espère que moi… que je suis ce qu'elle attend… J'espère que quand elle est comme ça, ce n'est pas à cause de moi. Qu'est-ce que j'ai fait ? Qu'est-ce que j'ai pu faire ? Est-ce que je la déçois ? J'ai peur de ne pas être à la hauteur. J'ai compris qu'il faut beaucoup lui donner mais quoi ? Tout ce que j'essaye, ça n'est pas bien. Je voudrais tellement trouver comment la rendre heureuse.

5

Dans mon cahier de textes, j'ai une photo d'elle prise par mon père mais elle n'a pas changé. Elle est en maillot de bain deux pièces marron avec le petit cœur doré autour du cou que mon père lui a offert. Je crois que quand je rangeais mes affaires à la fin du cours de maths, la photo est tombée par terre. Martin qui était derrière moi l'a piquée sans que je le voie. À la cantine, je mangeais avec Sébastien, Thomas et Olivier qui est sympa malgré son père. À notre table, il y avait aussi trois filles de la classe, Anna, Zoé et Joséphine. Anna, c'est une petite aux cheveux châtain clair ondulés avec un grain de beauté sur la joue qui me passe des feuilles ou une cartouche quand j'ai oublié. À l'autre table, il y avait Martin, JB et Ali. Ils s'entendent bien, c'est des racailles. Je sais qu'ils sont jaloux parce que les filles aiment parler avec nous, elles nous préfèrent, on est moins cons, faut dire, et Martin, il est amoureux d'Anna, c'est Zoé qui me l'a dit et il a aucune chance, ce gros débile, parce qu'il paraît qu'Anna, elle a horreur des gros débiles. Moi, elle me trouve intelligent, c'est aussi Zoé qui me l'a dit. C'est peut-être pour ça que Martin m'a provoqué. Il a sorti la photo de Marlène, il l'a montrée à JB et Ali et j'ai vu qu'ils rigolaient en me regardant. Et puis, Martin a agité la photo en l'air et comme il est grand, tout le monde a pu voir. « Qui c'est qui veut mater la meuf à David ? » J'ai eu la rage quand j'ai reconnu la photo. « Où t'as volé ça, espèce de salaud ?

– C'est à toi que faut le demander.

– Rends-la-moi ! RENDS-LA-MOI ! »

Il a mis la photo devant les yeux des filles. « Ouah ! Vous avez vu ? Canon, la meuf ! Tu te l'es faite ? » Ça m'a pris deux secondes pour sauter sur lui. J'ai fait le tour de la table tellement vite que je me suis cogné au bord et j'ai renversé la carafe qui a explosé par terre et les filles ont été mouillées. Je l'ai attrapé par son pull. « Tu vas me le payer, enculé ! » Il a réussi à s'enfuir, il a couru autour de sa table, je l'ai poursuivi. Il secouait la photo au bout de son bras en criant « olé » comme un toréador pour faire comme si j'étais le taureau. « Je suis sûr que t'en as d'autres où elle est à poil. » Tout le monde nous regardait et il y en a que ça a fait rire. Deux profs qui surveillaient se sont précipités. « Oh ! Hé ! là, ça va pas ! Qu'est-ce qu'il vous prend ? » Martin a juste eu le temps de jeter la photo. « Tiens, reprends-la, ta pouffe ! » Je l'ai ramassée. « Pauvre con ! C'est ma mère. » Les profs nous ont remis à nos places en nous menaçant : « Je vous préviens, la prochaine fois, c'est l'exclusion. » Je me sentais chaud, brûlant de colère. J'étais assis devant mon assiette de purée-rôti de porc qui était froide. Thomas, Sébastien, Olivier m'ont dit : « C'est un connard. » Je tenais la photo et je l'ai examinée pour voir si elle n'était pas abîmée. Elle était sale, elle avait une tache d'eau. J'ai senti une boule dans ma gorge, des larmes dans les yeux, je les ai frottés. Anna a remarqué. « Il est méchant, bête et méchant, c'est tout. Ignore-le. » Elle m'a souri. « Elle est très belle, ta mère.

– Merci. » J'ai rangé la photo dans mon cahier de textes dans mon sac.

La semaine d'après, c'était la récré. On prenait un chocolat au distributeur devant la salle des profs, Thomas, Olivier et moi. Martin et Ali se sont approchés. On a fait comme si on ne les voyait pas et on allait partir avec les gobelets quand Martin m'a dit : « Eh ! David ! T'as déjà vu un porno ? » On n'a rien répondu, on a commencé à se barrer, il a suivi. « Tu sais, quand on la touche ? Tu sais ?

– Dégage, Martin !

– Non parce que ta mère, Ali l'a vue, hein, Ali ?

– Quoi ! » Mon sang n'a pas fait un tour, je l'ai attrapé par le cou avec ma main gauche et j'ai renversé mon chocolat que je tenais dans l'autre main, je me suis brûlé, j'ai lâché le gobelet. « Qu'est-ce que tu racontes ? » Martin ne s'attendait pas à ce que je réagisse aussi violent. Il a beau être plus grand, je le tenais serré. Il a voulu m'arracher la main, il a dû me prendre le bras avec ses deux mains à lui pour y arriver. Du coup, ça l'a rendu encore plus méchant. Il a eu un ricanement.

« Ali l'a vue, hein, Ali, tu l'as reconnue, tu m'as dit que c'était elle, en train de faire des trucs à un mec dans une BMW. » Ali a dit : « Le mec, c'était le père d'Olivier. »

Olivier et Thomas ont fait une tête pas possible. Moi, j'ai senti que je devenais fou parce que j'ai compris que c'était vrai mais ça me faisait du mal – du mal ! – et c'est dégueulasse et ces deux merdes maintenant allaient raconter ça à tout le monde. Ali a voulu se tirer, j'ai lâché Martin et je lui ai sauté dessus. Ali fait ma taille mais il est bouboule. « Redis-le ! Redis-le, ce que tu as dit ! Redis-le ! Tu mens ! » En même temps, j'ai pas bien vu mais Olivier s'est jeté sur Martin. Moi, j'ai pris la tête d'Ali entre mes mains et je lui ai filé un coup de boule et puis je l'ai poussé, je sais même pas ce que j'ai fait tellement j'avais la haine. Ali est tombé en arrière, sa tête a frappé une vitre qui a volé en éclats, il a eu l'air étonné de ce qui lui arrivait tellement ça s'est passé vite, il a touché ses cheveux et il a eu la main pleine de sang, alors, il s'est mis à hurler et à gémir. « Merde, je saigne ! Merde, je saigne ! Merde, merde ! » Pendant ce temps-là, Olivier se battait avec Martin et moi je l'ai plaqué au sol, on lui a tapé dessus avec les pieds et les mains, combien de temps ? Je me souviens plus mais on a été agrippés par des profs. Ali paniquait, il était par terre. « Je saigne, je saigne ! Qu'est-ce que j'ai ? Je me sens mal, je me sens mal, je vais mourir. » Un prof essayait de le calmer et l'infirmière est arrivée. Martin saignait du nez et Olivier de la lèvre. M. Pichet, notre prof de maths, et Mme Bijouty sont venus aussi, ils sont sortis de la salle des profs et quand ils nous ont vus, ils ont dit : « Mais qu'est-ce qu'il s'est passé ? Qu'est-ce qu'il leur a pris ? » et l'un des deux profs qui nous a séparés a dit qu'il ne savait pas. M. Rezon, le proviseur, est venu ensuite quand on était à l'infirmerie et que l'infirmière a dit qu'on n'avait rien de grave, heureusement. Ali, c'est juste une coupure à la tête mais superficielle. Elle lui a mis du désinfectant et un bandage qui fait tout le tour de sa tête en passant sous le menton pour que ça tienne et du coup on dirait qu'il a une blessure très grave. Ensuite, on a attendu devant le bureau du proviseur avec un surveillant pour nous garder. On a vite compris que M. Rezon a prévenu nos parents. C'est d'abord la mère d'Ali qui est arrivée. Elle a poussé un cri quand elle a vu le bandage. « C'est pas possible, c'est pas possible ! » Il lui a dit que j'ai voulu le tuer et que je l'ai jeté sur la vitre. J'ai dit « C'est faux, c'est pas ça » mais le surveillant m'a empêché, « Tais-toi ! Tu t'expliqueras chez le proviseur ». Ensuite, la mère d'Olivier est arrivée, il lui a dit que c'est eux qui nous ont provoqués. Juste après, Marlène et le père de Martin sont arrivés ensemble. On est entrés chez le proviseur où il y avait déjà M. Charmais, le prof qui nous a séparés quand on se battait. Il a raconté ce qu'il a vu, que c'est d'abord moi qui ai sauté sur Ali. M. Rezon nous a demandé de donner chacun notre version des faits. Évidemment, Ali et Martin n'ont pas voulu dire, ils ont joué les naïfs, qu'on les a agressés sans raison. Si on avait tout raconté, Olivier et moi, ils auraient compris qu'on en avait, des raisons, et notre honneur mais… mais Marlène était assise toute droite les jambes croisées sur sa chaise, elle regardait devant elle je ne sais trop quoi, pas moi, elle n'a pas tourné une fois le visage de mon côté tandis que la mère d'Olivier au contraire avait les yeux sur lui et elle me regardait aussi de temps en temps, elle attendait avec angoisse, elle avait des grands yeux inquiets, une tête fatiguée, la peau du visage très blanche mais elle avait chaud, du rouge aux joues. Marlène, j'ai pensé : la honte pour elle, la peine que je lui ferais si je disais pourquoi on s'est battus, parce que je sais bien que c'est vrai qu'ils l'ont vue dans la voiture avec Jean-Philippe et qu'elle me le pardonnerait jamais si c'était moi qui le racontais devant la mère d'Olivier. Et puis, j'ai pensé : cette pauvre femme, la peine aussi pour elle, apprendre la vérité ici devant le proviseur, devant tout le monde, le choc ! Et puis, elle va haïr Marlène. On s'est regardés avec Olivier pour savoir qui parlerait le premier et je crois qu'il a compris à ma tête qu'il valait mieux rien dire. Aussi, peut-être qu'il se doute que son père trompe sa mère, oui, ça doit être pour ça, même si on n'en a jamais parlé tous les deux, c'est trop gênant et qu'est-ce qu'on y pourrait ? M. Rezon m'a dit que c'était mon tour de m'expliquer. J'ai seulement dit que Martin et Ali nous cherchaient sans arrêt, qu'ils nous provoquaient et que tout à l'heure devant le distributeur de boissons ils nous avaient insultés. Martin avait la tête baissée mais j'ai vu qu'il avait un sourire. Trop content, l'ordure ! J'ai dit que je regrettais. Olivier se sentait aussi mal que moi mais il a essayé de montrer que les insultes de Martin étaient vraiment graves. « Il ne nous a pas seulement insultés, nous, il a insulté la mère de David et aussi… ma famille. » Il n'a pas osé dire « mon père ». Je tremblais que Martin, du coup, décide de tout raconter. M. Rezon a demandé : « Quelles insultes, exactement ? Soyez plus précis. » Olivier a hésité, il a jeté un regard vers moi. « Martin a dit que la mère de David… » Je lui ai lancé un regard terrifié, non, chut ! pas ça… Alors, il a juste murmuré : « Des gros mots. C'est pas la peine que je les répète.

– Non, sans doute pas. On imagine. » M. Rezon a attendu un peu au cas où on voudrait encore dire quelque chose mais tous les quatre on n'a plus rien dit. Je n'osais regarder personne et surtout pas Marlène. M. Rezon a rappelé le règlement et insisté qu'on a été très violents, que ça aurait même pu être plus grave, Ali aurait pu être grièvement blessé par la vitre. Sa mère a dit presque en pleurant : « Et même mort ! et même mort ! Ça aurait pu lui couper la gorge ! » M. Rezon a décidé de nos punitions : trois jours d'exclusion pour Olivier et moi, un jour pour Martin et Ali parce qu'ils nous ont insultés et insulté nos parents (bravo, Olivier !) et passage en conseil de discipline si ça se reproduit. Il a fini en disant : « Vous avez la chance d'être dans un très bon collège avec d'excellents professeurs, vous vivez dans un environnement privilégié, dans un quartier favorisé. La violence – verbale et physique – est inacceptable. Elle l'est tout particulièrement ici où toutes les conditions sont réunies pour que vous suiviez une bonne scolarité. Je ne tolérerai pas que ça se reproduise. Et je compte sur vous, mesdames, et vous, monsieur, pour avoir avec vos enfants les conversations qui s'imposent. » Les parents ont tous eu l'air d'approuver mais le père de Martin a fait remarquer : « Je reconnais qu'ils ont tous des torts, apparemment, mais on ne peut pas mettre sur le même plan la violence verbale et la violence physique.

– C'est la raison pour laquelle les punitions sont différentes, monsieur, mais on n'a pas pour autant à injurier ses camarades. »

On est tous sortis du collège. Marlène ne m'a pas dit un mot. J'ai cherché comment lui faire comprendre pour qu'elle m'en veuille moins mais sans lui parler de la BMW de Jean-Philippe parce que c'est un terrain glissant. J'ai bafouillé mais on aurait dit que mes mots tombaient dans le caniveau à côté d'elle sans qu'elle les remarque. Elle marchait à toute vitesse et je trottinais à côté et je disais : « Tu comprends, je pouvais pas le laisser t'insulter. » Elle faisait comme si j'existais pas, alors, j'en ai dit plus pour qu'elle réalise. « Bon, je vais te le dire, pourquoi je l'ai frappé. J'ai pas osé le dire devant le proviseur parce que ça me faisait tellement honte de répéter ça devant toi. Martin, tu sais ce qu'il a dit ? Qu'ils t'ont vue dans un porno ! C'est comme te traiter de pute... » Elle s'est tournée vers moi et elle m'a tiré la main très fort, ça m'a fait mal. Elle était toute dure, ses yeux surtout, ça la choquait, c'est normal et j'ai pensé qu'elle allait enfin comprendre et me pardonner.

« Ça suffit, David ! En plus, je suis sûr que tu mens, que tu racontes n'importe quoi, tu inventes tout ça pour te faire pardonner.

– Non, je te jure, je mens pas. Je me suis battu pour toi parce qu'il y a des limites et je laisserai jamais personne dire du mal de toi. »

Elle n'a pas réagi. Elle se dépêchait et je trottais toujours à côté sur le bord du trottoir en me cognant aux poteaux en métal qu'on met pour empêcher les voitures de se garer. J'ai redit mon explication, j'ai insisté, je lui demandais pas de me croire, maintenant, mais qu'elle me parle au moins, le silence est tellement pire, qu'elle me parle, même pour me gronder, oui, qu'elle me gronde, qu'elle me dise que je mens et alors je ne protesterais même plus, qu'elle me dise que c'est très grave d'avoir été violent, que j'aurais pu le tuer, que je suis un malade, un irresponsable, que je suis puni, à la maison tout le week-end ! « Comme ça tu travailleras parce que tes résultats du premier trimestre sont très insuffisants», et moi je dirais: «Mais les profs ont écrit que je suis sérieux et de bonne volonté», et elle me répondrait: «Eh bien maintenant, ils ne risquent plus d'écrire ça, ils écriront que t'es un voyou qui ne fout rien en classe et qui en plus a un comportement dangereux et agressif»… Oui, qu'elle m'engueule, qu'elle me sorte tout ce qu'elle a sur le cœur parce que c'est pour mon bien et c'est des paroles de mère et moi j'aurais de la reconnaissance, alors, je comprendrais, j'accepterais. «Je t'ai défendue, Marlène, c'est pour toi.» Et soudain dans la rue, je l'ai suppliée: «Parle-moi !

– Arrête, tu es ridicule, tout le monde nous regarde, tu me fais honte. Je n'ai rien de plus à te dire que ce qu'a dit le proviseur.» Enfin ! ça y est, elle me parle !

«C'est pas la première fois que Martin me provoque. L'autre jour, il m'a volé ma photo de toi que je garde dans mon cahier de textes et il l'a montrée à tout le monde à la cantine en criant: "Eh ! regardez ! c'est sa meuf !" Alors, moi, j'ai bondi sur lui. On nous a séparés, il a lâché la photo, sinon, je l'aurais tué.» Là, Marlène a réagi mais pas du tout comme j'espérais.

«Pourquoi tu gardes une photo de moi ? Qu'est-ce que c'est que cette photo ? Montre-la-moi.» J'ai ouvert mon sac et je lui ai tendu la photo. «Où tu l'as prise ?

– Ben… dans un album.

– En plus, tu voles.» Elle a regardé la photo. «Et je suis en maillot de bain ! Tu te trimballes avec une photo de moi en maillot de bain prise par Jacques !» Elle a gardé la photo, elle s'est regardée, elle a soupiré et je suis sûr qu'elle pensait à mon père, qu'elle était à nouveau dans leurs souvenirs. Il y avait rien dans le frigidaire, j'ai foncé faire des courses. J'espérais qu'on allait dîner tous les trois mais Jean-Philippe – je sais que c'est lui – l'a appelée sur son portable et elle est partie en nous disant de nous coucher tôt. Sophie était triste que Marlène sort tout le temps. Et moi, c'était pire.

Mais l'histoire n'est pas finie. Le père de Martin est journaliste et il a fait un article pour « dénoncer le racisme ordinaire au collège », oui, c'est ce qu'il a écrit, l'association de parents d'élèves a affiché l'article sur un panneau dans l'entrée du collège. « L'inquiétant développement du racisme chez les jeunes ados » ! Et c'est moi, le raciste ! parce que j'ai frappé Ali et l'ai jeté contre la vitre. Mais personne sait pourquoi, c'est dégueulasse. Je veux bien que j'ai eu tort et que c'est Martin que j'aurais dû balancer dans la vitre parce que c'est lui qui a raconté Marlène et Jean-Philippe – Ali, il les a seulement vus et il est moins cruel, il nous aurait rien dit, lui, je pense. Je ne suis pas raciste ! Je ne l'ai pas frappé parce qu'il est arabe. Et tout le monde le croit, maintenant ! Après nos trois jours d'exclusion, Mme Bijouty a fait à toute la classe un cours sur la tolérance avec un texte de Voltaire et elle nous a parlé de vivre ensemble et de fraternité. J'étais assis à côté de Thomas qui sait la vérité puisqu'il y était, au distributeur, quand ça s'est passé. Il m'a demandé : « Pourquoi tu n'as pas raconté ce qu'il s'est passé et tout ce qu'il t'a dit ? » Il est sympa, Thomas, et il a une famille trop géniale, une sœur comme Sophie et ses deux parents qui sont cool, qui rient à table parce que j'ai déjà dîné avec eux et j'ai adoré l'ambiance, on se sent si bien, j'aimerais tellement avoir une famille pareille et c'est ce qu'on aurait eu si mon père… Alors, je ne peux pas lui expliquer que j'ai pensé que ma mère était vraiment dans cette voiture.

Pendant le cours, Anna m'a passé un mot : « David, si tu veux, je peux te donner ce qu'on a noté quand tu étais absent. J'ai tout photocopié pour toi. » Elle a signé et elle a ajouté : « Martin est une racaille, t'en fais pas, on sait très bien dans la classe qui est qui. » Je lui ai répondu merci, que je voulais bien, et merci aussi pour le reste. Elle a été très heureuse en lisant et elle m'a fait un grand sourire. Mais moi, j'étais mal, mal, quand Mme Bijouty a lu : « "Puissent tous les hommes se souvenir qu'ils sont frères !" » À la fin, elle nous a gardés, Olivier, Ali, Martin et moi, et elle nous a dit : « Bon, maintenant, c'est du passé et je suis sûre que ça ne se reproduira plus. Je n'ai pas voulu vous stigmatiser – (je n'ai pas compris le mot mais j'ai cherché dans le dictionnaire après) – en vous présentant ce très beau texte de Voltaire mais m'adresser à tous. Vous vous êtes battus mais ç'aurait pu aussi bien être d'autres de vos camarades. Je voudrais vous faire comprendre qu'on ne règle jamais rien par la violence, au contraire, on aggrave l'incompréhension, le contentieux – (elle parle comme Voltaire, Mme Bijouty, on a toujours l'impression qu'elle récite un livre) –, on creuse les rancœurs, les haines parfois entre soi et l'autre. Se battre, c'est perdre, c'est renoncer, c'est avouer son impuissance face à l'autre, ça vous paraît peut-être bizarre ce que je vous dis, mais c'est vrai. Se battre, c'est être faible, incapable de parler, de discuter, de réfléchir avec l'autre. Notre différence avec les bêtes, c'est justement que nous, nous pouvons exprimer nos pensées, échanger nos points de vue, formuler nos sentiments. En cas de conflit, nous avons une alternative à la violence : la parole. »

Martin qui avait un petit sourire ironique en écoutant a dit : « Ali et moi on ne les a pas agressés, on est les victimes et c'est injuste que M. Rezon nous ait exclus pour une journée. »

Olivier nous a défendus : « M. Rezon a dit que la violence verbale, c'est aussi une agression.

– Il a raison, a dit Mme Bijouty. Quand je vous recommande de vous parler, ça ne veut pas dire s'injurier. Une insulte, c'est comme un coup de poing et c'est aussi un échec. On ne sait plus comment communiquer, convaincre l'autre, alors on l'insulte. Ce que je vous explique, mes enfants, c'est que quand on a un contentieux – (elle aime beaucoup ce mot) –, quand on a un différend, quand l'autre vous énerve, il y a toujours une raison. Parfois, c'est un sentiment de jalousie. Parfois, c'est un mot justement qui vous a blessé et que vous n'avez pas oublié. Il est toujours préférable d'essayer de se dire les choses simplement, d'expliquer chacun sa vérité, de se parler en somme, plutôt que de garder son ressentiment ou sa colère. »

J'ai vu à sa tête qu'elle a senti que ce qu'elle nous disait nous passait assez au-dessus de la nôtre et c'est vrai que moi, sur le moment, j'ai pensé : alors, là, compte pas sur moi pour discuter avec ce crapaud puant de Martin ! Quand elle nous a lâchés, on est partis, Olivier et moi d'un côté, Martin et Ali de l'autre. L'après-midi, Martin a fait exprès de s'écrier devant toute la classe pendant qu'on entrait en salle de physique et que j'arrivais devant lui : « Planque-toi, Ali, v'là le raciste ! » Ça m'a fait bouillir mais je me suis retenu. Maintenant, faut plus jamais que je pète les plombs, mais en allant m'installer à ma place, je serrais les poings et je rêvais de lui choper les couilles et de les tordre dans tous les sens comme un citron pressé. J'ai passé tout le cours de physique à lui inventer des tortures de plus en plus sadiques et ça me faisait du bien d'imaginer sa tête de souffrance en train de me supplier : « Arrête, pitié ! »

Le lendemain, Olivier est arrivé et j'ai vu qu'il n'allait pas. À la cantine, il n'a rien mangé. Sébastien, Thomas et moi, on lui a demandé ce qu'il a, s'il avait mal au ventre ou quoi. C'est quand on pissait aux toilettes qu'il a craqué, il s'est mis à pleurer et il nous a dit. Déjà, son père l'a engueulé comme un fou le soir du proviseur mais là, il a décidé de le mettre en pension dans le privé. Après Noël, il ira à Évreux et il ne reviendra que les week-ends sauf s'il est puni où c'est encore pire, il sera privé de week-end. C'est atroce. Je ne sais pas si c'est l'article du père de Martin qui a fait déborder le vase. Olivier dit que son père est très sévère et très brutal, toujours pressé, il n'est jamais là sauf pour les engueuler, sa sœur et lui et même sa mère, ils se disputent souvent, il y a une mauvaise ambiance. Il paraît que c'est devenu terrible depuis quelque temps, que ça n'allait déjà pas avant mais que maintenant c'est un cauchemar, Olivier ne sait pas si c'est à cause de lui parce qu'il ne travaille pas très bien. Sa mère n'était pas pour la pension mais elle a fini par accepter parce qu'elle fait toujours, finalement, ce que veut son père.

On est sortis des toilettes parce que c'était déjà l'heure d'aller en cours. On l'a tous entouré, Olivier, pour le consoler. Thomas qui est toujours positif lui a dit que son père allait peut-être changer d'avis, qu'il a dit ça seulement parce qu'il était en colère et pour lui faire peur mais Olivier a dit que non, qu'il le connaît trop bien. À cause de son père, au début de l'année, je l'aimais pas trop, il y était pour rien mais ça me rendait dingue que Marlène s'emballe pour ce frimeur. Maintenant, je le plains et c'est encore à cause de son père. Parce que tout le mal vient de là et j'y ai repensé : est-ce qu'Olivier sait ou pas ? Est-ce qu'il se doute ou pas ? À un moment, quand on était tous les deux à côté dans l'escalier, j'ai hésité et puis, non, je n'ai pas osé. « Dis, tu crois que ton père avec ma mère ?... » Moi, j'ai deviné mais lui, peut-être pas, alors ça pourrait lui faire encore plus de mal et il pourrait m'en vouloir même si c'est pas de ma faute. Oui mais tout ce qui arrive, c'est à cause de ça. Pourquoi on l'envoie en pension ? À cause de cette bagarre. Mais pourquoi il a frappé Martin ? Pour défendre son père. Donc, s'il l'a défendu, c'est qu'il ne sait rien. Non, pas forcément, c'est comme pour moi. À la limite, il a voulu encore plus lui casser la gueule à Martin pour qu'il n'aille pas le répéter aux autres. Oui… Sauf que devant le proviseur, il voulait dire la vérité. Oui, en fait, il a failli la dire, je me rappelle. C'est moi qui l'ai empêché. J'ai parlé en premier et puis je lui ai fait des gestes et il a compris. Mais il a compris quoi ? On n'en a pas parlé. Je ne pourrais pas jurer qu'il sait que son père trompe sa mère. S'il la trompe avec Marlène, il a déjà dû la tromper avant, il doit avoir l'habitude et donc, Olivier, il a peut-être des doutes, sinon, pourquoi il aurait dit que maintenant chez eux, c'est un cauchemar ? Oui, oui, tout le mal vient de là. Tout ça parce que son père est un salaud ! « Jean-Philippe ! Jean-Philippe !... » Quand j'entends Marlène la voix toute sucrée au téléphone… elle dit même Jean-Phi des fois !... j'ai la haine, je me dis presque qu'Alain ou Serge, c'était moins pire. Avec lui, elle se cache, forcément. En plus, il l'a prise à son bureau… pour l'avoir sous la main… Il fait le malheur de deux femmes, une qui n'aura rien parce qu'il vivra jamais avec et l'autre qui n'a plus rien parce qu'il la trompe. Et le malheur de leurs enfants ! Quatre enfants, il s'en fout, ça ne compte pas ! Deux familles et quatre enfants… En classe, toute la journée, j'ai observé Olivier qui avait le regard triste, triste, et j'ai réfléchi. On ne pouvait pas laisser faire ça. Parfois, les gens ne se rendent pas compte de ce qu'ils font aux autres, Mamoune a raison. Alors, il faut intervenir, à leur place, malgré eux, et tant pis si Marlène m'en veut. D'ailleurs, c'est Mme Bijouty qui m'a donné l'idée avec son conseil, elle s'y connaît, elle est cultivée, elle a de l'expérience, elle est près de la retraite, c'est elle qui nous l'a dit qu'il vaut toujours mieux parler, expliquer. Alors, j'ai écrit une lettre à la mère d'Olivier pour tout lui raconter. Je n'ai pas écrit que je pensais que c'était vrai, je suis pas stupide, j'ai été subtil, j'ai expliqué qu'on a défendu l'honneur de nos parents et que cette histoire nous a fait beaucoup de mal, surtout si elle est fausse. J'ai fini en disant qu'Olivier est un bon fils, le meilleur, et qu'il ne doit pas aller en pension.

Le lendemain, Olivier s'est jeté sur moi devant l'entrée du collège, il m'a agrippé, il m'a poussé contre une voiture. « Qu'est-ce que t'as fait ! T'es malade ! Tu es vraiment trop con ! Tu veux détruire ma famille ?

– Mais non ! J'ai cru bien faire. J'ai voulu t'aider.

– T'es qu'un gros con ! Tu crois que je le sais pas, ce que fait mon père ? » Il m'a raconté que sa mère qui s'en doutait a été carrément sûre quand elle a lu ma lettre et qu'elle s'est mise à pleurer. Elle lui a demandé si ça s'est vraiment passé comme ça et elle n'a pas voulu le croire quand il lui a juré que j'avais tout inventé pour essayer qu'il ne parte pas en pension… J'hallucinais ! Il m'a traité de menteur, moi ! alors que j'ai voulu l'aider, lui ! « Pourquoi tu ne m'en as pas parlé, avant ? C'est ma famille, pas la tienne ! C'est ma vie, pas la tienne ! » Il était sincère et soudain, j'ai eu honte de ce que j'ai fait, j'ai réalisé que je ne l'ai pas seulement fait pour lui mais aussi pour casser l'histoire de son père avec Marlène. Il m'a dit que sa mère n'a jamais eu de preuves mais qu'elle le sent depuis longtemps, qu'elle est en dépression, qu'elle ne mange plus, elle a perdu huit kilos, et que son père est de moins en moins là, toujours en voyage, et quand il est là, il dort dans le salon sur un futon. En me le racontant, Olivier s'est calmé, sa voix était de plus en plus basse, j'ai vu à quel point il en souffrait, je ne savais plus quoi dire. Sa mère lui a dit de la laisser tranquille et d'aller dans sa chambre. « Elle était dans la cuisine et je voyais sa main qui tremblait, elle a fait tomber un verre, j'ai voulu l'aider à ramasser les morceaux, elle m'a chassé en criant. Mon père est revenu pour le dîner et elle ne lui a rien dit, sans doute parce qu'elle avait peur qu'on entende, Lila – (sa sœur) – et moi. Il est venu dans la cuisine. J'écoutais dans l'entrée. Maman lui a dit : “Prends-moi dans tes bras” et il est resté à côté d'elle sans le faire, sans bouger… Après, le soir, ils se sont disputés et j'ai entendu mon père qui a dit : “Tu ne vas pas croire tous ces petits merdeux ! J'ai embauché la mère de David comme secrétaire et une fois de temps en temps, je la ramène en voiture parce qu'on habite dans le même quartier, c'est tout." Mais je suis sûr que maman ne l'a pas cru.

– Peut-être que si. » Je voulais lui dire un truc qui le rassure mais Olivier faisait non de la tête. « Mais si. En plus, comme tu lui as dit que j'ai tout inventé…

– Non, ça suffit pas… » Je comprenais pas ce qu'il veut, Olivier. Son père rend sa mère malheureuse mais en même temps j'ai l'impression qu'il a peur que ses parents se quittent. « Tout ça à cause de ta mère », il m'a dit.

On ne peut jamais être dans le cœur des autres. Moi, à sa place, je supporterais pas que mon père trompe toujours ma mère et je lui dirais – et j'aimerais mieux qu'ils divorcent pour que ma mère trouve un autre homme qui la mérite même s'ils ne courent pas dans les rues visiblement. Pour me rattraper, j'ai proposé à Olivier :

« Si tu veux, je peux voir ta mère et lui dire que j'ai inventé n'importe quoi pour que t'ailles pas en pension. Si c'est moi qui lui dis, elle le croira.

– C'est trop tard, maintenant.

– Je peux essayer. Je lui dirai que Martin a traité ma mère de pute parce qu'Ali l'a vue dans une voiture en train d'embrasser un homme mais que c'était pas ton père mais un autre, Alain, parce que ma mère est veuve et qu'elle pense refaire sa vie. Et toi, tu t'es battu avec moi par solidarité.

– Elle y croira jamais.

– Tu ne veux pas qu'on essaye ? »

Il a fini par accepter. À la sortie, on est allés chez lui parce que sa mère travaille pas. Ils habitent dans un appartement immense, je pouvais même pas imaginer si grand, avec deux salons, une salle à manger, une cuisine qui fait au moins tout notre salon et des couloirs très longs jusqu'aux chambres. Sa petite sœur prenait son goûter avec la baby-sitter. Sa mère dormait, il n'a pas osé la réveiller. « Quand elle dort, faut pas la déranger, elle prend des comprimés. » On a attendu une heure mais après, on n'avait plus le temps, il fallait que je cherche Sophie à l'étude. J'allais partir. Juste à ce moment-là, elle est sortie de sa chambre. Elle a eu l'air surprise. Olivier a dit : « C'est David, maman.

– Je sais, je l'ai vu l'autre jour. »

J'ai hésité une seconde et je me suis lancé. J'ai vraiment essayé d'être convaincant, j'ai donné des détails, j'ai décrit Alain et pour cause, ça m'a fait mal de reparler de lui mais dans la vie, parfois, il faut se forcer. Dans la lettre, j'ai expliqué, j'ai mis Jean-Philippe à la place d'Alain pour qu'elle croie encore plus qu'Olivier avait des raisons de se battre, qu'il est courageux, qu'il est un bon fils et qu'il ne mérite pas de partir en pension. À la fin – et là, j'étais sincère – j'ai dit que Marlène est au courant de rien ni de la lettre ni que je suis venu. La mère d'Olivier m'a regardé en silence. Ses yeux disaient « mon pauvre petit », oui, quelque chose comme ça et j'ai compris, j'ai même baissé la tête. Mentir, c'est un métier, il faut beaucoup s'entraîner. À la porte d'entrée, elle m'a posé la main sur l'épaule et elle m'a dit : « Ne t'en fais pas, je ne dirai rien à ta mère. »

Mais j'aurais dû me méfier, j'aurais dû m'en douter, ce salopard de Jean-Philippe, lui, il a tout dit à Marlène pour la lettre. Le lendemain, quand je suis rentré à la maison après les cours, Marlène y était déjà, exprès à cause de ça, et dès que j'ai ouvert la porte, elle m'est tombée dessus. Et je ne sais plus tellement elle en a dit, tellement il y en a eu, tellement elle parlait, j'étais bombardé comme sur la plage du Débarquement dans *Le Soldat Ryan* que j'ai vu à la télé, pif ! paf ! pouf ! des mots dans tous les sens. « Je te savais capable de beaucoup de choses, beaucoup de mensonges, mais ça, non, ça ! je n'imaginais pas. Tu respectes rien, même pas ta mère ! Qu'est-ce que je t'ai fait ? Tu m'en veux ? De quoi ? Tu ne supportes que je voie personne, que j'aime personne. Qu'est-ce que tu voudrais ? Que je reste ici avec vous deux enfermés comme des rats ? Que j'aie pas de vie ? Tu crois que j'ai pas eu assez de malheur dans ma vie ? Je sais très bien ce que tu as voulu faire encore une fois, c'est ce que tu veux chaque fois : casser mon histoire, m'empêcher de vivre, m'empêcher d'aimer ! Parce que tu te dis qu'il y a quelque chose entre Jean-Philippe et moi ! Quand on te raconte cette histoire de voiture, tu t'empresses d'y croire. Mais même si c'était le cas, c'est notre affaire, pas celle d'un petit merdeux de treize ans ! C'est invraisemblable que tu aies osé écrire ça à la femme de Jean-Philippe, invraisemblable, et pour moi c'est… c'est !… Non mais tu te rends compte de la situation dans laquelle tu me mets !… » Et elle a continué, les mots sortaient à toute vitesse. À chaque fois que j'essayais d'en placer un, elle criait encore plus et Sophie n'osait pas bouger, assise sur sa chaise prête pour dîner. « Et si Jean-Philippe me virait à cause de ça ? À cause de sa femme ? Tu y as pensé ? Il pourrait. Bien sûr, tu y as pensé. C'est même ce que tu voudrais, hein ? Parce que c'est dans sa boîte que je travaille. Tu l'as deviné, ne me dis pas que tu ne l'as pas deviné, tu fouines partout. Tu le sais que j'étais au chômage, qu'Alain m'avait virée ! Et maintenant, qu'est-ce que tu voudrais ? Que ça recommence ? Tu ne supportes pas que je sois heureuse. Mais tu veux que ta sœur aussi soit malheureuse, c'est ça ? Tu veux qu'on n'ait plus rien pour vivre ! Tu crois qu'on roule sur l'or ? Si je perds ce job encore une fois… C'est ça que tu veux ? Si j'avais les moyens, je te jure que tu filerais en pension comme Olivier mais tu vois, c'est trop cher, c'est seulement pour ça que tu restes encore ici. »

Elle a dit tellement de choses. Qu'est-ce qui est vrai ? Et qu'est-ce qu'elle pense vraiment ?

« Va dans ta chambre, tu ne dînes pas. » J'y suis allé, elle m'a rejoint et elle a continué mais sans crier ce coup-ci et c'était beaucoup plus horrible. « Ton copain, Olivier, il souffre que son père n'aime plus sa mère mais il aime et il respecte ses deux parents et il n'aurait jamais fait une chose pareille – la preuve ! Toi, tu n'as pas de père – et tu me pourris la vie ! »

J'étais assis sur mon lit, elle était debout, juste devant, j'ai enroulé mes bras autour de ses jambes en lui demandant pardon et en disant que je l'aime.

« Si tu m'aimais, tu n'aurais pas fait ça. Jean-Philippe aurait pu me rendre heureuse. Il aurait fini par divorcer. Il me disait qu'il voulait faire les choses en douceur. Maintenant, il va avoir trop peur des emmerdes, il va me laisser tomber. » Elle s'est écartée en me repoussant, je suis resté agrippé à ses jambes et je me suis retrouvé à genoux à la retenir.

« Marlène, pardonne-moi, pardonne-moi, je veux que tu me pardonnes... » Elle m'a pris les mains, elle m'a décroché d'un coup, on aurait dit que je lui faisais du dégoût.

« Lâche-moi, ça suffit, je supporte pas ça ! Tu te vautres comme un pédé, tiens-toi au moins comme un homme ! »

Elle est sortie en claquant la porte de notre chambre.

J'ai hésité. Un quart d'heure après, j'ai entrouvert la porte. Elle mangeait avec Sophie.

« Non, tu es privé de dîner, tu restes dans ta chambre. »

J'ai refermé la porte. J'ai éteint la lumière. On y voyait quand même avec les lumières des appartements d'en face. Les petits yeux noirs de Simone brillaient dans sa cage, on aurait dit qu'elle me fixait, qu'elle voulait me parler. Je l'ai caressée. Ensuite, je me suis approché de la fenêtre, j'ai regardé la cour en bas. Il y a un arbre qui a une grosse branche à trois mètres et souvent je me demande si je pourrais l'attraper en sautant ou est-ce que je m'écraserais ? Ce soir, j'avais pas envie de sauter, j'avais envie de rien, je me sentais juste vidé et triste avec un poids au cœur.

Elle est amoureuse de ce type. J'ai secoué la tête pour pas y penser. Ça me dégoûte trop. C'est un gros con. Il est pire qu'Alain. Comment elle ne le voit pas, putain ! Je me suis allongé habillé sur mon lit et j'ai allumé la radio, collé mon oreille dessus et j'ai essayé de ne plus penser à rien, des fois ça marche avec la musique. Sophie est venue se coucher. Elle s'est assise sur le bord du lit contre mon épaule et elle m'a parlé comme une adulte : « T'en fais pas. Elle ne le pense pas, tout ce qu'elle a dit. » Non ! Elle ne le pense pas, non, elle ne le pense pas, non, bien sûr... ! Enfin… je ne sais pas. Je ne sais plus.

6

Pour couronner le malheur, on a attrapé des poux.

Un malheur vient toujours après les autres mais comme on dit, on n'en meurt pas et faut relativiser, c'est moins grave que d'attraper le cancer ou le sida et je le raconte parce qu'il vaut mieux en rire et en ce moment j'ai repris de l'espoir, je ne vais pas me laisser abattre à cause de ces bébêtes et de leurs conséquences.

Ça a commencé à me gratter et quand ça commence, c'est qu'il y en a déjà des centaines qui se multiplient comme des lapins toutes les vingt-quatre heures. Les poux sont de véritables obsédés sexuels, ils ne pensent qu'à ça et quand on y réfléchit, ça fait bizarre de se dire que sa tête est une partouze. Je ne sais pas si c'est moi qui les ai eus en premier. Dans la classe, on était au moins plusieurs et ça continue. En même temps il y avait, par exemple, Joséphine et Naomi qui a des cheveux noirs magnifiques et très épais et JB qui a aussi les cheveux longs comme moi et qui se grattait en prétendant qu'il avait de la séborrhée à cause de son acné. Mais

Sophie qui est en primaire en était infestée autant. Les poux préfèrent les petits, ils en ont toute l'année, quand c'est pas l'un c'est l'autre, on ne s'en sort pas. Son école, c'est un poulailler de poux, élevage intensif. Le plus comique, c'est que tout le monde fait comme s'il n'était pas concerné alors que dès la rentrée ils mettent des lotions et des pschit antipoux en vitrine dans les pharmacies et le pharmacien dit que c'est le fléau des grandes villes avec les termites, les rats et les pigeons, que rien n'y fait, ils prospèrent. Pour les poux, on pourrait s'en débarrasser si tout le monde s'y mettait mais il y a des parents qui en ont marre ou qui ne font pas attention ou qui trouvent que les traitements coûtent trop cher, d'après le pharmacien, et ils ne traitent pas leurs enfants.

Marlène a découvert qu'elle en avait et elle a poussé un cri : « Merde ! » C'est le mot qui vient à la bouche dans ces cas-là. Elle a tout de suite regardé nos têtes. Sur moi, elle les a vus très vite parce que j'ai les cheveux châtain clair et surtout fins tandis que Sophie les a jusqu'au milieu du dos, épais et ondulés comme mon père. J'ai dit que Joséphine en avait, je le sais parce qu'elle l'a dit, tout le monde l'a accusée d'être responsable et c'est injuste, je suis d'accord avec Anna, Joséphine a eu l'honnêteté et le courage de l'avouer au lieu de le cacher comme plein d'autres. C'est encore cette histoire de la vérité. C'est bien beau, de dire les choses, c'est courageux, c'est sûr, mais quand on voit les ennuis que ça provoque après, on se demande si le mensonge et le silence ne rapportent pas plus. Par exemple, encore une fois j'aurais mieux fait de me taire et de pas citer cette pauvre Joséphine parce que immédiatement, Marlène a pensé que c'était moi qui leur avais refilé des poux. Elle a été effarée par les prix des produits, du racket, un scandale, et elle nous a envoyés au coiffeur, Sophie ne voulait pas, elle a pleuré. Comme ces dernières semaines Marlène est assez bien, même qu'elle ne s'est pas énervée tant que ça pour ce problème de poux, elle a accepté qu'on coupe Sophie seulement jusqu'aux épaules. « Tu seras jolie, c'est la mode, ça fera femme. » Je crois que c'est la mode à cause des poux et que toutes les mères inventent le même prétexte mais c'est moi qui ai emmené Sophie chez le coiffeur, Marlène travaillait, et en y allant, dans la rue, j'ai pas arrêté de lui dire qu'elle allait être magnifique avec sa nouvelle coupe et après, quand on est rentrés à la maison, je lui ai juré qu'elle est belle, encore plus belle, alors que je l'aimais mieux avant. Moi, le coiffeur m'a rasé court en brosse comme Marlène voulait et je l'ai pas contrariée surtout, surtout pas ! je fais tout pour depuis ce qui s'est passé, je veux lui faire oublier, lui donner du plaisir. J'étais pas enchanté de voir tous mes cheveux tomber parce que la mode à mon âge, ça, c'est sûr, c'est les cheveux longs mais faut savoir faire des sacrifices et Marlène le vaut bien. Le coiffeur m'a passé la main sur la tête à la fin. « Tu as l'air d'un vrai mec, maintenant, tu vas faire un malheur auprès des filles. » Il a voulu être gentil. Sophie, par contre, n'a pas pu le cacher. « Tu étais plus beau avant. Je n'aime pas quand on voit tes oreilles. » Ça m'a fait de la peine, je ne peux pas dire le contraire, mais je ne vais pas chialer pour des cheveux, j'ai des couilles. J'ai répondu : « Ça repoussera. » En classe, bien sûr, il y en a qui ont ricané. JB, lui, sa mère ne lui a pas coupé les cheveux. Et les autres non plus mais je ne sais pas s'ils ont des poux. Martin m'a appelé « Poupou ». J'ai foncé sur lui. Il était avec toute sa bande, avec Ali, JB, Christophe et Sergio, que des racailles. Ils m'ont tous menacé. Thomas et Sébastien m'ont tiré le bras. « Laisse, David, tu t'en fous, c'est des cons. » Je sais ce que je risque aussi et c'est ce qu'il cherche, justement, Martin, il aimerait bien qu'on me foute dehors du collège comme Olivier qui est en pension maintenant. À la sortie, ils m'ont suivi dans la rue quand j'allais chercher Sophie à l'école, ils ont chanté : « Poupou, Poupou ! David il a des poux ! », ils sont tellement débiles, ils ont rien trouvé de mieux mais ils ont couru tous les cinq autour de moi, JB a réussi à me toucher les cheveux, j'ai juste eu le temps de me baisser après et de me mettre contre le mur prêt pour me battre, le prochain qui me touche, je lui déchire la gueule, mais ils se sont enfuis en hurlant de rire, lâches, pourritures, pauvres merdes.

Je l'ai pas remarqué tout de suite mais il y avait Anna derrière qui a tout vu. J'étais contre le mur, j'ai dû y rester une minute après parce que, pour en parler tout en franchise, j'ai eu peur, ils étaient cinq et Ali il m'a dit qu'un jour son grand frère il me buterait à cause de la vitre même si, jusqu'ici, il y a rien eu, ça fait plus d'un mois, il a dû oublier ou alors c'était juste pour que j'aie la trouille mais on ne sait jamais, ils cherchent la violence, ils passent leur temps à rayer des bagnoles, à péter des rétroviseurs et à vandaliser des vélos. J'aimerais bien qu'ils se fassent prendre une fois par un flic. Ils ne sont jamais là où il faut, les flics.

Anna s'est approchée avec un sourire comme si ça se voyait sur ma figure que j'ai eu peur. J'étais un peu vexé.

Le feu était rouge, j'ai traversé la rue, puis le boulevard, elle m'a suivi.

« T'en fais pas, c'est des connards qui ont même pas de couilles alors que toi, tu es courageux. » Là, j'ai tourné la tête vers elle en marchant, j'étais content, elle l'a vu et elle a eu un grand sourire de joie sur son visage. Alors, elle ne me prend pas pour un trouillard et même, elle trouve que je suis courageux !...

Elle m'a demandé où j'allais, j'ai répondu : « Chercher ma petite sœur.

– Je peux venir avec toi ?

– Si tu veux.

– Ellc a quel âge ?

– Dix ans.

– Elle n'est pas si petite, alors ?

– Non mais ma mère veut que je la cherche les jours où je peux. »

Anna est bavarde comme un perroquet. Elle m'a raconté sa famille, elle a une sœur en première et un grand frère en prépa. Sa mère est divorcée. Elle voit son père les week-ends et les vacances. Elle veut devenir chercheuse d'os, je retrouve plus le mot spécial qu'elle a dit. Elle a offert à Sophie un pain au chocolat à la boulangerie. Elle m'a posé plein de questions sur nous. À un moment, Sophie s'est grattée.

« Ça me gratte encore. »

Anna a dit : « Tu fais le traitement ?

– Oui.

– C'est peut-être le produit. Ça décape. »

Je lui ai demandé : « Tu en as eu ?

– Tu parles ! Encore avant Noël ! C'est un cauchemar pour s'en débarrasser. C'est une vraie calamité, ces bestioles ! » Elle a des expressions, Anna ! On dirait un livre. « Maintenant, avec ma mère, on a la technique. Il faut s'épouiller consciencieusement avec le peigne spécial, mèche par mèche, depuis la racine.

– Marlène est furieuse, a dit Sophie, parce qu'elle en a attrapé aussi et elle n'arrive pas à tous les tuer.

– Marlène ? a demandé Anna.

– C'est notre mère, j'ai répondu.

– Vous l'appelez Marlène ?

– Elle préfère.

– Pas maman ?

– Non. » Elle a vu à ma tête qu'il fallait mieux changer de sujet. « En tout cas, le peigne, c'est le seul moyen.

– David, elle l'a obligé à raser ses cheveux. » J'ai cru que Sophie allait rajouter quelque chose contre Marlène et j'ai réagi :

« Elle m'a pas obligé, j'étais d'accord. Comme ça, moi, je n'en ai plus. »

Le soir quand Marlène est rentrée, Sophie avait relavé ses cheveux avec l'antipoux et elle voulait faire comme Anna disait, alors j'étais en train de chercher dans sa tête avec le peigne mais je crois qu'il y avait plus rien. Marlène était de très bonne humeur, elle avait acheté des crêpes toutes prêtes pour faire un dîner de crêpes. Elle nous a vus, Sophie assise sur le coin de la baignoire, la tête penchée en avant et moi debout au-dessus à regarder ses cheveux. Elle a demandé à Sophie : « Tu en as encore ? » J'ai répondu : « Je crois pas mais je vérifie. Je peigne mèche par mèche, c'est le seul moyen.

– Moi, ça me gratte encore, j'ai peur qu'il en reste. » Tout de suite, j'ai proposé :

« Si tu veux, je pourrai te le faire à toi aussi. »

On a d'abord dîné et tout était bien. On avait mis la table avant que Marlène rentre comme tous les soirs avec des bougies pour faire plus joli. En plus, Sophie a eu deux TB en classe. Moi 9 en maths, pourtant j'avais vachement révisé, mais 14 en rédaction, Mme Bijouty a dit que j'avais très bien compris *Le Château de ma mère* de Marcel Pagnol. J'ai d'abord dit mon 14 à Marlène, bien sûr, en insistant parce qu'elle lit des livres comme mon père, elle est très cultivée et je me force pour lire, c'est important pour elle mais je n'ai pas dû me forcer pour *Le Château de ma mère* qui est très vivant, drôle et en même temps très triste, surtout à la fin quand il écrit : « Telle est la vie des hommes : quelques joies très vite effacées par d'inoubliables chagrins. Il n'est pas nécessaire de le dire aux enfants. » Quand je l'ai fini la première fois, j'ai eu les larmes aux yeux. J'ai compris que les souvenirs, c'est les plus beaux moments parce qu'on peut se les reraconter toute sa vie même quand on est malheureux et c'est pour ça que Marcel Pagnol les a écrits, parce qu'il a eu une enfance heureuse avec son père, sa mère, son frère, le petit Paul et tous les autres et je l'envie, moi, Marcel Pagnol, j'aurais bien aimé vivre avec Marlène, mon père et Sophie dans les collines de Provence. Évidemment, il y avait les maths, j'ai hésité, ça allait gâcher la bonne ambiance mais il faut faire signer le devoir et si j'imite sa signature, on ne sait jamais, ça pourrait se voir, elle pourrait l'apprendre et ce serait la catastrophe bien pire que le dire, alors, je l'ai dit, tant pis mais finalement Marlène m'a pas trop engueulé, juste un peu, moins que d'habitude, je m'y attendais pas, ça prouve qu'elle est vraiment de très bonne humeur, j'ai promis que je ferais mieux et que Pichet, notre prof, a dit que je suis en progrès et qu'il faut que je continue dans cette voie. D'ailleurs, il a écrit sur ma copie : insuffisant mais des progrès. Marlène m'a dit de réviser avec un copain bon en maths et puis, elle a changé de sujet, ça ne l'intéressait pas trop, elle s'est levée et elle est allée se laver les cheveux pendant qu'on débarrassait et qu'on faisait la vaisselle.

Après, je l'ai peignée avec le peigne à poux. Marlène s'est mise sur la chaise basse sous le lampadaire pour que je voie bien. Elle a posé sa tête un peu en arrière contre le dossier. Elle a fermé les yeux. Je voyais son front, son nez, ses lèvres de haut, ses lèvres roses parce qu'elles étaient pas maquillées, et ses paupières bleues comme des pétales, ses cils qui bougeaient par moments. J'allais avec toute la douceur que je pouvais. De la main gauche, je prenais une mèche, de l'autre, je passais le peigne, pas trop de cheveux chaque fois pour les nœuds, surtout ne pas tirer. Deux fois, elle a fait « Aïe ! », deux fois, c'est tout. Pendant que je cherchais, elle était là tranquille et pas pressée pour une fois, je touchais sa tête avec mon ventre et elle sentait bon. Sophie s'est assise en face sur le canapé mais elle se levait tout le temps sur ses petites jambes de sauterelle pour voir s'il y en avait pas un dans le peigne. Elle regardait et une fois elle a crié : « Oh ! il y en a un ! » Marlène a sursauté et c'est une des deux fois où je lui ai fait mal. « Oh ! Merde ! » Sophie a éclaté de rire. « C'est une blague. » Moi, je n'aurais pas osé. « Ce n'est pas drôle, Sophie, ça ne me fait pas rire. » Mais elle l'a dit sans s'énerver et même elle a souri en la voyant rire et c'était un bon moment. Ensuite, malheureusement, j'en ai trouvé un mais mort, je l'ai montré à Marlène qui a encore dit « Oh ! merde » et qu'on recommencerait dans deux jours et on l'a fait, on n'en a pas trouvé mais c'était aussi bien, merci Anna ! c'est grâce à toi.

C'est bizarre parce que c'est une fille et d'habitude je leur parle pas trop mais avec Anna c'est facile, elle est gaie, elle rit. Je lui ai raconté pour les poux et que maintenant on n'en a plus grâce à sa technique et elle a ri, je lui ai demandé pourquoi. « Parce que je t'imagine avec ton peigne. » Anna, on dirait qu'elle trouve tout amusant, elle voit le bon côté. C'est parce qu'elle est positive comme c'est écrit dans un magazine de Marlène, « Soyez positive, ça fera du bien à votre entourage et d'abord à vous-même » et c'est vrai qu'on sent l'effet positif et tout a l'air plus simple.

Depuis qu'on a parlé dans la rue, elle vient toujours discuter avec moi et il y en a qui croient en classe qu'on est ensemble et ils se moquent, ils disent qu'on est bien assortis parce qu'elle est petite mais en fait, ils sont jaloux, surtout Martin, il est toujours amoureux d'elle, elle me l'a dit, même si maintenant, il dit que non, pas du tout, et il nous appelle les intellos parce que Anna a des lunettes et qu'elle est une des quatre meilleures, que moi j'ai eu 14 en français et que lui est nul, il a eu 6.

Plusieurs fois, Anna m'a accompagné chercher Sophie, elle dit qu'elle l'aime bien. L'autre jour, elle nous a invités à goûter chez elle. Elle n'habite pas très loin de la caserne. Ce n'est pas très grand mais c'est très différent comme ambiance, leur appartement, plein d'objets et de livres partout, leur mère est psy, et surtout un désordre ! Marlène ne supporterait pas qu'on laisse tout traîner comme ça dans notre chambre, dès que j'oublie une chaussette par terre, elle m'engueule. Dans la chambre d'Anna, il y avait pas seulement des chaussettes, il y avait des CD, des livres, une bouteille de Coca, une vieille peluche – Raymond, un castor sans dents, Anna était un peu gênée, à son âge… « Je le garde en souvenir de mon enfance. Il fait partie de mon petit univers. » J'aimerais bien avoir moi aussi mon petit univers mais c'est impossible comme on doit tout ranger parce qu'un univers, c'est toutes ses affaires qu'on aime bien poser autour dans sa chambre pour les avoir sous la main et s'il faut ouvrir un tiroir ou une boîte on n'y pense pas pareil. Mais je sais que les mères sont beaucoup obsédées par le rangement, Sébastien dit que quand plus tard il écrira ses souvenirs comme Marcel Pagnol, il racontera que le mot que sa mère lui disait le plus, c'était pas bonjour mais range ta chambre. Enfin, heureusement, il y a des exceptions comme Mamoune par exemple qui était la seule à s'y retrouver dans son bazar et c'est fou ce qu'on se sentait bien chez elle à découvrir des chocolats et des euros dans les coussins du canapé. On vit plus cool quand on n'est pas maniaque. Parfois, je me dis qu'aux parents, faudrait leur apprendre à relativiser, il y a du boulot ! Enfin, avec Marlène, je vais pas me précipiter sur le sujet, bien trop risqué et sans espoir, un enfant ne demande pas à sa mère si on pourrait déranger. Je l'ai dit à Anna que ça a fait rire. Sophie a dit qu'elle aussi elle aimerait bien déranger. Anna a dit qu'on n'avait qu'à l'inviter une heure chez nous. « Maman prétend que je suis une vraie tornade. De temps en temps comme toutes les mères, elle pique sa crise, elle en a marre, ça ne peut plus durer, il faut remettre de l'ordre mais heureusement, ça ne la prend pas souvent et elle a du mal à être trop exigeante parce qu'elle-même est terriblement bordélique. D'ailleurs, on lui dit dans ces cas-là : "On a de qui tenir, tu n'es pas un modèle de rangement."

– Vous lui dites ça !

– On lui en sort de bien pires.

– Et elle ne s'énerve pas ?

– Si mais comme elle est psy, elle dit qu'il faut toujours laisser les enfants exprimer ce qu'ils ont à dire à leurs parents. C'est une idée de psy. Ce n'est pas toujours parce qu'on leur parle qu'ils comprennent mieux ou surtout qu'ils sont d'accord mais bon… Enfin, elle est quand même cool, maman. Il n'y a que pour la lecture qu'elle est exigeante, elle considère qu'il est essentiel de beaucoup lire.

– Comme ma mère. »

Dans leur salon, la bibliothèque déborde de livres. « Seulement, il y en a plein qui sont emmerdants. Maman lit des trucs chiants et incompréhensibles, j'ai essayé, je te dis pas !… sur l'éducation, les relations parents-enfants, le deuil, l'angoisse de la mort, le sens de la vie, l'amour, le sexe…

– Le sexe ? » Sophie a relevé le mot d'une drôle de façon et on s'est mis à rire et Anna a même eu un fou rire, elle ne pouvait plus s'arrêter. On a passé un bon moment. J'ai vu son frère et sa sœur. Le frère joue de la guitare électrique, il a une queue-de-cheval et des lunettes. La sœur est blonde avec des yeux bleu clair magnifiques mais elle est toute maigre et Anna m'a dit que sa mère a peur qu'elle soit anorexique, pourtant elle a mangé un paquet de gâteaux à elle toute seule au goûter mais ça ne veut rien dire, parfois elle est boulimique, c'est la même maladie. Est-ce que Marlène ne le serait pas aussi ? Je me le demande parce qu'elle est maigre et des fois elle s'avale toute une tablette de chocolat après le dîner alors qu'elle a rien mangé pendant. Sophie aussi elle peut avaler une tablette ou un paquet de gâteaux mais elle, elle mange tout le temps, elle est trop grosse, elle a de la brioche et des cuisses, à la piscine à l'école, il y en a qui se sont moqués d'elle, elle a pleuré. Marlène l'a montrée à une diététicienne qui a dit qu'il fallait proscrire les sucreries et manger des fruits et légumes. J'achète des bananes et des clémentines, des pommes aussi mais Sophie ne les aime pas. Pour les légumes, c'est plus compliqué parce que Marlène sait bien cuisiner quand elle s'y met, c'est même délicieux mais elle dit qu'elle a pas le temps, elle rentre tard et souvent ressort ou ne repasse pas et moi, je ne sais pas préparer les légumes. On fait des surgelés. Seulement, Sophie est difficile, elle a horreur des légumes à part les pommes de terre sautées et les pâtes à la sauce tomate, la tomate c'est un légume même en sauce. Je ne peux pas la forcer pour le reste quand on est tout seuls parce qu'on se dispute et à la fin j'en ai trop marre, c'est vraiment pas facile d'élever un enfant, surtout les filles, ça n'aime rien. Au début, après le rendez-vous chez la diététicienne, Marlène voulait qu'on y arrive et elle me disait d'insister, d'être patient mais elle, quand elle mange avec nous, elle perd vite sa patience et maintenant elle a baissé les bras. Pendant le goûter, j'ai dit devant Anna qui à sa tête a tout de suite compris : « Bon, Sophie, deux tartines de Nutella, ça va. » Sophie n'a rien dit et elle ne s'est pas resservie mais dans la rue après elle me l'a reproché : « Tu m'as humiliée comme si j'étais obèse ! » Elle est spéciale parce qu'à la fois elle souffre d'être trop grosse et elle veut pas voir qu'elle l'est.

Avec Anna, on a reparlé de ces histoires de poids et de nourriture. Comme elle voit toujours la bouteille pleine, elle m'a conseillé des astuces de sa mère pour les légumes, par exemple du gruyère gratiné par-dessus mais c'est des trucs qui prennent trop de temps à fabriquer. Anna m'a proposé de m'aider pour me montrer. Elle est venue avec un classeur de recettes de cuisine. On a d'abord acheté des aubergines et des tomates. Ensuite, ça nous a pris deux heures. Je le savais, les légumes, c'est long, les ébouillanter pour les ramollir – c'est la recette – les éplucher, les couper en petits dés, les faire revenir dans l'huile d'olive et les recouvrir avec du gruyère pour tout mettre au four. Anna s'est appliquée, surtout pour les couper en dés. À la fin, elle s'est aperçue qu'on avait oublié les oignons, on est allés en chercher. En les épluchant on a eu les yeux qui pleurent et alors on s'est raconté des histoires tristes comme si elles nous faisaient pleurer, sauf qu'elles l'étaient pas, par exemple que Mme Albert, la prof de gym qui a les cheveux gras, on apprenait qu'elle est morte asphyxiée dans son sommeil parce qu'elle pète souvent, ça lui arrive quand elle court avec nous à l'échauffement, on entend prrrt ! dans son jogging gris, on sent une odeur de pourri, elle se maîtrise pas et c'est une blague dans tout le collège. On a bien rigolé rien que de l'imaginer pétant et suffoquant dans son lit gazée comme une mouche par du pschit et on s'essuyait les larmes qui arrêtaient pas de couler sur nos joues.

C'est à ce moment-là que Marlène est revenue et pas d'humeur, non, vraiment pas, je sais pas ce qui est arrivé.

« Tu ramènes des gens maintenant sans me demander ! En plus, vous salopez la cuisine, il y a des épluchures partout et ça sent le graillon dans tout l'appartement. »

Anna n'a même pas pu lui dire bonjour ou quoi, elle a voulu aller vers elle pour lui parler, s'excuser j'imagine, en tout cas c'est ce que disait son corps mais Marlène a filé dans sa chambre en claquant la porte derrière elle.

Alors, on a tous eu un grand malaise, Anna est partie tout de suite, j'étais tellement stressé, je l'ai même presque poussée dehors, c'était pas sympa, elle qui y était pour rien, au contraire, mais je lui en voulais d'être là devant Marlène et de la voir sous son mauvais jour. Oui, je lui en voulais, je lui en ai voulu d'être témoin de ma famille qui a rien à voir avec la sienne. Quand on faisait la cuisine, un instant j'ai oublié, j'ai fait comme si chez moi c'était comme chez les autres, les autres familles, même divorcées, comme chez Anna, où quand elle prépare un gratin-surprise, sa mère toute contente en rentrant se réjouit de trouver un dîner prêt. Et voilà que tout à coup pour la première fois, parce que je ramène jamais personne à la maison d'habitude, quelqu'un, une fille en plus, voit ma mauvaise mère qui n'est pas la vraie à cause du malheur alors que Marlène est merveilleuse si elle était heureuse.

Pendant le dîner qui s'est passé triste, bien que mon gratin était réussi, doré, gratiné justement, on peut même dire superbe, Marlène en a à peine goûté, pire qu'un oiseau, et Sophie qui savait qu'il y avait des légumes dedans puisqu'on l'a fait ensemble a tout trié avec sa fourchette, sale chipie ! et mangé que le gruyère avant de s'enfiler deux yaourts au lieu d'une clémentine, j'étais déprimé, putain ! pourquoi ça se passe comme ça ? J'ai juré que je ramènerais plus personne pour qu'on n'aille pas dire après du mal d'elle au collège, je le supporterai pas. Marlène, c'est ma mère et je laisserai jamais quelqu'un d'autre la juger.

Moi, j'avais pas d'appétit non plus. Je mâchais lentement en regardant mon assiette et je levais les yeux pour voir ce qu'elle faisait et ça m'énervait qu'elle finisse même pas alors qu'elle en a presque pas pris et pourtant c'était bon. Elle s'est levée, elle a vidé la moitié dans la poubelle, rangé son assiette dans le lave-vaisselle et elle est retournée dans sa chambre avec son portable en train de taper un SMS, son portable de merde où il y a plein de prénoms de mecs ! Et Sophie qui rêve dans son yaourt, qui lèche à petits coups de langue comme un chat tout lentement, ça n'en finit pas et elle est triste et moi aussi !... Quelle vie de merde ! merde, merde, merde !...

Je voyais la porte de sa chambre fermée et nous on était là de l'autre côté.

Je devais faire une tête vraiment trop bizarre parce que Sophie m'a secoué par le bras. « Qu'est-ce que tu as, David ?

– Rien. »

Le lendemain, Anna a cherché à me parler, je l'ai évitée toute la journée pendant les cours, elle a insisté. À la sortie, j'ai discuté avec Sébastien mais il est parti vite parce qu'il avait sa leçon de piano. Anna traînait avec Zoé. Elle est venue vers moi, j'ai fait celui qui a pas vu et je me suis mis à marcher vite. Elle a carrément couru pour me rattraper. « David ! » C'était difficile. À part m'enfuir...

« Tu es pressé ?

– Il faut que je rentre. On a l'interro de maths demain.

– Tu veux qu'on révise ensemble ? »

Elle commençait à me coller ! J'ai répondu, c'est sorti tout seul, c'était méchant, je sais : « On ne va quand même pas passer toutes nos soirées ensemble. » Je me suis souvenu que c'est la phrase que Marlène disait à Serge quand elle voulait sortir seule. J'ai vu qu'Anna était blessée mais elle a fait un effort et elle m'a regardée doucement bien en face dans les yeux : « C'est à cause de ta mère ? Ma mère aussi des fois elle est mal lunée quand elle rentre. Les parents, c'est Docteur Jekyll et Mister Hyde : un jour ils t'embrassent, un jour ils te massacrent ! » J'ai pas pu m'empêcher de sourire. « Je sais que c'est à cause de ça que tu m'as fuie aujourd'hui. » Je me sentais dans mon tort.

« Je te fuyais pas.

– Oui, oui, bien sûr ! » Elle a eu un petit rire et elle a une façon de rire, on ne peut pas résister. Elle me regarde amusée, tellement gentille, avec ses lunettes roses, sa mèche sur le front, son petit nez. Elle sait très bien que je sais qu'elle sait que j'ai été gêné qu'elle voie Marlène hier aussi désagréable. Elle comprend tout.

« Moi non plus je n'aime pas quand mes amies voient ma mère de mauvaise humeur, j'ai l'impression qu'ils vont se dire après que j'ai vraiment pas de chance d'avoir une mère pareille alors qu'elle est géniale et que j'en voudrais pas d'autre pour tout l'or du monde. » Je lui ai souri. « Oui, voilà, moi aussi. J'ai eu peur que tu dises à tes copines des trucs sur ma mère du genre "Elle est horrible, sa mère". Elle m'a pris la main. « David ! Comment tu peux imaginer que je dirais un truc pareil ? Je suis ton amie. » À ce moment-là, elle m'a regardé d'un drôle d'air avec… avec une douceur… et elle est devenue toute rouge. Ça a duré deux secondes. Elle m'a lâché la main et elle s'est remise à parler sans me regarder. Elle m'a demandé si Marlène avait été moins énervée après qu'elle soit partie. « Parce qu'avec les parents, il y a deux genres de problèmes : les petits problèmes et les grands problèmes. Ma mère, par exemple, quelquefois, elle s'angoisse pour des conneries, parce qu'il y a rien à dîner, à cause des impôts, de son boulot, quand elle a eu une insomnie, si on a des mauvaises notes… » Elle a encore réussi à me faire rire.

« Tu appelles ça des conneries, toi ?

– Par rapport aux grands problèmes. En fait, il y en a qu'un, d'ailleurs, toujours le même.

– Ah ! oui ? Lequel ?

– L'amour. Ma mère, tu vois, elle a été très marquée par son divorce. Avec papa, ils ont fini par ne plus s'entendre, ils ne partageaient plus rien et un jour, papa est parti vivre chez Sonia, qui a dix ans de moins que lui et ça, maman, elle n'a pas supporté, elle a fait une analyse et elle est devenue psychanalyste mais aujourd'hui elle a peur que ça recommence comme avec papa si elle retrouve quelqu'un, alors elle refuse de s'engager avec un nouveau.

– Elle te l'a dit ?

– Non, je l'ai compris toute seule. On connaît mieux les parents qu'ils ne nous connaissent parce que, eux, ils sont tellement dans leurs problèmes, ils n'ont pas le temps de nous connaître. Surtout qu'avec l'âge c'est pire, ils n'arrivent plus à penser à autre chose qu'à leurs problèmes. Leurs problèmes, leurs problèmes, leurs problèmes, toujours leurs problèmes. Tu ne trouves pas ?

– Si. » C'est drôle, Anna dit exactement comme je le pense.

« Quand maman est sombre à cause de son problème, elle est pénible, elle devient insupportable. Il faut attendre que ça passe mais pas seulement. Quelquefois, il faut agir, prendre les choses en main, lui secouer les idées. Alors, on lui prépare un repas de fête par exemple, on fait une très belle table avec mon frère et ma sœur et elle a la surprise quand elle rentre.

– Et ça marche ?

– En général, oui. »

On l'avait déjà fait avec Sophie mais je me suis dit que ça valait le coup de réessayer. On a préparé un gâteau au chocolat, mis la table dans le salon avec des bougies. Seulement, ça n'a rien arrangé, Marlène était comme hier d'une humeur de chien et je me demande pourquoi on le dit parce que les chiens sont toujours contents quand on leur donne un os, les humains sont plus compliqués, surtout les femmes. Anna a dit que non parce qu'elle m'a demandé si ça a marché, j'ai répondu : « Oui, bof » pour ne pas dire qu'en fait, c'était l'échec total, mais comme elle est intelligente, elle a deviné, cette fille, on dirait qu'elle devine toujours tout. « Les femmes, quand ça ne va pas, elles ont toujours une raison, quelque chose qui les préoccupe. Est-ce que tu sais ce qui la préoccupe ? » Avec Anna, on a l'impression qu'il y a des solutions parce qu'elle pose la bonne question, on reprend de l'espoir. C'est pour ça que je lui ouvre un peu notre vie.

« Elle n'y arrive plus depuis la mort de mon père.

– Il est mort… Je pensais qu'ils étaient séparés.

– Pourquoi tu le pensais ?

– Parce que c'est le cas le plus fréquent quand une mère élève seule ses enfants.

– Mon père est mort quand j'était petit, j'avais trois ans et demi, alors, je n'ai pas de souvenirs mais Marlène nous en parle, c'est pour ça qu'aujourd'hui elle est malheureuse parce qu'elle cherche un homme aussi bien et elle n'en trouve pas et c'est normal, c'était un homme d'exception.

– Un homme d'exception ?

– Il était photographe – de guerre. » Je me sens

toujours fier quand je le dis. Et Anna a eu l'air impressionné.

« Ah oui ? Et il est mort à la guerre ?

– Non, il a eu un accident de scooter. »

Elle a eu un tout petit sourire de rien du tout, une seconde, un sourire automatique, même pas un sourire, une réaction de surprise mais ça m'a blessé, je suis parti, elle m'a rattrapé.

« Excuse-moi, David ! Excuse-moi ! »

Elle me tenait par le bras, j'ai voulu me dégager et puis je me suis tourné vers elle. « Ça te fait rire que mon père soit mort comme ça ?

– Non. Non, non. Excuse-moi, David. »

Tout à coup, j'ai eu des larmes aux yeux en pensant que s'il était là, on serait heureux. « Toi, tes parents, c'est une histoire ordinaire, c'est l'histoire de tout le monde. Moi, mes parents, c'est différent.

– Pourquoi ?

– Parce qu'ils s'aimaient. Ils ne se seraient jamais quittés. Ils se disputaient jamais. » Là, c'est elle qui était vexée, par rapport aux siens.

« Comment tu peux le savoir ? Tu ne l'as pas connu, ton père.

– C'est Marlène qui nous le dit.

– Ça n'existe pas, des couples qui ne se disputent pas.

– Peut-être pas en général mais justement eux, c'était ça qui était différent.

– Non, ça n'existe pas.

– C'est ta mère qui te le dit ? C'est parce que ton père l'a quittée.

– Non. Même quand on s'aime, on se dispute. Entre frère et sœur, entre enfant et parent, entre homme et femme. » Anna a réfléchi et elle a dit quelque chose que je pense des fois : « Peut-être que ta mère idéalise ton père parce qu'il est mort. C'est normal, quand quelqu'un meurt, on garde les meilleurs moments, c'est comme pour les vacances.

– En tout cas, ce qui est sûr, c'est que les autres ne sont pas à la hauteur de mon père.

– Tu crois que c'est ça, le problème ?

– Oui.

– Tu ne crois pas qu'il y a des choses que ta mère voudrait que tu fasses et que tu ne fais pas ?

– Non, enfin, je sais pas… Quoi par exemple ? » Elle me troublait parce que souvent je me pose la question : est-ce qu'il y a des choses que je pourrais faire que je ne fais pas ?

« Ton père, qu'est-ce qu'il faisait qu'elle aimait spécialement ? Moi, par exemple, ma mère adore les orchidées. Au début, mon père lui en offrait, après, elle s'en achetait toute seule et elle les aime encore, alors avec ma sœur, on lui en a offert une il y a deux mois quand elle était déprimée, on l'a toujours, elle est très belle et maman s'en occupe avec amour. »

Ce qui est ennuyeux, c'est quand on cherche et qu'on

ne trouve pas, quand on essaye et qu'on n'y arrive pas, comme en maths où j'ai toujours des mauvaises notes. Avec Sophie à la maison, on essaye d'être parfaits comme des images mais ça ne suffit pas. En ce moment, Marlène est toujours stressée et on ne peut pas savoir à cause de quoi, à cause de nous ?... à cause de Jean-Philippe ?... parce qu'elle travaille encore avec lui, ça, j'en suis sûr, j'ai vérifié, ou pour autre chose, une autre histoire qu'elle nous dit pas, elle a horreur qu'on lui pose des questions mais je parie mille euros que c'est encore à cause d'un mec. Je voudrais être dans sa tête, je voudrais être dans son cœur, passer sous ses paupières, voir avec ses yeux, entendre avec ses oreilles, penser avec son cerveau...

7

C'est Mme Bijouty qui m'a donné l'idée sans s'en apercevoir. Elle nous fait étudier le thème du voyage dans la littérature. Elle a choisi *Candide* de Voltaire, on lit des extraits. Candide est un jeune homme naïf, assez bête, je trouve, il met longtemps à comprendre alors que ça lui saute aux yeux tout le temps que les hommes sont cruels et il est victime du coup, forcément, il se fait avoir. Mais Mme Bijouty nous a expliqué que ça, c'est seulement le premier degré, il y a plusieurs niveaux de lecture, en fait son voyage change Candide et le fait devenir un homme par les épreuves et les désillusions et c'est donc un voyage initiatique. À un troisième niveau, c'est aussi un moyen pour Voltaire de décrire avec ironie les travers de l'humanité, la violence, la méchanceté et les dangers comme le fanatisme et la cupidité. J'ai pas tout compris mais j'ai tout noté ce qu'elle a dit, c'est vraiment, vraiment intéressant. Elle nous a parlé, pour comparer, d'autres livres sur le thème du voyage : *L'Odyssée*, *Don Quichotte*, *Les Voyages de Gulliver* – elle nous a raconté un peu les histoires – et même *Le Voyage de Babar*. Là, toute la classe a rigolé. Elle l'a dit exprès pour qu'on rie. En plus, il faut dire, c'est le seul qu'on connaît tous, Babar. Eh bien, même Babar et Céleste vivent des aventures et des expériences qui les transforment. Et c'est là que Mme Bijouty m'a donné l'idée : un voyage, elle a dit, peut changer une vie. C'est incroyable que je n'y avais pas pensé. Marlène en a si souvent parlé des voyages avec mon père, sur les photos elle est tellement heureuse. Voilà ce qu'il faut, la solution, l'emmener en voyage ! Là-bas où elle est allée avec mon père, où elle a tous ses souvenirs merveilleux, aux lacs italiens, à Venise, à Rome, en Tunisie, où est-ce qu'elle est allée encore ? Je regarderai dans l'album mais déjà, ça y est, j'ai trouvé, je sais ce qu'il faut faire maintenant, je suis sûr que ça va lui plaire, je vais tout préparer en secret, je le dirai même pas à Sophie, juste au dernier moment, avant les vacances, je dirai « On part en vacances, j'ai tout organisé, j'ai les billets, tout, il n'y a plus qu'à faire les valises », ça, ça ne peut que lui plaire, sûr, sûr, aller avec nous là où mon père l'avait emmenée, surtout qu'elle ne s'y attendra pas, elle va faire une tête, une surprise incroyable ! Eh oui : David est incroyable, incroyable et génial, super-génial !

Quand j'ai trouvé l'idée, c'était en cours de maths après Mme Bijouty parce que c'est mortel, il y a de quoi se flinguer, je comprends presque rien, je vois pas l'intérêt, c'est vrai, ça va nous servir à quoi plus tard de prouver que deux segments font la longueur d'un troisième ? Alors, en général, je pense à autre chose, je rêve en notant ce qui est écrit au tableau et c'est comme ça que j'ai fait mon chemin pour arriver à cette idée. M. Pichet le prof de maths qui a beau être myope avec ses grosses lunettes a remarqué que j'avais la tête ailleurs. Il s'est approché par-derrière parce que quand il dicte, il marche à travers toute la classe. Il s'est penché sur moi dans mon dos. « Alors, David, on est dans la lune ? » J'ai sursauté, tourné la tête de son côté et je me suis retrouvé nez à nez avec sa barbe. « Viens donc au tableau pour te réveiller. » Il a commencé à me dicter un problème (facile d'après lui) : si *x* appartient à A... J'ai bien écrit appartient ∈, il m'a dit qu'il fallait faire attention, que si les barres du C le coupaient, c'était le sigle des euros, ça m'a mis en malaise, il a répété grand A et je l'ai écrit en deux mots, « grand A », tout le monde s'est marré, j'ai perdu mes moyens, j'ai été incapable de faire l'exercice, il m'a renvoyé à ma place en me disant de regarder, d'écouter, de « faire un minimum d'effort de concentration ». J'ai essayé de comprendre la correction de l'exercice mais ça me saoulait. La seule chose, c'est que j'ai des résultats au dessous de la moyenne, je suis dans les derniers, il faudrait que je remonte parce que Marlène va m'engueuler et je voudrais pas qu'à cause de ça elle refuse le voyage. Quand on est sortis de maths, j'ai demandé à Anna si je pourrais venir chez elle demain pour qu'elle m'explique, elle a dit : « Oui, même aujourd'hui, si tu veux.

– Non, aujourd'hui, je peux pas. » J'étais pressé et ça devait se voir.

« Qu'est-ce que tu as, David ?

– Rien, je te dirai. »

Je suis parti en sautant d'une jambe à l'autre et je suis allé direct à Babyconnect, le cybercafé qui ne sert rien à boire mais juste des ordinateurs. J'ai payé et j'ai cherché sur internet les endroits où mon père a fait les plus belles photos, celles où elle a l'air le plus heureuse. J'ai tapé « voyage en Italie » sur Google et tout de suite j'ai cliqué sur des sites d'agences de voyages et alors… j'ai ouvert les yeux sur un détail qui n'est pas un détail du tout et je n'y avais pas pensé avant quand j'ai eu l'idée : le prix ! Marlène ne va pas payer puisque c'est une surprise et puis elle dit toujours qu'on n'a pas les moyens, on n'est pas partis à Noël et Sophie et moi, on a été trois jours au nouvel an chez sa copine Flore qui est divorcée et qui nous a gardés avec ses enfants pendant que Marlène était avec des amis mais je parie que c'était pas avec des amis mais avec un seul, Jean-Philippe, en plus c'était au Maroc et tiens, j'ai regardé les prix, c'est encore pire que l'Italie, je n'y avais pas pensé non plus et maintenant j'en suis sûr, c'était forcément avec Jean-Philippe, il est très riche, enfin, elle nous a ramené des cadeaux, Sophie a eu des babouches, moi un chameau doré miniature, elle est revenue ravie, enchantée, ça prouve que c'est vraiment ce qu'il faut faire, un voyage, même si ça me démotive un peu de réaliser qu'elle en a fait un avec ce gros con. Mais comment faire, comment trouver tout l'argent ? Six cents euros, le minimum... pour une personne, six jours !... donc pour trois, mille huit cents !... pour juste l'avion, l'hôtel, le petit déjeuner ! ni le déjeuner ni le dîner ni les tickets de métro ni les visites ni les musées... Marlène aime les musées, on n'a pas le choix, il faut l'emmener, lui faire plaisir, sinon ce n'est pas la peine, ça doit bien rajouter encore cent euros, peut-être plus, je dois étudier, calculer tout. Alors, j'ai surfé, toute l'Italie, les lacs italiens, il y en a trois, Rome, Naples, Florence, Venise mais c'est les prix, six cents, un peu moins ou plus ou beaucoup plus, huit cents, mille, mille deux cents, mille cinq cents ! une semaine ! Je ne sais même pas si Marlène gagne ça par mois. Ça m'a complètement déprimé. Même en faisant sans arrêt des baby-sittings... à sept euros cinquante... il faudrait... pour arriver à mille huit cents euros... 1 800 divisé par 7,5 égale 240... mettons quatre heures par baby-sitting mais c'est trop, souvent c'est deux ou trois... donc, minimum soixante baby-sittings et j'en ai même pas un par semaine, j'ai que treize ans, treize ans et demi, et je suis un garçon, souvent ils préfèrent les filles, il y a que nos voisins, les Grenier et les Leroi, qui me proposent de temps en temps depuis le fer à repasser que j'ai cassé. De toute façon, si on me proposait tous les soirs, je ne pourrais pas, je dois garder Sophie quand Marlène sort et c'est plusieurs fois par semaine, en plus elle rentre tard de son travail les jours où elle ne sort pas et je dois m'occuper du dîner. Donc, avec mes baby-sittings, j'en ai pour des mois, des années, c'est pas la peine, j'aurai quinze ans, seize ans, c'est dans trop longtemps.

J'étais dans mes pensées, je n'ai pas vu JB et Ali entrer à Babyconnect, ils y vont tout le temps faire des jeux vidéo et comme moi je n'y vais presque jamais, ils m'ont tout de suite remarqué et ils sont venus regarder sur mon écran derrière mon dos. « Venise ! Venise, la ville des amoureux !

– Ta gueule !

– Hé ! Ali, il veut l'emmener à Venise !

– Où c'est, Venise ?

– Je regarde des trucs, ça m'intéresse, c'est tout.

– Oui, oui, c'est ça !

– Dégage ! Va jouer à ton jeu à la con et fous-moi la paix ! »

Le patron du Babyconnect s'est levé.

« Moins fort ! On ne fait pas de bruit ici, c'est compris. Sinon, je vous mets dehors. »

Ils se sont assis derrière moi à un ordi, j'ai fermé mes pages et je suis parti. Tout à coup, j'étais abattu, déprimé. C'est comme si ces connards avaient surpris mon secret. Et puis, surtout, j'y arriverais jamais. J'avais un rêve et déjà je me réveillais. Je suis rentré… en me disant que je suis le plus malheureux du monde.

Tout ce quc je veux faire, ça foire toujours. Quand Anna prépare un repas de fête, ça devient une fête. Quand c'est moi, je tombe à côté, au mauvais moment, le jour où Marlène est le plus mal. Dans la rue, j'ai croisé Thomas et Agathe, sa sœur, qui allaient faire les courses avec leur mère, ils tiraient un caddie, ils parlaient tous les deux en même temps de chaque côté de leur mère, ils étaient trop heureux, elle souriait en les regardant, ils marchaient sur le trottoir d'en face et ils ne m'ont même pas vu, d'ailleurs je ne voulais pas, je me suis senti encore plus triste et je me suis tourné comme si je regardais la vitrine de la librairie. Et là, je vois des guides de voyage, l'Italie, l'Espagne, le Maroc. Pour l'Italie, c'était l'Italie du Sud et ça coûtait quinze euros, donc, pour avoir les deux moitiés, il faut payer trente euros ! Derrière les livres, j'ai vu la libraire assise à l'intérieur. C'est une vieille d'au moins soixante ans, je saurais pas dire son âge mais ça fait déjà longtemps qu'elle a l'air vieille, elle lit tout le temps, je la remarque toujours quand je passe, son chat dort par terre à côté sur un vieux coussin en velours marron. Elle m'a vu qui regardait, elle m'a souri et ça se voit à son sourire qu'elle est gentille. Je suis vite parti, ça me donnait encore plus le cafard, il y a des jours où tu perds ton espoir et où tu te dis que t'es pas né sous la bonne étoile. Par une fenêtre en passant, il y avait un grand-père penché en avant sur un téléphone, un vieux téléphone avec un fil, et on sentait que c'était très important et j'ai pensé qu'il prenait des nouvelles de ses enfants ou de ses petits-enfants et je me disais que tout le monde a plus de chance que moi. Dans la classe, je suis le seul qui a plus son père et tout serait différent, on irait en vacances.

J'ai passé la grille de la caserne. Il y a toujours des enfants qui jouent devant l'entrée et dans les cours à l'intérieur, et les gardes, tous les gardes me disent toujours : « Salut, David ! », ils sont jeunes, ils font beaucoup de sport, ils ont des femmes jeunes et tous ces enfants qui se courent après en criant, en riant, qui jouent au foot, à la corde à sauter, aux billes, comme à la cour de récré en primaire, c'est la joie, c'est la vie, toutes les vies normales des autres. J'ai regardé les immeubles, huit étages, neuf étages, que je connais depuis que je suis petit, les briques grises couvertes de pollution et j'ai pensé : oui, les murs tristes, oui, mais les familles heureuses derrière, les lumières aux fenêtres à tous les étages, un père, une mère et leurs enfants qui vont dîner bientôt et si ça se trouve ensemble parler de leurs vacances. On se dit des tas de choses parfois, on imagine, moi, je fais souvent les dialogues dans ma tête. Qu'est-ce qu'ils peuvent bien vivre, ceux-là que je ne connais pas ? En même temps, je sais bien que c'est idiot, ils ont leurs problèmes et il y a beaucoup d'enfants qui en souffrent de vivre chez leur mère sans leur père ou le contraire, plutôt leur mère en général parce que c'est elle qui a la garde, ou une semaine chez l'un, une semaine chez l'autre, en garde alternée, c'est simple pour personne. Mais en rentrant ce soir, je pouvais pas m'empêcher de me dire que c'est mieux chez les autres.

J'ai ouvert la porte. Sophie se faisait belle. Elle se coiffe des heures maintenant. Elle est revenue de l'école toute seule comme tous les jeudis et elle a mis la table. Je suis ressorti acheter le pain que j'ai oublié au moment où Marlène arrivait. Elle était de bonne humeur et pressée avec des sacs de courses. Elle nous avait acheté des blinis tarama et du saumon parce qu'on adore, elle le fait quelquefois quand elle sort et nous laisse et j'ai tout de suite deviné à son air et au saumon qui dépassait d'un sac : « Tu sors, ce soir ?

– Oui. Mais je vous ai acheté un bon dîner.

– Je vais chercher le pain, j'ai oublié.

– Dépêche-toi avant que ça ferme. »

Elle n'a pas remarqué que je faisais la gueule ou elle a fait comme si. À sa tête, on dirait qu'elle s'en fout de ne pas être avec nous. Anna m'a dit que sa mère, quand elle sort, elle culpabilise, alors, elle prend des engagements : elle ne sort qu'une fois par semaine plus le week-end où elle est seule sans enfants, là, elle en profite. Marlène aussi, peut-être qu'elle culpabilise, ça explique le saumon… Avec qui elle sort ? J'en sais rien, elle aime pas nous dire ou alors elle répond que ça ne nous regarde pas. Depuis qu'Olivier est parti en pension, elle n'a plus jamais prononcé le nom de Jean-Philippe bien qu'elle travaille toujours dans sa société. Est-ce qu'elle en voit d'autres ? Est-ce qu'elle sort avec ses copines ? Même ses copines, on ne les connaît pas, sauf Flore – et puis Jeanne aussi, c'est vrai. Elles viennent dîner de temps en temps. Une fois, on est allés en vacances dans la maison de Jeanne qui est séparée avec une fille de l'âge de Sophie, je ne sais plus comment elle s'appelle, elle était trop gâtée et elle pleurait pour un rien mais on a passé de bonnes vacances, Marlène parlait tout le temps avec sa copine en buvant des verres et elle était plus détendue que seule avec nous et quand j'y repense, ça prouve qu'elle n'aime pas l'être, avec nous, ça la stresse, enfin, peut-être.

À la boulangerie, c'était mon tour, la boulangère m'a demandé : « Qu'est-ce que tu veux, mon garçon ? » Elle a dû répéter, plus fort, d'autres gens attendaient derrière moi, j'ai sursauté, j'ai dit : « Une baguette. » En fait, je venais de réaliser et ça m'a plongé dans des questions : à part cette fois chez sa copine, je me souviens pas de vacances Marlène, Sophie et moi, on est toujours allés chez Mamoune sans elle. Sur une photo, j'avais quatre ans, je me souviens pas, on voit Marlène, Sophie bébé dans ses bras, je suis à côté devant une maison que je connais pas avec d'autres gens que je connais pas et Marlène m'a dit que c'était chez des amis, donc, il y a eu une autre fois où elle nous a emmenés mais c'est tout. Sinon, toutes nos vacances, c'était Cherbourg – et Nice peut-être une fois ou deux quand on était petits mais je suis pas sûr, c'était il y a longtemps –, et Marlène n'y restait pas avec nous sauf pour nous déposer et pour nous reprendre. Pourquoi ? C'est la première fois que j'y pensais et j'avais vraiment plus le moral. Je me suis assis sur un banc devant la boulangerie, ma baguette sur les genoux, pour réfléchir et j'avais pas de réponse. Pourquoi on n'est pas partis en vacances ensemble ? Marlène a fait des voyages avec Alain, avec Serge, avec des hommes, peut-être avec ses copines, je ne sais pas, elle a toujours une excuse pour partir sans nous comme cet été dans les îles Grecques. Pourquoi ? Pourquoi jamais avec nous ? Je ne connais pas d'enfants qui ne partent jamais avec leurs parents et si on n'a pas de moments en vacances, déjà que dans l'année on n'a pas le temps, Marlène est stressée, alors comment on peut être heureux ensemble si on ne partage rien ? *MAIS ELLE N'A PAS ENVIE D'ÊTRE EN VACANCES AVEC SES ENFANTS.* Mais si, c'est faux ! Arrête de tout voir en noir comme ça. D'abord, elle a des raisons atténuantes, mon père est mort, c'est plus dur pour une femme seule et Mamoune m'a raconté son histoire avec sa mère qu'elle a adoptée sous X et que Marlène s'est toujours sentie abandonnée. Mais nous, elle nous avait, on est ses enfants, normalement, au contraire, elle aurait dû vouloir être avec nous parce qu'on est les enfants de mon père, il lui restait plus que ça, enfin, au moins ça. J'ai cherché, cherché dans ma tête : est-cc qu'il n'y a pas eu d'autres fois où on serait allés en vacances ? Et alors, je me suis souvenu, en nous revoyant chez Mamoune, c'est arrivé que je sois à Cherbourg sans Sophie mais est-ce que Sophie était avec Marlène à ces moments-là ? Ou chez papi et mamie ? En tout cas, ça n'était pas souvent. Mais je crois qu'elle préfère Sophie. Oui, elle s'énerve moins contre elle. C'est la plus petite bien sûr et dès qu'on lui dit quelque chose, elle se met à pleurer. Parfois, j'ai envie de la baffer quand elle fait son bébé parce que Marlène la laisse venir contre elle dans le canapé et pas moi, j'oserais pas, je suis trop grand, je ne vais pas jouer au petit chat qui se met en boule contre elle dans le canapé, mais de voir Sophie, ça me rend hystérique, même si je devrais pas, c'est plus fort que moi, seulement si je la touche, rien que la pincer, elle hurle et c'est moi qui prend, Marlène m'engueule et me tombe dessus. Penser qu'elle a pris Sophie en vacances plus que moi, même très peu, je suis jaloux, j'avoue. Est-ce que c'est à cause de moi, à cause de mon caractère qu'elle m'aime moins ? Est-ce que c'est parce que je suis un garçon et l'aîné en plus qu'elle pense que j'ai moins besoin qu'on s'occupe de moi ? C'est vrai, je n'ai besoin de personne, je suis fort, elle ne sait pas de quoi je suis capable mais comment elle pourrait le savoir en n'étant jamais avec moi ?

Quand je suis rentré, Sophie m'a dit : « Tu en as mis du temps, qu'est-ce que tu faisais ? » J'ai rien répondu. Par la porte entrouverte, j'ai vu Marlène qui s'épilait les jambes sur son lit. Elle est si belle… si gracieuse… on dirait une danseuse. Je me suis avancé jusqu'à la porte et je suis resté à l'admirer. Elle m'a vu. « Qu'est-ce que tu fais, David ? Va dîner avec ta sœur, laisse-moi me préparer, tu veux. » Je n'ai pas bougé. Et alors, ce qu'elle ne fait jamais en général, elle m'a demandé : « Tu veux me dire quelque chose ? » J'ai été surpris et c'est sorti tout seul : un grand « oui » et j'ai fait un pas pour entrer dans sa chambre. Je voulais lui demander avec qui elle sort, qui elle voit, si elle est heureuse, si on ne pourrait pas partir en vacances tous ensemble, si je suis un bon ou un mauvais fils, si elle est triste que Mamoune est morte, si on ne pourrait pas avoir de vraies conversations parce que je suis assez grand pour comprendre maintenant, il y a eu toutes ces questions bousculées dans ma tête et en même temps je voulais lui dire que je sais ce qu'elle fait pour nous, tout ce qu'elle peut, et que ce n'est pas facile, elle travaille, beaucoup, elle doit travailler pour nous élever, je le vois et je comprends et je voudrais l'aider mais surtout lui parler, nous parler, on ne se parle pas assez, et passer plus de temps ensemble, nous deux, nous trois, tu ne trouves pas ?... et puis tout simplement rien du tout, m'approcher et qu'elle me prenne la main. J'ai fait seulement un pas encore dans sa chambre, elle me regardait, elle me trouvait bizarre et j'ai eu très envie de lui dire : « Est-ce que tu m'aimes ? » mais je lui ai dit : « Tu as eu une bonne journée aujourd'hui ? » Elle m'a répondu : « Oui, merci » et m'a fait un sourire et d'un coup je me suis senti beaucoup moins triste, je lui ai souri aussi et je n'osais pas bouger.

« Va dîner, j'ai acheté du saumon. Sophie ! Tu as mis la table ?

– Oui. »

Elle est venue nous dire au revoir dans la cuisine pendant qu'on finissait de dîner, elle était pressée et gaie et je sais bien que ce n'était pas pour nous et j'aimais mieux ne pas y penser, seulement sentir sa joue quand elle s'est penchée pour qu'on lui fasse une bise, et son parfum, elle en change souvent, elle avait mis celui que je préfère et je l'ai vue partir, légère, ses talons, ses bas noirs et sa robe avec des petites dentelles qui dépassent pour faire joli. Elle a crié en s'en allant : « Bonne nuit ! Dormez bien ! Ne vous couchez pas trop tard ! Je compte sur vous ! » et elle a disparu en claquant la porte comme des tas d'autres fois et j'ai senti mon cœur se refermer en même temps.

Est-ce qu'on pourra jamais se comprendre ? Est-ce que ce sera jamais possible ? Est-ce que c'est possible entre un fils et une mère ? C'est peut-être parce qu'on est un homme et une femme ? C'est peut-être pour ça que c'est plus facile entre elle et Sophie ? Mamoune disait que les hommes et les femmes sont totalement différents. C'était dans sa chambre, je me souviens, souvent on parlait le matin. C'est le moment qu'elle préférait après qu'elle avait bu son café. Elle était assise dans son lit avec trois oreillers dans son dos, un livre sur sa couette, son téléphone à côté, ça la rassurait, elle se sentait reliée et le soleil entrait par la fenêtre et tout le côté de son visage était éclairé, on voyait toutes ses rides bien creusées, sa peau de vieux crocodile comme elle disait. On avait le droit de venir et même c'est elle qui nous le proposait. On s'asseyait Sophie et moi chacun d'un côté et on parlait. Parfois, j'étais seul avec elle. Une fois justement, Sophie regardait la télé en bas. Mamoune m'a parlé de la vie à deux, de sa vie avec son mari, c'était pas rose tous les jours, et des vies des autres qu'elle connaît et elle m'a dit que tous, tous, ils se sont demandé un jour, hommes et femmes, comment ils ont pu en arriver là, même ceux qui ont été très amoureux au départ. Je lui ai demandé : « En arriver où ? » Elle a éclaté de rire. « Pardon, David, je sais pas ce qui me prend de te dire ça. Des vieilles réflexions de vieille grand-mère. Quelle image je suis en train de te donner de l'amour ! Non, l'amour c'est quand même la plus belle chose du monde. Mais c'est juste que les hommes et les femmes sont très différents, voilà, et c'est pour ça que c'est difficile.

– En quoi ils sont très différents ? » J'ai vu qu'elle avait encore envie de rire à cause de ce qu'elle pensait.

« En quoi ils sont très différents ?

– Eh bien par exemple, les femmes n'acceptent pas de vieillir et les hommes n'acceptent pas que les femmes vieillissent ! » Elle s'est remise à rire, sans doute parce qu'elle a vu à ma tête que je comprenais rien mais maintenant je commence : les hommes se remarient avec des femmes plus jeunes qui pourraient être leur fille et ça me dégoûte, c'est juste pour leur argent qu'elles vont avec eux et eux juste pour le sexe, ça n'arrive pas quand on éprouve vraiment de l'amour pour une personne et je sais que mon père et Marlène ne se seraient jamais quittés parce qu'ils s'aimaient mais je crois qu'on ne peut pas rencontrer plusieurs fois cet amour, le grand amour et certains ne le rencontrent même jamais, je suis sûr, Mamoune elle a pas dû le rencontrer, c'est pour ça qu'elle pense ce qu'elle pense et c'est pour ça que mes parents c'était exceptionnel et même unique. Marlène a peur de vieillir et que ça l'empêche de trouver un homme qui l'aimerait comme mon père parce qu'elle en rêve mais elle ne le trouvera pas parce qu'on ne peut pas avoir deux fois une chance pareille, c'est comme au Loto, on ne gagne qu'une fois, personne ne tire deux fois le gros lot, enfin, je pense. Par contre, elle nous a et on l'aime pour la vie jusqu'à la mort et je voudrais tellement trouver comment lui faire comprendre que c'est plus important que toutes ses histoires nulles avec les autres. Quand je l'imagine en train de dîner et peut-être de se faire !...

« David, à quoi tu penses ?

– À rien. Va te mettre en pyjama, Sophie.

– Dis-moi à quoi tu penses.

– À rien, je te dis. Tu es trop petite, de toute façon.

– Non, je ne suis pas trop petite, je veux savoir. »

Mais je ne pouvais pas lui dire, je ne pouvais pas lui dire que je me posais tant de questions sur… *notre* mère, je ne pouvais pas lui dire que je me posais ces questions sans réponse, pourquoi nous ne vivons pas comme je voudrais tant tous les trois et comment m'y prendre et comment l'aimer et comment faire sortir l'amour qu'elle a dans son cœur et qu'elle ne sait pas, j'en suis sûr, j'en suis sûr, comment sortir toute seule, et comment devenir, elle, Sophie et moi, une famille comme les autres, je ne pouvais pas lui dire que je rêvais de parler avec Marlène et que je n'y arrive pas et que, quand des mots sortent, ce ne sont pas les bons et que, même ceux-là, en plus, elle ne les entend pas. Non, je ne peux pas lui dire qu'on est seuls ce soir comme tous les autres soirs, je ne peux pas lui dire « Moi aussi, Sophie, ça me rend triste et de plus en plus triste, on ne s'y fait pas, hein ? on ne peut pas s'y faire », je ne peux pas lui dire parce que c'est pas juste, Marlène a trente-trois ans, elle est jeune, elle a bien le droit de sortir et d'avoir sa vie et de souffler un peu et de se changer les idées et de profiter, je ne peux pas lui dire parce que Marlène nous aime et il faut l'accepter comme elle est. Je ne peux pas lui dire parce que je ne veux pas que ça arrive, parce que ça n'arrivera pas !... qu'on ne partira pas en vacances tous les trois parce que c'est trop cher et comment gagner de l'argent à mon âge ? Je ne peux pas lui dire parce que rien qu'en le pensant j'ai peur que, si j'arrive quand même à gagner cet argent, Marlène peut-être dira non, dira qu'elle part sans nous pour une raison, il y a toujours une raison…

Je n'arrive pas à dormir. Je regarde les étoiles phosphorescentes de Sophie collées au plafond. Je regarde l'heure à mon réveil. Une heure du matin. Elle n'est toujours pas rentrée.

8

J'aurais dû me douter, Ali et JB ont monté tout un plan, genre « il veut l'emmener à Venise, la ville des amoureux », j'ai pas compris, au début, dans la classe, ils ricanaient, pas seulement eux et Martin, d'autres aussi, un qui me parle jamais d'habitude, un grand sérieux avec des lunettes, Antoine, il a voulu sortir un truc drôle et il a dit, pas très fort, quand je passais : « Salut, Roméo ! », j'ai levé les yeux vers lui comme s'il était débile mais ses copains se sont marrés, je leur ai jeté un air de total mépris, comme disait Mamoune la bave du crapaud n'atteint pas la colombe en plein vol et la colombe, c'est moi, même un aigle carrément, alors, faisant celui qui s'en fout, je les ai ignorés, royal, et voilà !

C'est seulement le soir que j'ai compris.

À la sortie, Anna a voulu m'accompagner chercher Sophie à l'école. On marchait le long de l'église. Elle ne parlait pas et moi j'avais pas envie non plus, je repensais à mon projet et ça me déprimait. Elle regardait devant elle, je ne sentais pas sa tête vers moi comme d'habitude, en général elle s'agite en parlant avec des gestes de bras, là, elle ne disait rien. Et puis tout à coup elle m'a demandé et ses joues sont devenues toutes rouges :

« Qu'est-ce que tu fais samedi, David ? On aurait pu aller au cinéma. »

Au cinéma, c'était tentant, l'idée d'y aller, je n'y vais jamais, sauf avec Mamoune à Cherbourg et une fois au premier trimestre avec Thomas mais pas avec Marlène, je cherche, mais non, elle ne nous y a jamais emmenés, si – si, si ! –, avec Jeanne et sa fille voir un film de pingouins où je me souviens, les pères couvent les œufs autant que les mères et Jeanne rigolait, « C'est pas chez nous que ça risque d'arriver ! ». J'ai eu envie de dire oui à Anna, ça me faisait rêver de m'asseoir dans un grand fauteuil rouge ou bleu devant l'écran géant, même les pubs j'adore, et le son, c'est fantastique, je le sens jusque dans mon cœur, j'aime autant le son que les images mais je savais pas si je pourrais, qu'est-ce que Marlène a prévu samedi ? Souvent, elle fait du shopping, elle sort, je garde Sophie et si elle reste, il vaut peut-être mieux que je reste aussi, pour être avec elle, c'est arrivé qu'elle me reproche de sortir, d'aller chez Thomas ou Sébastien, pendant qu'elle, elle est là, on ne sait jamais d'avance comment elle va être, c'est ça qui est compliqué. Et puis, le cinéma, c'est cher. Comme je n'ai pas eu un bon premier trimestre, elle ne voudra pas me payer la place et si je paye avec mes économies, déjà que j'en ai pas beaucoup...

« Il y a le nouveau film avec Johnny Depp, il paraît que ça fait peur.

– Tu aimes Johnny Depp ?

– Je l'adore.

– Toutes les filles l'adorent.

– On peut voir autre chose, ça m'est égal.

– Non, je ne peux pas. Désolé. Une autre fois. »

Anna trottinait à côté de moi et je voyais qu'elle ne me croyait pas et elle s'est mise à me poser des questions, pourquoi ? à cause de ma mère ? parce que j'ai peur qu'on nous voie ensemble ? J'ai parlé d'un baby-sitting, j'en avais pas pour le moment mais c'était une excuse. Elle m'a dit que si je faisais un baby-sitting, ce serait le soir et qu'on pouvait aller à la séance de quatorze heures, on ne s'en tire pas comme ça avec Anna. Je me sentais gêné de lui avouer que d'abord, je ne veux pas dépenser mon argent mais j'ai quand même dit qu'en ce moment, c'est un peu trop cher pour moi.

Bizarrement, ça l'a vachement rassurée comme explication alors que moi, je m'en voulais déjà de lui avoir dit, j'en avais trop dit. Elle a proposé de m'inviter, sa mère lui devait de l'argent pour ses félicitations du premier trimestre. J'ai refusé, j'ai ma fierté, si j'y vais, c'est moi qui paye ma place.

« Alors, demande à ta mère ? Tu es sûr qu'elle ne voudra pas ? » Ça m'a blessé qu'elle voie ma mère comme ça. Sa mère à elle, elle m'inviterait, ça lui paraît évident tandis qu'elle pense que la mienne… Je me suis arrêté de marcher, je me suis retourné et j'ai répondu sèchement : « C'est pas le problème. J'ai l'argent mais je ne veux pas le dépenser.

– Tu veux économiser pour t'acheter quelque chose ? »

Je voulais plus lui parler mais elle était là autour de moi comme un clown qui saute et qui rit, enthousiaste et tout, elle essayait de savoir, avec des questions, des questions, une vraie mitrailleuse. Alors, pour qu'elle arrête, j'ai fini par lui dire : « Écoute, n'insiste pas, c'est une surprise, je ne te le dirai pas. »

Son visage a changé, elle est devenue toute grave et sérieuse et émue, elle m'a regardé avec des larmes aux yeux et j'ai trouvé sa réaction bizarre. Elle m'a demandé :

« C'est une surprise qui coûte très cher ? » J'ai fait oui de la tête, à peine, je voulais pas lui dire. Elle a hésité deux secondes et elle a dit : « C'est un voyage ? » J'étais bluffé qu'elle devine tout comme si elle avait un don, un sixième sens. « L'instinct féminin, mon chéri ! » Mamoune disait toujours que les femmes ont un instinct spécial et je croyais qu'elle disait ça exprès pour me taquiner. Mais pour Anna, j'ai compris après que l'instinct féminin n'avait rien à voir là-dedans.

Elle se tenait devant moi, les mains serrées ensemble comme si elle voulait me demander quelque chose qui compterait beaucoup et à ce moment-là, je la trouvais carrément bizarre. Elle a encore relevé les yeux vers moi et elle était brillante, oui, ses yeux, ses joues rouges, ses lèvres brillaient, j'avais jamais vu quelqu'un d'autre avant briller comme ça.

« Tu es timide, David… hein ?

– Je sais pas…

– Moi aussi… Un voyage… vraiment, un voyage ! »

Et tout à coup, elle m'a embrassé, juste au coin gauche des lèvres, baiser rapide, j'en revenais pas et elle était rouge et brillante comme une tomate, là, contre moi presque, toute chaude, je la sentais, attendant… J'ai pas bougé, elle a été déçue.

C'est pas que j'ai pas aimé, c'était doux et agréable, personne m'a jamais embrassé comme ça et Marlène, les lèvres de Marlène se sont jamais posées comme ça… Je savais pas quoi faire parce que moi, Anna, je l'aime bien mais je suis pas amoureux. Non, être amoureux… être amoureux, c'est sortir avec quelqu'un et croire qu'on l'aime plus que tout et qu'on mourrait si elle vous abandonnait. La seule personne que j'aime autant… Avec Sophie aussi, même si c'est ma sœur et que ça ne nous viendrait pas à l'idée de nous embrasser au coin des lèvres, c'est ma sœur et il y a pas une fille qui pourrait compter plus, même si Anna est différente, même si je l'aime bien, même si elle est vraiment mignonne avec ses grands yeux bruns, ses lunettes roses, son grain de beauté sur la joue, ses boucles châtain clair qui dansent sur son visage, même si elle est super-bien foutue déjà pour son âge.

Je me suis senti bien emmerdé, qu'est-ce qu'il fallait que je dise ? C'est elle qui a parlé la première. Elle m'a remercié, elle m'a dit que je suis très romantique mais qu'on est trop jeunes, on ne nous laissera jamais partir en voyage seuls tous les deux.

J'hallucinais. Elle a cru que le voyage c'était pour elle ! Et il a fallu qu'elle le dise pour que je réalise ! Je me suis dit que moi, en tout cas, j'ai vraiment aucune intuition féminine ni masculine ni rien. Ça y est, je comprenais. JB et Ali lui ont monté un bateau, que je voulais l'emmener à Venise et tout. Quand je lui ai dit qu'en fait c'est ma mère et ma sœur, Anna a voulu partir, je l'ai retenue. « Ces deux gros bouffons, ils arrêtent pas de se foutre de ma gueule, je vais les défoncer !

– Comme ça, tout le monde saura que tu ne m'aimes pas. »

Elle s'est mise à pleurer. C'est fou ce que tout est compliqué ! Et les filles, pour les comprendre, il faudrait changer de sexe. Elles rient, elles pleurent et même des fois les deux l'un après l'autre sans prévenir ou même à la fois et on se demande qu'est-ce qu'on a fait, qu'est-ce qu'on a dit, et quand elles pleurent on se sent toujours coupable, comme si on avait fait quelque chose de mal alors que non, pas forcément, ça dépend, elle peuvent aussi pleurer pour autre chose ou pour rien, « Pourquoi tu pleures ? – Pour rien », combien de fois Sophie l'a dit et c'est énervant mais alors !… « Si c'est pour rien, tu n'as qu'à pas pleurer – Laisse-moi tranquille. » Nous, les hommes, on ne pleure pas souvent et on essaye le moins possible, moi, maintenant, je ne pleure presque plus jamais, je contrôle, ça reste à l'intérieur.

J'ai voulu consoler Anna, être gentil. J'ai posé la main sur son bras.

« Tu es la fille que je préfère.

– Ah bon ?

– Je te jure. »

Elle a reniflé et souri.

« Je suis trop conne, excuse-moi. » Elle a essuyé ses yeux et souri encore. « Tu veux faire une surprise à ta mère ?

– Oui.

– Tu veux l'emmener, toi, en voyage, tu veux lui offrir, toi ?

– Oui. Mais je pourrai jamais, c'est beaucoup trop cher.

– Tu veux l'emmener à Venise ?

– Pas obligatoirement. En Italie. Ce que j'aimerais le mieux, c'est les lacs italiens parce qu'elle y est allée avec mon père et c'est ce qui lui avait le plus plu.

– Oui, je comprends. Et tu as regardé les prix sur internet… »

Tout à coup, j'ai réalisé qu'à force de discuter avec Anna le long de l'église, j'ai oublié Sophie. J'ai regardé ma montre : cinq heures moins le quart.

« Merde !

– Quoi ?

– J'ai oublié Sophie. Elle est sortie depuis un quart d'heure. »

J'ai foncé jusqu'à l'école, Anna m'a suivi.

« Je suis désolée, c'est à cause de moi…

– Merde, merde !… »

La porte était fermée et, évidemment, Sophie n'y était plus, il n'y avait plus personne.

« Elle a dû rentrer toute seule à la maison. Mais si elle le dit à Marlène… »

Soudain, je me suis senti super-énervé. C'était la coupe qui fait déborder le vase. Il ne m'arrive que des emmerdes, je suis abonné. Je voyais déjà ce qu'il va se passer si Marlène l'apprend et c'est pas parce que Sophie rentre toute seule deux fois par semaine qu'elle acceptera qu'elle l'ait fait cette fois en plus. « On ne peut pas compter sur toi, tu n'as aucun sens des responsabilités, et si elle s'était fait agresser ou violer ?… » Je l'entendais déjà, eh oui ! à tous les coups ! parce que je suis monsieur pas de chance, moi, avec le bol que j'ai, Sophie va sûrement tomber sur le pédophile du quartier ! La vie est injuste et j'en avais marre mais marre ! Alors, je me suis retourné vers Anna qui trottait derrière moi et j'ai été injuste à mon tour et je le savais quand je lui ai dit :

« Qu'est-ce que tu fais ? Rentre chez toi.

– Je voulais t'accompagner.

– Je connais le chemin.
– Je voulais pas qu'on se quitte comme ça.
– J'en ai marre que tu me suives comme un petit chien.
– Bon, si c'est ce que tu trouves. »

Elle s'est arrêtée, elle est restée sur le trottoir sans bouger, je l'ai laissée là et j'ai marché sans regarder ce qu'elle faisait mais je sais qu'elle avait de la peine et j'étais encore plus furieux, en colère carrément à l'intérieur, en guerre avec moi-même. Quand on est un salaud, je crois qu'on le sait toujours.

Sophie était à la maison. Elle m'a juré qu'elle dirait rien. Marlène a téléphoné pour prévenir qu'elle sort. On a dîné seuls, on s'est couchés. Je ne sais pas à quelle heure elle est rentrée parce que je me suis endormi assez vite. Il y a des soirs comme ça, on est sauvé par le sommeil, ça vient, on plonge, on s'échappe. Sauf qu'à trois heures du matin, je me suis réveillé avec un rêve. Je monte dans un avion mais à l'intérieur, ça ressemble à un train. Je sais que Marlène est assise derrière. Je me retourne et je la vois à côté d'un homme sur le siège de gauche qui pose sa grosse main poilue sur la cuisse de Marlène. L'avion décolle mais je ne suis plus dedans. Je suis dans la salle 2B où on a cours de physique. J'essaye de faire une expérience avec le bec de gaz et tout à coup, ça explose et je crie : je brûle, au secours, je brûle !

Je suis resté longtemps réveillé et je ne sais pas pourquoi, j'ai pensé à Anna, je voyais sa bouche rose qui faisait comme des pétales de fleurs et j'ai imaginé que je l'embrassais, que je mettais ma langue dans sa bouche et qu'elle était toute chaude et humide et que sa langue touchait la mienne ; j'ai bandé, c'est pas la première fois mais là, c'était brûlant, très excitant, je me suis frotté contre mon drap et pour la première fois de ma vie, c'est venu, j'ai senti que ça venait et c'était délicieux comme juste au moment de faire pipi quand on s'est retenu très longtemps mais encore meilleur et j'ai senti le liquide tout chaud et collant. Bien sûr, je savais ce que c'est, je ne suis pas né de la pluie mais le vivre en vrai ! Je me suis levé, je suis allé à la salle de bains pour m'essuyer et j'ai vu que Marlène était rentrée, je l'ai vue dormir, il y avait ses cheveux qui dépassaient de sa couette.

Le lendemain, Anna a attendu la fin des cours et la sortie comme chaque fois. Elle est venue souriante et même très gaie. « Hé ! David ! Attends ! Tu oublies ton petit chien. Wou-wou-wou ! » Et elle est arrivée près de moi en riant. Évidemment, je me suis senti en tort. « Excuse-moi, je pensais pas ce que je t'ai dit hier. J'étais stressé.

– Mais oui, je le sais. Si tu étais un vrai méchant, je ne perdrais pas mon temps avec toi. J'ai réfléchi pour ton voyage.

– Ah bon ?

– Sur internet, tu as vu des offres d'agences de voyages, avion plus hôtel, train plus hôtel, ce genre de choses ?

– Oui.

– Oui. Et ça, c'est cher. Ils se prennent des marges, tu comprends, ils te font un package global. Mais tu peux aller au lac de Côme ou au lac Majeur pour beaucoup moins cher.

– Ah bon !

– En car, par exemple, Paris-Milan, quatre-vingt-douze euros aller-retour. Ensuite, tu prends un bus local ou le train. Sur place, tu as le choix entre l'hôtel ou le camping au bord du lac, j'en ai vu des bien et c'est beaucoup moins cher. Au total, ça peut te coûter dans les six cents, sept cents euros à trois pour une semaine.

– Si on campe ?

– Oui. C'est entre cent cinquante et deux cents euros la semaine et j'en ai repéré des très beaux juste au bord du lac avec une plage et vue sur les montagnes, je te montrerai, tu n'auras qu'à passer chez moi.

– Il y a encore la bouffe en plus.

– Oui mais ça, ta mère paiera, je pense. Ce qui compte, c'est de lui faire la surprise, non ?

– Je sais pas si elle voudra camper. Avec mon père, elle est allée dans des hôtels.

– Moi, si mon fils m'offrait un voyage-surprise, je serais... raide dingue de joie, peu importe que ce soit dans un hôtel ou un camping, tout serait merveilleux.

– Et si c'était toi qui offrais un voyage à ta mère ?

– Elle serait folle de bonheur. Non mais imagine ! D'habitude, qu'est-ce qu'on offre à sa mère comme cadeau pour son anniversaire ou pour lui faire plaisir ?

On n'a pas toujours d'idée, c'est difficile de se renouveler, surtout qu'à leur âge, elles ont déjà tout. Un bouquet, une orchidée... mais je ne peux pas lui offrir toujours une orchidée... Un produit de beauté, un bracelet, une écharpe... Mais c'est juste une chose qu'on donne. Un poème, un dessin... Ce sont des cadeaux d'enfant et on peut toujours les offrir en plus. Tandis qu'un voyage... un enfant qui offre un voyage à sa mère, c'est plus qu'un cadeau, c'est... c'est un geste, c'est... c'est un acte, c'est... un temps d'amour partagé, le temps qu'on va passer ensemble, c'est les souvenirs qu'on va avoir ensemble, c'est magnifique. » Je l'observais quand elle cherchait les bons mots, ses yeux pensaient et elle fronçait ses sourcils et son nez.

« Merci, Anna.

– Pourquoi tu me remercies ?

– Parce que tu es quelqu'un de bonne.

– Oh ! Arrête ! J'ai horreur qu'on me dise ça.

– Mais c'est vrai, je le pense. On te l'a déjà dit ?

– Ma mère. "Anna, elle est bonne" ! Une fois, elle l'a dit à ses amis devant moi, tout ça parce que je servais les apéritifs et que je leur faisais un sourire et maman parlait de moi, de mon caractère. Il y a une de ses amies qui a dit : "Alors, je la plains. La vie sera plus dure pour elle. Parce que les gens gentils, ils se font toujours avoir." Être bon, c'est pas un compliment. D'ailleurs, ça rime avec con ! Et puis, moi, je ne suis pas bonne. Parfois, je peux être odieuse et méchante et insupportable, je te jure.

– En tout cas, c'est gentil de t'intéresser à mon projet. Je n'avais pas pensé au car.

– Je trouve que c'est formidable, il faut que tu le fasses et tu vas y arriver.

– Non… Même sept cents euros, comment je pourrais gagner tout cet argent ? Et puis, il faudrait plus en fait, il faudrait au moins qu'on aille une nuit à l'hôtel, un bel hôtel que je pourrais lui montrer en photos pour lui donner envie.

– Tu fais des baby-sittings ?

– Oui mais pas beaucoup. Il faudrait que j'en fasse au moins trente. Si c'est des baby-sittings de trois heures, ça me fait vingt-deux euros alors tu vois, et moi, j'en ai un par mois et encore !

– Tu pourrais faire d'autres choses.

– Quoi, par exemple ?

– Je ne sais pas, il faut que je réfléchisse. » Elle a fait celle qui réfléchit et soudain, presque en riant : « Ça n'empêche pas que tu viennes au cinéma avec moi demain après-midi. » Elle ne m'a pas laissé le temps de répondre. « Maman a une carte de fidélité qui lui donne des points : une place achetée, une place offerte. T'as pas encore vu le nouveau James Bond ? »

J'ai dit que je paierais la moitié.

Marlène a accepté que j'y aille. En ce moment, comme disait Mamoune, elle est sur un petit nuage et je me demande si c'est toujours Jean-Philippe, son petit nuage. En fait, je suis presque sûr qu'il s'appelle Marc. L'autre jour, elle a laissé traîner son portable et j'ai vu Marc dans son journal d'appels, il lui téléphone tout le temps. Je l'ai vite remis à sa place, qu'elle s'en aperçoive pas. Pour le cinéma, je pense qu'elle a répondu d'accord sans vraiment écouter ce que je disais parce qu'elle avait en tête de nous annoncer qu'on irait huit jours chez papi et mamie à Nice pour les vacances de février la semaine prochaine pendant qu'elle travaille à Paris et j'ai senti à sa façon de le dire que c'était un mensonge, elle a vu que Sophie était déçue. « Tu ne viens pas avec nous ? – Non, je ne peux pas, je n'ai pas de vacances, moi. » Mais j'ai remarqué il y a déjà quinze jours qu'elle a sous son lit un catalogue sur l'Égypte – deux mille euros la semaine, par personne ! Ça m'a foutu un coup – je parie que l'Égypte, c'est avec Marc. J'aimerais encore mieux qu'elle nous le dise mais comme elle nous a déjà fait le coup avec Alain pour la Grèce, peut-être qu'elle n'ose pas à cause de ça, elle sait que ça nous ferait de la peine, et d'ailleurs, à Noël, elle nous a pas dit que c'était avec Jean-Philippe qu'elle était au Maroc, elle a parlé d'une bande de copains qui l'ont invitée, en fait, je pense qu'elle a eu peur que je répète à Olivier que ça continue avec son père, voilà. Alors, finalement, c'est peut-être avec Jean-Philippe qu'elle part en Égypte ? Ça me rend dingue de rien savoir. Marc, c'est pareil, je ne sais rien, rien, comme s'il n'existait pas, à part son prénom. J'en ai marre de ces secrets, toute cette vie qu'elle nous cache, elle ne veut pas qu'on save…

J'ai réalisé qu'en allant chez mamie et papi je ne pourrai pas gagner d'argent pendant les vacances. Quand on va rentrer la deuxième semaine, il faut à tout prix que je trouve quelque chose. La prochaine fois, je veux que ce soit avec moi qu'elle parte en voyage. Enfin… mettons que j'ai l'argent, est-ce qu'elle voudra bien venir ?

Anna m'a rassuré tout à l'heure au cinéma, elle dit qu'il n'y a pas une mère dans le monde qui ne serait pas touchée par un cadeau aussi inattendu et généreux. Elle trouve que je m'inquiète pour rien, que je suis pessimiste et que ça rend malheureux d'être pessimiste et que c'est idiot, il n'y a pas de raison mais elle, c'est une fleur bleue qui voit la vie en rose toujours du bon côté, elle est naïve comme les enfants, elle fait confiance à l'espoir, elle croit que tout s'arrange toujours, qu'il suffit de vouloir pour pouvoir alors que si c'était si facile, ça se saurait… Mais ça me fait du bien, quelqu'un qui y croit et qui me donne du courage. Parce que, en se retrouvant devant le cinéma, elle m'a tout de suite dit pour commencer qu'elle avait une piste de baby-sitting chez des voisins de son immeuble et qu'elle avait appris par la gardienne qu'il y avait une vieille dame qui a besoin qu'on lui rende des petits services. Elle était tout heureuse de me le dire, toujours passionnée comme d'habitude et ça, je dois dire, ça m'a fait plaisir.

On a fait la queue, il y avait du monde et jusque dans

la salle elle a parlé, parlé, même en prenant les places à la caisse, elle est tellement bavarde, et même en achetant des pop-corns, elle adore ça, elle a pris un grand pot, elle m'a raconté son histoire, le petit copain de sa sœur, son frère tellement timide qu'il a jamais eu de copine et surtout ses parents, leur divorce, elle voit son père mais elle lui en veut, ce qu'il a fait à sa mère, c'est vraiment dégueulasse et la femme avec laquelle il est partie est bête et méchante et Anna trouve qu'elle traite son père comme son esclave et qu'il est ridicule à être à ses pieds et à faire tout ce qu'elle veut, tant pis pour lui, il va regretter mais maintenant c'est trop tard, sa mère le reprendra jamais, enfin, si, peut-être, après tout, mais alors il faudrait vraiment qu'il demande pardon et qu'il fasse des efforts. Anna m'a surtout parlé de sa mère, qui fait ci qui fait ça, qui est tellement géniale, elle s'entend tellement bien. Ça m'a énervé. Je lui ai dit :

« Ta mère, elle a des ailes dans le dos, c'est une sainte !

– Non, pas du tout. Parfois, elle m'exaspère, elle gueule pour rien, elle a ses nerfs. » Mais tout de suite, elle m'a expliqué que ce qui est bien, c'est qu'on peut parler avec elle, quand elle est injuste ou « quand les mots dépassent sa pensée », elle le reconnaît et elle s'excuse, c'est parce qu'elle était fatiguée, contrariée ou en colère contre elle-même mais pas contre ses enfants, bien sûr, d'après elle ! Elle a même écrit une lettre à Anna pour lui demander pardon et lui redire qu'elle l'aime. Forcément, elle est tellement sympa ! Mère poule, affectueuse ! Des fois, elle entre dans sa chambre juste pour l'embrasser et la serrer contre son cœur... Je l'imaginais, cette femme, en train de se pencher avec un sourire doux pendant qu'Anna fait ses devoirs, et la tête d'Anna se trouve entre ses seins dans sa gorge et elle sent son parfum, sa si bonne odeur qui reste dans ses pulls qu'elle respire de temps en temps sur une chaise dans l'appartement et qui comme par magie lui fait voir sa mère quand elle n'est pas là. Anna contre sa mère sent son parfum mais aussi sa chaleur et elle est plus heureuse qu'un petit chat en boule dans un canapé qui se laisse caresser et ronronne. J'imaginais ce bonheur, ce moment de bonheur et j'avoue, j'étais jaloux comme pour Sophie, je l'enviais, parce que le soir vers six heures quand la nuit est tombée et qu'on est à sa table à essayer de faire ce putain d'exercice de maths impossible, c'est l'heure où souvent on a le cafard et où ça doit être tellement bon un moment pareil, sentir un corps chaud comme une couverture se poser sur ton dos et t'envelopper et te serrer... Combien d'enfants dans le monde ont des mamans comme ça ? Et combien d'ados ? Est-ce qu'il y a des mères qui continuent à embrasser leurs enfants comme quand ils étaient petits ? Est-ce qu'il y a des mères qui serrent leurs fils contre elle quand ils sont grands et même plus grands qu'elles en taille, et même quand ils sont vieux, quand ils ont quarante ans ? Bien sûr, je sais la réponse ! Mais pas toutes les mères, pas toutes, et il y a des mères qui montrent moins leurs sentiments et ça ne veut pas dire qu'elles aiment moins. Dans le cinéma, on était presque que des ados et des jeunes et je regardais autour de moi et je me demandais comment sont leurs mères, est-ce qu'elles les embrassent, est-ce qu'elles les serrent contre elles ?

Anna a vu que j'étais ailleurs et triste.

« Qu'est-ce qu'il y a, David ?

– Rien, ça va.

– Prends des pop-corns.

– Non, ça va.

– Il y a quelque chose qui ne va pas.

– Non, non.

– Ça t'ennuie d'être avec moi ?

– Mais non.

– Tu trouves que je suis trop bavarde ?

– Non.

– Tu sais quand je parle, en fait, c'est parce que j'ai peur quand je ne parle pas, j'ai peur qu'on ne me trouve pas intéressante.

– Et tu penses qu'en parlant, tu vas plus intéresser alors ?

– Oui. C'est débile, hein ! Si ça se trouve, c'est le contraire. Quand je parle, on se rend compte que je ne suis pas du tout intéressante.

– Tu es bête ! »

Je lui ai souri pour la rassurer. Elle m'a souri aussi. Elle a eu l'air intimidé et elle n'a plus parlé. Ils ont baissé les lumières dans la salle pour passer les bandes-annonces et les pubs. J'ai mis ma main dans le pot pour prendre un pop-corn mais la main d'Anna y était déjà, on s'est touchés. J'ai enlevé ma main, elle a eu un petit rire et elle m'a mis un pop-corn dans la bouche et juste après, elle a posé sa main sur la mienne, elle a glissé ses doigts dans les miens. On est restés comme ça à regarder les pubs, je sentais qu'elle n'osait plus bouger, moi non plus. Sa main est douce et c'est agréable comme sensation et c'est flatteur de plaire à une fille, je vois que je lui plais mais qu'est-ce qui lui plaît ? J'ai rien de spécial, je suis même pas grand, enfin, j'ai du charme et de tête, je suis plutôt bien et même pas mal, est-ce que c'est ça qui lui plaît ? Qu'est-ce qui plaît aux filles, qu'est-ce qui plaît aux femmes dans un homme ? Moi, Anna, je la trouve mignonne, elle est jolie physiquement même si elle n'a pas non plus encore fait sa croissance et puis, elle est sympa, elle est drôle, intelligente et j'aime bien être avec elle et même lui tenir la main comme là… mais je suis pas amoureux, je l'ai jamais été, qu'est-ce que ça fait vraiment d'être amoureux ? Comment on sent si on l'est ? On peut être bien avec quelqu'un sans être amoureux d'elle. Si mon père était vivant, je lui demanderais ce que ça lui a fait quand il a rencontré Marlène. Lui, je pense qu'il a été amoureux tout de suite. C'est là que ça me manque. Si je l'avais, il me dirait des trucs sur les filles. J'espère qu'Anna ne s'imagine pas trop des choses. Qu'est-ce qu'elle peut s'imaginer ? Qu'est-ce qu'elle ressent, elle ? Je me demande si le cœur des filles est différent. J'aimerais savoir ce que Marlène ressentait pour mon père. Elle non plus elle n'a pas dû se poser de questions. Le grand amour, on le sait tout de suite, c'est évident. Et je suis sûr qu'on ne peut pas le rencontrer deux fois. La preuve : ça ne dure jamais avec les autres. Mais alors, pourquoi elle le cherche encore ? Qu'est-ce qu'elle cherche ? De quoi elle a besoin ? Et qu'est-ce qu'elle fait, comment ça se passe, quand elle sort avec un homme, avec Jean-Philippe ou avec Marc, est-ce qu'elle leur prend la main ? Est-ce qu'elle leur met un pop-corn dans la bouche ? Est-ce qu'elle rit bêtement ? *ARRÊTE, DAVID, TU SAIS TRÈS BIEN COMMENT ÇA SE PASSE. ELLE AIME LES HOMMES, ELLE AIME QU'ILS LA TOUCHENT, ELLE AIME ÇA.* J'ai fermé les yeux, secoué la tête pour chasser l'image et j'ai lâché la main d'Anna. Elle n'a rien dit, elle bougeait pas, toute droite au fond du fauteuil, à regarder l'écran. Après les pubs, la lumière s'est rallumée. Elle s'est remise à parler.

« Tu sais, ma mère, elle m'a posé plein de questions sur toi. Elle me pose toujours plein de questions, elle est super-curieuse, elle veut tout savoir, c'est énervant parfois mais d'un autre côté, elle s'intéresse. Elle te trouve formidable. Elle dit que tu dois énormément aimer ta mère et qu'elle a bien de la chance d'avoir un fils comme toi.

– Tu lui as dit ! »

Anna a tout de suite compris de quoi je parlais et elle était embêtée.

« Oui mais…

– Je t'avais dit d'en parler à personne.

– Mais elle ne dira rien, à personne, je lui ai dit que c'est un secret et qu'elle n'en parle à personne, même pas à sa meilleure amie. C'est parce que je lui ai dit que tu veux travailler pour gagner de l'argent. Elle m'a demandé pourquoi.

– Et tu lui as dit !

– Tu m'en veux ? Je suis désolée, David, je voulais que ma mère nous aide à trouver quelqu'un chez qui tu pourrais travailler. Je te jure que j'en parlerai plus jamais. À personne. Je te le jure… sur la tête de ma mère ! » Elle m'a tendu la main pour que je tape dedans. J'ai hésité et puis, je l'ai fait doucement. Elle a refermé sa main sur la mienne, elle l'a gardée serrée et le film a commencé. C'est génial, James Bond. On se dit qu'il ne va pas y arriver et si, il s'en sort quand même, chaque fois au dernier moment, il trouve un truc, il réussit tout et il est plus intelligent que tout le monde. Les scènes d'action, on se demande vraiment comment ils font. Il paraît qu'elles sont toutes amoureuses de lui, qu'il reçoit des centaines de lettres de femmes avec leurs adresses et des photos d'elles nues. Faut dire, il est parfait, il a tout. Il est beau, grand, intelligent, courageux, fort, il a de l'humour et doué dans tous les sports et très, très riche, il change tout le temps de vêtements, de voitures, il va dans des hôtels de luxe, dans des suites immenses avec des lits exactement comme ceux des magazines de pouffes que Marlène achète. Je devrais pas y penser, ça va me gâcher le film. James Bond, il ne va jamais dans un camping en vacances.

9

Il y a des visages qui sourient comme des soleils. C'est la pensée que j'ai eue quand j'ai vu papi et mamie en descendant du TGV avec Sophie à la gare de Nice où ils sont venus nous chercher avec leur fille Laurence, la sœur de mon père, parce que papi est trop vieux pour conduire, mamie dit qu'il est un danger public et elle demande toujours à Laurence de conduire à sa place quand elle peut les accompagner. On ne les a pas vus depuis très longtemps, j'avais pas réalisé, on allait toujours chez Mamoune en vacances, sauf une fois, et c'est parce qu'elle est morte qu'on va chez eux maintenant, Marlène leur a demandé de nous prendre pour février, ils ont dit oui, que ça leur ferait tellement plaisir et ils nous ont même payé le TGV. Ils sont petits avec deux têtes de vieilles pommes ridées, mamie se tient bossue et papi bien droit tout raide. Ils font très vieux tous les deux avec leur chapeau et leur canne. Elle s'est fait faire une permanente pour être belle, Laurence nous l'a dit, et papi est très fier de ses beaux cheveux blancs épais, il se les coiffe en arrière. Sophie trouve qu'ils sont doux, il lui a dit « Oui, c'est du cachemire ». Ils ont comme Mamoune de gentils sourires avec des yeux flous comme si la couleur était passée après tout ce temps. On sent qu'ils sont fragiles, on sent leurs os quand on leur tient la main. C'est peut-être parce qu'ils sont vieux qu'ils ont l'air gentil. Enfin, non, il y a des vieux, on voit tout de suite qu'ils sont méchants. Une vieille qui habite au-dessus de la pharmacie, on dirait une sorcière snob, les lèvres pincées et les yeux aussi pincés, toujours mauvaise, elle grogne, il ne faut pas la croiser sur le trottoir parce qu'elle va toujours dire qu'on l'a bousculée. Je pense que plus on est vieux, plus on a la tête de ce qu'on est. Martin qui fait déjà fourbe et vicieux, plus tard il aura une tête de salaud. Je trouve aussi qu'on peut voir à quoi on va ressembler plus tard en comparant avec ses parents ou ses grands-parents à condition de leur ressembler, bien sûr. On a regardé des albums photos chez papi et mamie et, par exemple, c'est fou ce que Sophie ressemble à mamie quand elle était petite, plus qu'à mon père qui ressemblait à papi, pareil, ça se voit. Ils ont plus de photos de mon père que Marlène et j'étais vraiment heureux de les voir, ça permet de mieux l'imaginer. J'ai demandé si je pouvais garder l'album dans la chambre où on dort Sophie et moi pour le regarder encore le soir dans mon lit avant d'éteindre. Je me suis comparé dans une glace et je trouve que j'ai les yeux de mon père et une expression comme lui, oui, quand je lève un peu la tête vers le haut comme si j'avais entendu quelque chose qui m'étonne. Et puis, mon père, il a l'air malin et très intelligent et pour ça aussi, j'ai un air de famille sans me vanter. Sophie se lavait les dents à la salle de bains, elle est rentrée dans la chambre en pyjama et elle m'a surpris à faire des mimiques dans la glace pour imiter mon père.

« Tu trouves qu'on se ressemble ? » Elle a pris son temps pour bien observer les photos et moi et elle n'a pas fait semblant.

« Non, pas du tout. Il a les cheveux bruns un peu bouclés comme moi et toi les cheveux châtains raides comme Marlène et vous avez pas du tout la même tête, pas le même nez, pas les mêmes lèvres...

– Et les yeux ?

– Les yeux non plus. Même les oreilles, regarde, c'est pas les mêmes oreilles, il n'a pas les oreilles décollées.

– J'ai pas les oreilles décollées !

– Non mais un peu écartées et rondes, ovales, alors que lui elles sont toutes petites contre sa tête et pointues au bout.

– Oui, mais on a la même expression quand on regarde comme ça.

– Oui, peut-être un peu. Mais tu ressembles plus à Marlène. Par exemple le sourire, c'est vraiment le même. Vous souriez pareil.

– Toi, par contre, tu trouves que tu lui ressembles ?

– Je trouve que j'ai ses yeux, ses cheveux mais la bouche de Marlène et son nez.

– Et moi j'ai rien ?

– Mais si. Si. » Elle a comparé encore les photos et moi. « Peut-être le cou.

– Le cou !

– Le front, peut-être le front aussi. » C'était vexant, elle m'agaçait. Parce que en plus maintenant, en regardant les photos, à part l'expression, je ne voyais plus tellement les points communs, même les yeux je les voyais plus, c'est vrai que c'est plus Sophie, des yeux ronds comme ceux de mamie aussi et comme ceux de Laurence qui lui ressemble beaucoup et ça se comprend puisqu'elle est sa sœur. Alors, moi, qu'est-ce que j'ai de mon père ? Le zizi, peut-être, mais là pour vérifier ! Il y a que Marlène qui pourrait dire… et mamie, c'est son fils, elle saurait mais j'ai pas envie qu'elle me voie tout nu, et t'imagines me planter devant elle, baisser mon pantalon et lui demander : « Alors, mamie, ça te rappelle quelque chose ? » J'ai pas pu m'empêcher de rire, d'y penser. Sophie ne comprenait pas ce que j'avais. Elle m'a dit :

« Pourquoi tu ris ?

– Oh ! rien. » Je me suis arrêté, on s'est couchés, on a éteint. J'ai réfléchi. Pourquoi je ne lui ressemble pas ? Je suis son fils, il est mort, si je lui avais ressemblé, ceux qui l'ont connu, ceux qui l'ont aimé auraient pu se souvenir en me voyant et ça leur aurait fait plaisir : « Il ressemble tellement à son père, vous ne trouvez pas ? – Oh ! oui, c'est frappant. » Mais personne ne me l'a jamais dit, personne. Quand on regardait les albums ensemble, mamie n'a rien dit. À un moment, je lui ai demandé : « Est-ce que tu te souviens comment il était à treize ans ?

– Pourquoi à treize ans ?

– Parce que c'est mon âge. » Elle m'a montré une photo et c'est vrai, c'est fou ce qu'on est différents, lui à treize et moi, même si mamie était plus très sûre qu'il avait bien treize ans, peut-être douze ou quatorze, en tout cas, on ne se dit pas du premier coup : « C'est bien le fils de son père ! » C'est pour ça que j'ai préféré comparer avec lui adulte quand je me suis regardé dans la glace – des photos de lui adulte quand j'avais deux ans, il me tient par la main et je marche – parfois on peut se ressembler à des âges différents mais nous, même là, on n'a pas grand-chose, sauf l'expression quand on lève les yeux avec l'air étonné et quand il sourit aussi, j'ai un peu le même sourire. En fait, les photos, c'est trompeur, parce qu'elles sont immobiles. C'est beaucoup plus dans les mouvements, quand on rit, quand on pleure, quand on parle, qu'on se ressemble. N'empêche, j'étais déçu. J'avais jamais remarqué qu'on se ressemblait si peu sur les photos de lui dans l'album de Marlène. Mamie a dû deviner ce que je ressentais et c'est aussi comme ça qu'on voit la bonté des gens. Elle m'a dit : « Tu sais, David, un enfant, c'est un mélange de sa mère et de son père, parfois, il a tout de l'un ou tout de l'autre, mais c'est rare, souvent, c'est un mélange, et même, c'est ce qui est incroyable avec l'hérédité, tu peux ressembler mais presque comme un jumeau à un ancêtre qui a vécu il y a cent ans ! » Ça ne m'a pas trop consolé. Au contraire, avec Sophie en plus, qui me dit qu'à part le cou j'ai rien en commun… Je m'en fous, c'est pas les ressemblances physiques qui comptent le plus, c'est les ressemblances morales – et le caractère. Moi, je sais que je suis comme mon père, je me laisse pas faire quand on m'emmerde. Mon père était courageux, il a risqué sa vie dans des guerres, il se serait battu pour Marlène comme moi et pour ses enfants et pour ses parents. Je l'imaginais en train de se battre avec quelqu'un qui aurait manqué de respect à Marlène comme quand j'ai buté Martin et Ali et j'étais fier d'être son fils.

Toute la semaine à Nice, j'ai passé beaucoup de temps, Sophie aussi, à regarder les photos et les souvenirs de papi et mamie et à leur poser des questions sur mon père. J'ai remarqué qu'ils ont vraiment pas beaucoup de photos de nous. Il y en a quelques-unes quand j'ai deux ou trois ans et d'autres où j'ai cinq ans, c'est mamie qui m'a dit que j'avais cinq ans, mais aucune de moi bébé alors qu'il y en a de Sophie dans son couffin et dans les bras de Marlène et de mon père. Je regrette de ne pas avoir de photos de moi bébé et c'est pas parce que je suis narcissique mais parce que c'est mon histoire, regarder un album c'est comme lire l'histoire de sa vie et Marlène ne sait plus ce qu'elle a fait de l'album de ma naissance, il s'est perdu dans un déménagement, et papi et mamie n'ont pas de photos non plus. Mamoune, par contre, en avait cinq, elle m'en avait déjà donné une où je dors, il y en a une autre dans un berceau où je gigote en pyjama à rayures, je l'adore et je l'ai prise quand on est allés à Cherbourg pour son enterrement, je me trouve rigolo, et une autre encore, je l'ai prise aussi, où Marlène me donne un biberon parce qu'elle ne m'a pas nourri au sein, je lui ai posé la question. Ce que je trouve le plus dommage, c'est qu'il devait y avoir des photos magnifiques faites par mon père. J'ai senti que mamie était désolée parce qu'elle aussi aimerait les avoir. Elle m'a dit qu'elle en avait réclamé à mon père et à Marlène mais qu'à chaque fois, ils avaient oublié de lui en apporter et qu'après Marlène a perdu l'album. On était sur la terrasse au soleil avec tous les albums étalés sur une table et mamie avait aussi sorti des boîtes avec des vieilles photos et papi cherchait dedans s'il y avait pas quand même quelque chose et il était embêté, il a échangé des regards avec mamie, je les ai vus, qui voulaient bien dire que cette affaire de photos les mettait mal. Sophie s'admirait dans deux albums, deux albums de sa naissance pleins de photos sublimes, presque toutes prises par mon père, où j'étais aussi, j'avais entre deux ans et demi et trois ans, mais c'était vraiment ses albums à elle, pour elle, comme celui de la maison et ça me rendait triste et jaloux même si je sais que je dois pas et qu'elle y est pour rien. Et puis, en y pensant, parce que j'y avais jamais pensé, c'est bizarre. J'ai insisté et j'ai surpris la tête de Laurence qui était là, gênée, elle a eu les larmes aux yeux et elle s'est tournée pour qu'on ne la voie pas.

« Même pas une photo de moi ? »

Papi a répondu :

« Non, pas de toi tout bébé, non.

– Mais tu sais, a dit mamie, on le regrette, on le regrette énormément et on a été très malheureux quand on a appris que les photos s'étaient perdues pendant le déménagement de Marlène. »

Tout à coup je me suis dit et je leur ai demandé : « Mais quel déménagement ? Quand mon père est mort, Marlène est restée dans son appartement à la caserne, c'est lui qui avait cet appartement. C'est avant, quand ils se sont installés ensemble, qu'elle a déménagé mais là, j'étais pas encore né. »

Il y a eu un silence et papi a dit : « Je ne sais pas... Ce n'était peut-être pas un déménagement, je ne me souviens plus très bien, c'était peut-être en faisant des rangements, quelquefois on jette des choses sans faire attention... »

Mamie lui a coupé la parole : « Mais non, Francis, pas ça ! Elle n'aurait pas jeté ça ! Il y a des choses qu'on ne jette pas. Non. Mais elle les a peut-être perdues une fois en vacances. Ou alors !... ou alors, elles sont peut-être rangées quelque part chez ton arrière-grand-mère à Cherbourg...

– Non. Mamoune n'avait que cinq photos de moi bébé et j'en ai pris trois.

– Mais il y en a peut-être dans un endroit saugrenu, tu sais, dans son grenier…

– Elle n'avait pas de grenier.

– Dans sa cave… »

Sophie qui me connaît bien a dit : « On demandera à Marlène, David, on lui a jamais demandé, elle nous expliquera, il y a qu'elle qui peut savoir. »

Laurence s'est rapprochée de la table où on était tous avec les photos. « Cet après-midi, je vous emmène visiter la villa Ephrussi, c'est un palais avec un très beau jardin qui domine la mer. »

Je ne l'ai pas écoutée. J'ai demandé à mamie : « Mais vous, vous n'en avez pas pris une seule, de photo, à ma naissance ?

– Écoute, David, a dit Laurence, papi et mamie t'ont dit qu'ils auraient voulu… »

Papi a fait un geste avec le bras pour l'arrêter et il m'a dit : « On n'a pas pu faire de photos parce qu'on n'était pas là.

– Mais… vous ne m'avez jamais vu quand j'étais petit ?

– Si, a dit mamie, on t'a vu… à l'hôpital mais là on n'avait pas d'appareil, c'est votre père qui prenait des photos.

– Et après, a dit papi, on ne t'a pas vu jusqu'aux vacances où vous êtes tous venus à la naissance de Sophie.

– Vous ne nous avez pas vus pendant trois ans !

– Presque.
– Pourquoi ?
– Parce que papi travaillait encore, on habitait loin, votre père voyageait tout le temps et vous n'êtes pas venus en vacances ici.
– Mais vous, vous n'êtes jamais venus nous voir ? Vous vous étiez disputés ?
– Non. D'ailleurs, on est venus une fois ou deux mais je pense qu'on n'a pas fait de photos parce que ton père en faisait des tellement belles.
– On n'avait peut-être pas emporté l'appareil.
– Comment savoir maintenant ? C'était il y a longtemps.
– Je comprends ce que tu penses, David, a dit papi, mais tu ne dois pas t'imaginer des choses. Tout le monde t'aimait, tout le monde t'aime. Cette histoire de photos, c'est un malencontreux hasard.
– Un quoi ?
– Ça n'aurait pas dû se produire et ça s'est produit, ça arrive qu'on perde quelque chose de précieux et on ne peut plus rien faire, c'est comme ça.
– Moi, a dit mamie, j'ai perdu ma bague de fiançailles en cueillant des fleurs sauvages dans la montagne il y a deux ans, oui… oui, je ne sais pas ce qui s'est passé, c'est parce que mes doigts ont rétréci, je pense, en vieillissant. On a cherché partout, demande à papi, on ne l'a jamais retrouvée. Et j'y tenais énormément, ça m'a rendue très triste. »

Ça m'a calmé, la bague de fiançailles. En même temps, des photos… Quand je vois toutes les photos qu'ils ont prises de Sophie. Moi, ils auraient pu en perdre seulement une partie. Enfin…

Laurence nous a emmenés visiter cette villa qui était le palais d'une Rothschild très riche il y a cent ans. C'est immense et de partout on voit la mer. Il y avait des buissons de mimosas jaunes sur le parking et ça sentait bon. À l'intérieur, le grand luxe, des tableaux, des peintures, même aux plafonds, même sur les portes, par exemple des singes musiciens que Sophie a trouvés trop mignons dans leurs costumes jaunes et aussi un dessin d'une femme sur son lit en train de parler à son petit chien qui est sur sa table de nuit et qui a l'air de l'écouter, ça m'a plu, on aurait dit Marlène et Laurence me l'a acheté en carte postale à la boutique du musée. C'est les jardins que j'ai préférés avec la mer bleu foncé en bas derrière. Pendant toute la visite, je me suis dit que c'était cette maison et une vie de Rothschild comme ça au soleil qui plairaient à Marlène. Il y a peut-être plus beau et même plus riche. Il y a sûrement des personnes toujours encore plus riches. Mais là c'est déjà tellement que je peux même pas imaginer. Putain ! Comment ils font, ces gens, pour devenir aussi riches ? Rien que le prix pour visiter la villa : dix euros par personne ! Et le salon de thé ! Une boisson : cinq euros ! Ça doit être aussi cher en Italie. Anna a dû se tromper dans ses calculs pour aller aux lacs, en fait ça doit vraiment coûter ce que j'ai vu sur internet et j'y arriverai jamais, pfou !... alors que c'est le meilleur moment quand on boit un Coca au salon de thé. Laurence a même voulu nous offrir une pâtisserie. J'ai voulu refuser : « Non, c'est trop cher.

– Ça ne fait rien, c'est la fête ! Je n'ai pas eu souvent l'occasion de vous offrir quelque chose. » Elle nous a pris en photo. On est sur une petite table ronde devant une grande fenêtre ronde. On voit les jardins, des palmiers et la mer au loin. Il y a un gros bateau, un yacht, dans la baie. Laurence nous regardait manger nos gâteaux, elle, elle a seulement pris un thé. « Il faut que je fasse attention à ma ligne. » Je lui ai demandé ce qu'elle fait comme métier. Elle est orthophoniste et c'est un métier qu'elle adore parce que, comme elle n'a pas eu d'enfants, justement elle en voit beaucoup. Elle a lu ce que j'ai écrit à Marlène sur ma carte postale de la femme avec son petit chien, c'est moi qui lui ai fait relire pour corriger les fautes. Elle m'a demandé si j'avais déjà été suivi par quelqu'un mais je ne savais même pas ce que c'est, un orthophoniste, avant qu'elle m'explique. « J'ai des problèmes en orthographe mais j'essaye vraiment de m'améliorer. Mme Bijouty, ma prof de français, a dit que j'ai fait des progrès depuis le début de l'année mais qu'il faut que je m'entraîne beaucoup à la maison à refaire les dictées. Par contre, je suis bon en rédaction, elle dit que j'ai de l'imagination et le sens de l'observation. »

Laurence m'a rassuré : « Il ne faut pas t'en faire. Je suis sûre que tu vas y arriver. » Elle a passé son bras autour de mes épaules et puis elle m'a attiré contre elle, elle m'a serré tendrement, juste quelques secondes, et ça m'a surpris, je lui ai souri, j'étais ému, je voudrais que Marlène m'attrape comme ça, pas longtemps, juste pour sentir sa chaleur et son parfum, son parfum que j'aime tellement, tous ses parfums comme elle en change souvent, et là tout à coup j'ai eu une drôle de pensée, enfin, drôle, non, je me suis dit que la vie est mal foutue quand même parce qu'elle – Laurence – elle donnerait tout pour avoir un enfant…

« Tu es un garçon volontaire, ça se voit, il ne faut pas te faire de souci. »

Elle a voulu tout savoir sur notre vie et du coup j'ai compris qu'elle ne savait rien. Sophie lui a dit qu'elle fait du mime et du dessin à l'école et comme ça elle sort deux soirs à six heures. Moi, je ne fais rien mais j'aimerais jouer de la guitare, j'ai toujours eu envie, seulement comme Marlène dit toujours qu'on n'a pas d'argent, qu'on est juste, que c'est dur de nous élever, j'ai jamais osé lui demander mais avant que Laurence me pose la question : « Et toi, qu'est-ce que tu fais ? », je n'avais pas réalisé que c'est à cause de ça que j'ai rien réclamé. Quelquefois, tant qu'on n'y pense pas, on ne sait même pas pourquoi on fait quelque chose. On se répond non tout seul à une question qu'on n'ose pas poser sans penser qu'on n'ose pas, on s'interdit automatiquement comme un robot programmé. Maintenant que je vois ce que coûte la vie, je comprends que Marlène s'angoisse.

Laurence nous a proposé une deuxième boisson, j'ai dit « Non merci » mais Sophie « Moi, je veux bien ». « On a déjà été très gâtés. » Je lui ai fait des yeux, elle a dit « Bon d'accord » mais Laurence a insisté, elle m'a reproposé, j'ai redit non. Elle est partie chercher le jus. J'ai fusillé Sophie. « Tu es vraiment mal élevée, tu me fais honte. » Laurence est revenue. Elle avait aussi un Coca. « Oh ! non, Laurence ! – Ça me fait plaisir. » Alors, je l'ai bu. Pour lui faire plaisir... En rentrant en voiture, j'ai pensé que c'est une journée pareille que je veux qu'on passe avec Marlène si on faisait mon voyage et qu'il faut donc à tout prix que je gagne de l'argent.

J'ai dit à papi que je pouvais faire du jardinage s'il voulait. Il était tout content. Il m'a fait visiter son jardin en détail, il n'est pas très grand mais ça a duré une demi-heure parce qu'il m'a expliqué chaque plante, sa taille, sa floraison, ses maladies, ses traitements, j'écoutais rien, pendant tout le temps je ne pensais qu'à un truc : quand est-ce que je lui demande s'il veut bien me payer ? Finalement, j'ai pas pu. J'avais honte. C'était mon grand-père, ils nous invitent, ils nous payent tout, même le train pour venir.

« Je ne pensais pas que ça t'intéresserait. Un petit citadin ! Et tu m'écoutes attentivement parler de mes fleurs pendant une demi-heure ! Ton père, lui, ça le barbait, je n'ai jamais pu l'y intéresser. » Je me suis dit que j'étais bien comme mon père moi aussi et ça m'a fait sourire. « Une âme de jardinier ! Le goût de la terre, on l'a ou on ne l'a pas. Ça a dû sauter une génération. Ta mère aime les fleurs ?

– Oui, les orchidées.

– Ah ! ça ne pousse pas dans mon jardin. Mais regarde mes mimosas. Superbes, non ? J'en ai deux espèces. Tu pourras lui en ramener un bouquet. Ça sent tellement bon. » Il est allé dans sa petite cabane, il a sorti des gants, des sécateurs et il m'a montré comment tailler les rosiers. Après, il m'a fait scier une branche morte dans un if, c'est un arbre qui peut vivre deux mille ans, je suis grimpé à trois mètres de hauteur, mamie a eu peur que je me fasse mal avec la scie, papi lui a dit : « Laisse-nous entre hommes, Geneviève. » Il était ravi parce que lui, il est trop vieux maintenant pour monter aux arbres.

À la fin, il m'a donné vingt-cinq euros. Oui ! Un baby-sitting. Et j'ai rien demandé. J'ai mis les billets dans ma poche et je lui ai proposé de l'aider encore demain s'il veut. J'ai dit : « Mais gratuitement, c'est pas pour de l'argent. » Il m'a répondu : « Mais je te paierai, j'y tiens. Tu fais du bon boulot. Et en plus, tu me coûtes moins cher qu'un jardinier. »

Le soir, avant qu'on aille se coucher, il a ouvert un tiroir de son bureau, il a fouillé sous les papiers et il a sorti une montre. Il me l'a donnée. « C'était la montre de plongée de ton père. Je suis sûr qu'il serait fier de savoir que tu la portes. Et comme ça, tu feras de la plongée un jour comme lui, comme moi. Si tu reviens cet été, je t'inscrirai à un club. Il y a des jardins sous la mer presque aussi beaux que le mien.

– Et qui poussent tout seuls sans jardinier ?

– Tu rigoles, il y a des tas de jardiniers, les poissons, les crustacés… »

Il a continué à me parler : de la pollution, de la folie des hommes, c'est ce qu'il pense… mais moi je ne voyais que la montre, je l'ai mise à mon bras à la place de ma petite en plastique et quand on a éteint avec Sophie, je me suis aperçu que les aiguilles en plus sont phosphorescentes. Du coup, Sophie a remarqué. « Tu as une montre ? C'est papi qui te l'a donnée ?

– C'était la montre de plongée de papa. » Pour une fois, je disais papa, j'ai pensé papa et je m'en suis rendu compte. Sophie était jalouse. « Pourquoi il te l'a donnée à toi ?

– Parce que c'est une montre d'homme.

– C'est pas juste, c'est un souvenir. C'est autant mon père que le tien. Tu me la prêteras de temps en temps.

– Elle tiendrait même pas à ton bras, tu as des poignets beaucoup trop maigres.

– Non, prête-la-moi que j'essaye. »

D'abord, j'ai refusé. Elle s'est mise à grogner et à geindre comme d'habitude quand je lui donne pas tout de suite ce qu'elle veut, elle peut être insupportable parfois quand elle est contrariée. Elle a allumé la lumière. Je voulais pas qu'elle réveille mamie, alors je lui ai passé. Elle a voulu la mettre mais ça tenait pas. J'ai pas pu m'empêcher de me marrer, ça l'a vexée, elle a regardé la montre, elle l'a fait tomber de son poignet sur le lit, elle l'a tournée dans tous les sens en la contemplant tristement et elle s'est mise à pleurer. Je suis venu près d'elle, je lui ai demandé : « Pourquoi tu pleures ?

– Parce que j'aurai jamais de papa. »

J'ai passé ma main autour de son épaule et je l'ai serrée contre moi. Je me suis souvenu que Laurence a fait le même geste tout à l'heure avec moi. Sophie s'est calmée, j'ai éteint et je suis resté près d'elle en lui tenant la main.

Et maintenant, elle dort, ça fait une heure et je suis encore assis au bord de son lit. Je regarde les aiguilles qui brillent dans le noir.

10

On est rentrés de Nice. Le TGV roulait sous le ciel bleu. Je voyais une montagne de pierre blanche et grise et des collines vertes, des chevaux dans un pré, et je sentais le soleil sur ma peau, j'étais bien, détendu et plein de confiance pour l'avenir. Par moments, dans la vie, on se dit que tout sera facile, on est optimiste, on y croit et on a envie de partager son bonheur. Sophie aussi était heureuse, elle rêvait par la fenêtre en écoutant son MP3 que mamie lui a offert. Moi, je me disais que j'allais vite y arriver à gagner l'argent pour notre voyage, au moins sept cents euros et peut-être même mille, je faisais des calculs, j'allais mettre des annonces, en trois mois, c'est possible, quand on veut vraiment quelque chose, on y arrive toujours, c'est ce que m'a dit papi mais il ne sait rien, je ne lui en ai pas parlé, il m'a dit ça à propos de mes résultats scolaires, il m'a fait travailler. Il est contagieux, papi, c'est un peu comme Anna, quand on discute avec eux, les choses paraissent plus simples. En plus, j'avais ses soixante euros dans ma poche pour le jardinage, c'est beaucoup trop mais il a insisté, à mon âge on a envie de s'offrir des petits plaisirs, des CD, des DVD. Avec les vingt-cinq euros du baby-sitting que j'ai fait avant de partir à Nice plus ce qu'il me restait, Mamoune me donnait de l'argent quand on venait, ça me faisait cent dix-neuf euros. Donc, sept cents, je dois pouvoir.

On voit qu'on habite au nord quand tout à coup le train rentre sous les nuages, on quitte le beau temps et il pleut, on retrouve l'hiver et c'est vrai que ça joue sur le moral. J'aimerais qu'on habite Nice près de papi et mamie, je suis sûr que ça y ferait, tout le monde serait plus cool, on irait sur la plage tous les week-ends et même des fois après l'école, Marlène aime le soleil encore plus que nous, ce serait génial si on déménageait, d'habiter là-bas, voir la mer tous les jours, la Méditerranée, la baie des Anges où mamie nous achète une glace et on est en tee-shirt au mois de février ! Les palmiers, les mimosas, les eucalyptus, les poivriers, les bougainvillées roses, j'ai retenu tous les noms, et le café de la villa !... J'avais déjà la nostalgie. On a passé des vacances !... les meilleures qu'on a jamais eues, ça me fait de la peine pour Mamoune parce qu'elle était tellement merveilleuse et gentille, je ne l'oublierai jamais, elle est morte et c'est triste mais on ne peut pas comparer Nice et Cherbourg.

À la gare, on a eu une surprise : Marlène n'était pas là. Pourtant, elle savait que notre TGV arrivait à dix-neuf heures trente, mamie lui a même redonné le numéro de notre wagon, elle a laissé le message sur son portable le matin parce qu'elle est tombée sur la messagerie mais Marlène l'interroge, je la vois toujours le faire, elle vit avec, elle le quitte pas et d'habitude, il est toujours branché, c'est ce qui m'a inquiété. Sophie a mis un peu plus de temps que moi à comprendre. C'est quand j'ai dit : « Elle a dû se tromper d'heure » qu'elle a réalisé et qu'elle s'est angoissée, elle cherchait partout autour sur le quai qui se vidait, à la fin, on était seuls avec un type qui conduisait une nettoyeuse électrique et on a vu arriver des femmes de ménage qui sont montées dans les wagons avec des espèces de chariots en plastique qui servaient à transporter leurs produits et une poubelle.

« On va téléphoner d'une cabine. Elle doit être en train d'arriver. » J'ai eu la boîte vocale moi aussi. C'était bizarre que son portable soit éteint. « Je vais essayer à la maison. » Elle n'y était pas non plus.

On a pris le métro. Sophie m'a pris la main, elle l'a tenue tout le trajet, de l'autre, je tirais notre valise à roulettes et je la portais dans les escaliers. On a dû changer deux fois pour aller chez nous. On ne s'est pas parlé mais je sentais la petite main de Sophie et qu'elle ne voulait surtout pas me lâcher, qu'elle restait contre moi. Bien sûr, je lui ai pas dit mais j'étais sûr que Marlène serait pas à la maison. Cette semaine, elle a téléphoné une fois pour savoir si tout allait bien, elle avait dit qu'elle appellerait elle-même, qu'il ne fallait pas essayer, parce qu'elle a une semaine chargée, toujours en réunion, très difficile à joindre, et ça a duré deux minutes au téléphone, d'abord mamie et puis Sophie qui était à côté mais elle a raccroché, elle était très pressée, moi, je n'ai pas pu lui parler.

À notre station quand on est descendus, il y avait une affiche d'une grosse tête de chien avec des yeux mélancoliques comme pour qu'on lui donne sa pâtée parce que les chiens font ça, il paraît, Thomas, par exemple, il a un labrador qui le regarde toujours en levant une gueule désespérée quand il est dans la cuisine et des fois ça marche, on lui donne des croûtes de fromage ou un bout de saucisson. Sur l'affiche, c'était écrit : « L'abandon n'est jamais la solution » et je me suis dit que c'était vraiment dégueulasse tous ces gens qui abandonnent leur bête sur la route.

En arrivant devant les grilles de la caserne, j'ai deviné.

Bruno, un gendarme que je connais, qui était de garde, nous a dit : « Alors ? On revient de vacances ? Tout s'est bien passé ? » J'ai vu à sa tête la question qu'il se posait, d'ailleurs, il l'a posée : « Vous rentrez seuls ?

– Oui, oui, c'était prévu. » J'avais peur qu'il nous pose d'autres questions et surtout que Sophie dise « Non, c'était pas prévu, Marlène était pas à la gare ». Je la tirais pour avancer vite, elle dans la main droite, la valise dans la gauche, heureusement elle n'a rien dit et Bruno non plus, il est rentré au chaud dans la loge et on a traversé la première cour jusqu'à la deuxième où est notre immeuble. La boîte aux lettres en bas était pleine de courrier et j'ai tout de suite vu que ça faisait une semaine, par exemple, il y avait le magazine de Marlène qu'elle reçoit le lundi. Il y avait aussi des factures, des lettres, j'ai tout pris et on est montés. J'ai ouvert la porte.

« Marlène ? » On a allumé les lumières. C'était rangé comme d'habitude, elle a horreur du désordre. « Marlène ? » J'ai appelé une deuxième fois pour vérifier mais je savais qu'elle était pas dans sa chambre en train de dormir. Sophie m'a suivi, elle ne me quittait pas d'un mètre. « Où est-ce qu'elle est, David ? Tu crois qu'il lui est arrivé quelque chose ? Elle va revenir ?

– Mais oui, elle va revenir, évidemment. » J'ai ouvert son placard et j'ai vu qu'il y avait pas sa valise et qu'il manquait des robes, des tee-shirts, des culottes, les plus jolies en dentelle, et en regardant bien, j'ai remarqué qu'elle a pris que des vêtements d'été. Donc, elle est partie en voyage quelque part où il fait chaud, en Égypte, bien sûr, elle avait le catalogue. Donc, elle nous a menti encore une fois pour qu'on save pas. Mais pourquoi, pourquoi ? C'est pire de raconter qu'elle travaille à Paris. J'ai dit à Sophie : « Je pense qu'elle s'est trompée d'un jour. Elle croit qu'on revient demain, je pense que c'est ça qui s'est passé, elle va revenir demain.

– Et si elle ne revient pas demain ?

– Je suis sûr qu'elle va revenir.

– Et si elle oublie ?

– Si elle oublie ?

– De revenir. Si elle revient dans une semaine, à la fin des vacances, si elle croit qu'on revient à la fin des vacances ?

– Mais non, elle sait qu'on revient ce week-end. Elle a pensé qu'on revenait dimanche.

– Où est-ce qu'elle est ? Tu penses qu'elle est où ?

– Je sais pas. Chez une amie pour le week-end.

– Pourquoi elle ne répond pas sur son portable ?

– Je sais pas. Elle a dû oublier de l'allumer.

– Mais elle l'éteint jamais.

– Je sais pas, Sophie, mais je suis sûr que c'est rien, elle va revenir, ne t'inquiète pas. Il y a peut-être pas de réseau et son portable ne capte pas…

– On peut appeler ses amies. On peut appeler Flore ou Jeanne.

– Ah ! non. Non, non.

– Pourquoi ?

– Parce qu'on va les affoler pour rien.

– Et alors ?

– Alors, après, Marlène va le savoir.

– Et alors ? Qu'est-ce que ça peut faire ? C'est elle qui nous a oubliés, c'est elle qui est responsable de nous. Ou alors… ou alors c'est qu'elle a eu un accident ou qu'elle… ou qu'elle est morte !

– Mais non, mais non ! Je suis sûr qu'elle a rien, que tout va bien. Si elle n'est pas là demain, alors, oui, on appellera mais maintenant, tout va bien, c'est pas grave, elle s'est juste trompée d'un jour, on va dîner, on va se coucher, et si tu veux, avant, on regarde un peu la télé. »

Le frigidaire était vide sauf un pot de tarama moisi et deux yaourts. Dans le porte-monnaie des courses, il restait douze euros. Sophie est venue avec moi chez Shopi. On en a eu pour vingt-deux euros, je voulais qu'on se fasse un bon dîner, alors, j'ai pris des copeaux de parmesan à trois euros cinquante et des tagliatelles fraîches à quatre quatre-vingt-quinze et ça va vite avec le beurre, le pain, la sauce tomate et des chewing-gums, j'ai pas voulu dire non parce que je sentais qu'elle était tellement angoissée. J'ai complété avec mes économies, j'ai mis dix euros mais j'ai gardé la facture pour que Marlène me rembourse. Penser à elle en revenant avec mon sac plastique, j'avais un poids, c'était trop lourd, ça me bouffait le cerveau de réfléchir, de chercher à comprendre, de deviner, d'inventer des explications, de répondre à des questions que je me posais tout seul. Et puis, tout à coup, j'ai repensé à ce qu'a dit Sophie et j'ai imaginé un accident, un drame, un homme qui lui faisait du mal, la police qui appelait, « Votre mère est morte, on l'a retrouvée », j'avais des images qui me prenaient et c'est comme un coup qui t'empêche de respirer, une brûlure dans le ventre, alors, je secouais la tête pour chasser ce que je voyais et là, c'est moi qui ai pris la main de Sophie, elle mâchait son chewing-gum en regardant autour d'elle comme si Marlène pouvait apparaître sur le trottoir d'en face ou au prochain croisement et même moi j'espérais.

On était tellement perturbés qu'on se quittait pas d'un mètre. On est allés direct dans la cuisine se faire des pâtes. Après le dîner, on a regardé la télé dans le salon en tournant la tête toutes les trois minutes vers la porte avec l'espoir que Marlène rentre. À neuf heures et demie, le téléphone a sonné, on a bondi, c'est moi qui ai décroché, Sophie a mis le haut-parleur. C'était mamie qui voulait savoir si tout s'est bien passé, si on est bien rentrés. J'ai pas voulu l'affoler et j'ai pensé que sinon elle voudrait qu'on prévienne la police et que Marlène aurait des ennuis et qu'elle serait en colère après contre nous. Sophie n'a pas compris pourquoi je mentais et elle me répétait de lui demander si Marlène l'a appelée. J'avais peur que mamie l'entende, je mettais la main sur le combiné et je faisais « Chut ! chut ! » avec des yeux menaçants. Mamie a voulu parler à Marlène pour la remercier d'avoir bien voulu qu'on aille à Nice, je lui ai dit qu'elle était sortie faire des courses. « À cette heure-ci ? – Oui, il y a un Monoprix qui ouvre jusqu'à dix heures. » J'ai raccroché le plus vite possible et mamie a dû me trouver bizarre et même mal élevé et pas reconnaissant pour ces belles vacances et je pense que je lui ai fait de la peine mais on n'a pas toujours le choix. Sophie me fixait avec un air de reproche et j'ai essayé de me justifier.

« C'est une vieille dame, elle s'inquiéterait – et elle habite à Nice, elle ne peut rien faire.

– Mais on ne peut pas rester seuls.

– Marlène va revenir, Sophie.

– Quand ?

– Demain, je te dis qu'elle va revenir demain. »

C'est seulement quand on est allés se coucher que j'ai réalisé qu'on n'avait pas encore été dans notre chambre depuis qu'on est rentrés et on avait laissé notre valise dans le salon. Dès que j'ai ouvert la porte, on a senti l'odeur et c'était pas seulement l'odeur de la pisse et des crottes de cochon d'Inde. Personne ne l'avait nourri pendant toute la semaine. Ça prouve que Marlène est partie comme nous en vacances. Du coup, Simone est morte. J'ai allumé la lumière. Sophie a d'abord cru qu'elle dormait sur le côté. Quand elle a ouvert sa cage pour la prendre et qu'elle l'a vue toute raide, elle m'a appelé : « David, Simone est morte. » Elle s'est mise à sangloter. Moi, je trouvais que Simone puait et je voulais pas qu'elle la garde contre elle, je lui ai dit de la poser. Je suis allé chercher un sac-poubelle à la cuisine. Sophie était révoltée. « Ah ! non, on ne va pas jeter Simone à la poubelle !

– Mais qu'est-ce que tu veux qu'on en fasse ? Elle sent mauvais, on ne peut pas la garder dans l'appartement.

– On n'a qu'à l'enterrer.

– L'enterrer ? Mais où ?

– Au square.

– Mais c'est interdit.

– On n'a qu'à y aller maintenant, il fait nuit, personne nous verra.

– Le square est fermé.

– On n'a qu'à escalader la grille, je l'ai déjà fait, elle n'est pas très haute. »

Comme on n'avait pas de pelle, j'ai pris la spatule des pommes de terre sautées mais la terre était trop dure, c'était plus facile avec les mains, seulement je me suis cassé un ongle et ça m'a pris une demi-heure. Sophie a planté une branche de platane qui avait deux bras et trois feuilles mortes qui tenaient encore pour faire comme une croix. Elle a encore pleuré et moi aussi j'avais une boule dans la gorge mais en même temps je pensais qu'on n'a pas le droit. « Allez, viens, maintenant. » J'ai eu peur qu'on se fasse prendre et que Bruno ou un autre garde se pose des questions en nous voyant sortir avec notre sac-poubelle et puis rentrer avec une spatule, en plus Sophie a continué à pleurer dans la rue et quand on est passés devant le poste des gardes à l'entrée de la caserne, mais heureusement il regardait la télé à l'intérieur et il nous a même pas vus revenir.

Sophie était épuisée, elle s'est endormie en serrant Léon, son lion, son doudou a encore un effet bénéfique, mais moi j'ai pas pu. D'abord, je me suis souvenu de Simone qui était si douce quand on la caressait et je me suis dit que c'est pas juste qu'elle soit morte comme ça, j'ai imaginé qu'elle mourait de faim et de soif, qu'elle tournait partout autour de sa cage et puis à la fin elle était trop épuisée, elle ne pouvait plus, elle souffrait trop, elle s'est couchée sur le côté et elle est morte… J'ai senti des larmes qui venaient toutes seules dans mes yeux mais je me suis retenu, j'ai respiré très fort. J'ai tiré ma couette sur ma tête. J'entendais mon cœur qui battait, je sentais les battements dans mon cou, dans mes tempes. Simone, c'est le premier mort que je vois en vrai et j'ai pensé que la vie est triste, comment nous en sortir ? J'ai mis longtemps à m'endormir et j'ai dormi par morceaux. J'ai fait deux cauchemars, un je ne m'en souviens plus mais l'autre c'était horrible, j'étais dans un trou, je ne voyais pas mes pieds qui étaient dans de la boue froide et soudain je sentais une bête qui me rongeait, je hurlais, je voulais sortir du trou, sortir mes pieds et j'étais coincé et la bête me rongeait.

Le matin, il faisait beau et ça compte, il y avait du soleil qui rentrait par la fenêtre et j'ai pensé que les carreaux sont sales parce qu'on voyait une couche blanche de poussière dessus et des traces de pluie. Sophie dormait encore. À cet âge-là, on a de la chance, on ne se stresse pas autant. J'ai préparé le petit déjeuner. Heureusement que j'avais acheté du pain, on n'avait plus de corn-flakes et si Marlène ne revient pas, qu'est-ce qu'on va faire ? Mais non, j'ai confiance, elle va revenir aujourd'hui. Je me le répétais dans tous les coins de ma tête.

J'ai regardé le courrier et là, j'ai eu une bonne nouvelle, j'avais une lettre d'Anna qui est partie la deuxième semaine des vacances mais qui me donne l'adresse d'une dame qui pourrait me payer pour que je m'occupe un peu de sa sœur, que je lui rende des services. Elle est formidable, Anna, elle a pensé à moi, elle s'est donné du mal et elle a trouvé. Si j'avais eu son téléphone en vacances, je l'aurais appelée tout de suite pour la remercier. C'était un bon pressentiment pour la suite. La journée va être bonne, oui, oui, sûrement !

J'imaginais que Marlène ouvre la porte, qu'elle s'est fait du souci, qu'elle nous voit, qu'elle est contente et rassurée, qu'elle nous sourit, qu'on vient dans ses bras, Sophie et moi, chacun un bras, pour l'embrasser. Je me suis dit qu'elle allait peut-être rentrer ce matin et comme elle aime bien les croissants, j'ai été en acheter à la boulangerie avec mon argent, ça me faisait encore quatre euros de moins mais c'est pas grave, je vais en gagner avec la dame qu'Anna a trouvée.

Pendant que j'étais sorti, Jean-Philippe a téléphoné, il voulait parler à Marlène, Sophie lui a dit qu'elle n'était pas là, il lui a demandé si on avait passé de bonnes vacances tous les trois, Sophie lui a répondu qu'on est allés chez nos grands-parents à Nice mais que Marlène n'est pas venue avec nous. Elle m'a tout raconté quand je suis revenu de la boulangerie et j'ai deviné qu'elle avait fait une connerie parce que si Jean-Philippe appelait à la maison, c'est qu'il n'arrivait pas à la joindre sur son portable, donc qu'elle n'était pas avec lui mais avec Marc comme je me doutais depuis le début et du coup pas besoin de se faire un dessin ! Sophie s'était fait piéger, Jean-Philippe savait, Marlène avait dû lui inventer qu'elle partait en vacances avec nous alors qu'elle partait avec l'autre. Et Sophie comme elle est naïve, elle est tombée dedans mais comment elle aurait pu savoir ? Elle se doute même pas pour Marc et je lui en ai pas parlé, surtout pas, elle est trop petite pour comprendre. Le pire, c'est qu'elle était fière. « Je ne lui ai pas dit que Marlène n'était pas à la gare, comme toi avec mamie.

– Et quand tu lui as dit que Marlène n'était pas avec nous en vacances, il n'a rien dit ?

– Non. Il a juste dit… "Ah bon."

– "Ah bon" ? Écoute, Sophie, quand Marlène sera là, il ne faudra pas lui raconter.

– Qu'il a téléphoné ?

– Oui.

– Pourquoi ?

– Parce que… Je peux pas t'expliquer, c'est trop compliqué.

– Non, c'est pas trop compliqué, je peux très bien comprendre, tu crois toujours que je comprends rien. On n'a que trois ans d'écart, je te rappelle, même pas trois ans.

– Je te dis juste qu'il ne faut pas lui en parler, c'est tout.

– Bon, très bien. Alors, je lui dirai.

– Eh bien, tu lui diras et tu te feras engueuler. Essaye pour voir. Elle sera furieuse, tu verras.

– Mais pourquoi ?

– Parce que Jean-Philippe, c'est son patron, je pense qu'il a appelé pour savoir où elle est et elle ne voulait pas qu'il le sache, voilà, alors elle lui avait dit qu'elle partait avec nous et maintenant, il sait que c'était pas vrai et c'est pour ça que si tu lui dis, elle sera furieuse.

– C'est trop compliqué.

– Qu'est-ce que je te disais !

– Où elle est d'abord ? » Elle a recommencé à s'angoisser et il y avait de quoi, moi aussi je pouvais pas m'empêcher.

« Elle va revenir et tu sais quoi ? Je parie qu'elle va rentrer ce matin. Tiens, on n'a qu'à l'attendre. »

On a attendu jusqu'à onze heures et là, vraiment, on avait trop faim, Sophie a dit qu'on attendait pour rien, que si ça se trouve, il lui est arrivé quelque chose, elle a eu un accident, je lui ai dit : « Mais non, mais non, je suis sûr que non », j'ai vu le moment où elle allait s'affoler et j'ai préféré qu'on mange. « Bon, viens, on va petit-déjeuner, ça la fera peut-être venir. » On lui a mis un bol et une assiette avec son croissant.

On venait de finir et on regardait la télé pour penser à rien quand on a entendu la clef dans la porte, j'ai pensé : je le savais qu'elle reviendrait aujourd'hui, on s'est levés d'un bond, Sophie s'est précipitée vers elle en s'écriant « Marlène ! » et en jetant ses bras autour de sa taille, moi, je me suis approché aussi pour l'embrasser, elle tenait sa valise à la main, elle nous a regardés avec une tête surprise comme si elle s'attendait pas et je me suis demandé si elle faisait semblant mais on n'aurait pas dit, elle avait l'air vraiment surprise. En même temps, elle écoute tout le temps son portable, elle a dû avoir notre message et celui de mamie. Peut-être qu'elle s'est préparée parce que ce qui est curieux, c'est qu'elle a pas eu l'air gêné qu'on la voie avec sa valise alors que normalement elle était restée travailler. Elle a dit :

« Qu'est-ce que vous faites là ? »

Sophie a dit : « On est rentrés. Où tu étais, toi ? »

Et moi : « On rentrait samedi.

– Tu n'étais pas là. À la gare, on t'a cherchée partout. Où tu étais ? »

J'ai expliqué : « On t'a laissé un message sur ton portable et mamie aussi pour te redonner l'heure du train. Tu ne répondais pas quand on te téléphonait, on tombait tout de suite sur la messagerie. Tu n'as pas eu les messages ? » Là, je l'ai entendue mentir, ça s'entend à la voix. « Non. Je croyais que vous reveniez aujourd'hui en fin d'après-midi. » Je l'ai énervée avec ma question, elle a dû penser que je la croyais pas parce que j'ai senti tout à coup qu'elle était agressive. « Quand est-ce que vous m'avez laissé ces messages ?

– Mamie a téléphoné samedi matin avant qu'on parte et nous on t'a appelée de la gare quand on a vu que tu n'étais pas là. »

Elle a roulé sa valise vers sa chambre, elle a observé le salon, la télé allumée, une couverture qu'on a oubliée sur le canapé, on s'était mis dessous pour avoir chaud après notre dîner hier soir. Soudain, elle s'est arrêtée et elle nous a donné une explication, elle l'a dit sans nous regarder, en regardant devant elle et je ne sais pas si elle la disait pour elle ou pour nous.

« J'ai dû partir précipitamment jeudi sur un tournage. »

Sophie a dit : « Sur un tournage ?

– Un tournage de film. »

J'ai demandé : « Un film de Jean-Philippe ?

– Oui, c'est sa boîte qui produit, bien sûr. »

Elle est passée dans sa chambre. On s'est regardés avec Sophie, j'ai vu qu'elle a compris et j'ai pensé : pourvu qu'elle lui dise pas que Jean-Philippe a appelé ! Marlène a continué à nous parler depuis sa chambre.

« Je ne sais pas pourquoi je n'ai pas eu vos messages. Mais j'ai des problèmes avec mon portable, il s'éteint tout seul, il faut que je le change. J'étais persuadée que vous reveniez dimanche. L'essentiel, c'est que vous soyez bien rentrés. C'est pour ça qu'il faut toujours que vous ayez chacun votre clef. »

J'ai dit : « On n'a jamais perdu nos clefs. »

Elle ne nous demandait pas si on s'est inquiétés. Pour elle, ça n'était pas si grave, on était à la maison, on allait bien. Peut-être parce qu'elle me fait confiance maintenant, elle a compris qu'elle peut compter sur moi… On s'est approchés à la porte de sa chambre. Sophie a dit :

« On s'est fait du souci. Je me suis fait beaucoup de souci. On a eu peur que tu aies un accident.

– Quand on a un accident, en général, on le sait très vite. Il y a toujours quelqu'un pour vous avertir, la police, les pompiers. Les mauvaises nouvelles, on les sait toujours. »

Marlène a souri et c'était la première fois depuis qu'elle était là. Elle a tendu un bras vers Sophie pour qu'elle vienne. Sophie est venue tout de suite, Marlène l'a prise et lui a caressé les cheveux. Moi, je me suis avancé derrière. J'ai remarqué l'étiquette sur sa valise : « Louxor, Egypt ». Je suis resté la tête baissée sur la valise, je ne voulais pas qu'on se croise nos regards.

Quand j'ai relevé la tête, elle a compris parce que je devais être mal à l'aise, c'est tellement dur de lui cacher. Elle a remarqué que j'ai vu l'étiquette puis à nouveau elle m'a regardé. J'ai cru qu'elle allait dire que son tournage était en Égypte mais non.

« Ça peut arriver à tout le monde d'oublier, vous n'allez pas me le reprocher ?

– Non...

– Ça ne vous arrive jamais à vous d'oublier quelque chose ? Ça peut arriver à n'importe qui.

– C'est pas grave. » J'ai ajouté : « En plus, on se débrouille très bien, j'adore voyager. » Sophie se taisait, elle hésitait. Elle était heureuse d'être contre Marlène mais elle avait les yeux vagues et pensifs. Marlène a demandé :

« C'était bien, à Nice ?

– Oui.

– Mamie m'a offert un jeu vidéo.

– Et moi, papi m'a donné la montre de mon père. » Marlène a eu l'air surpris comme si elle avait mal entendu.

« La montre de ton père ?

– Oui, sa montre de plongée.

– La montre de Jacques ! Montre-la-moi. »

Je la portais, je ne la quitterai jamais de ma vie, je peux la garder tout le temps comme elle va sous l'eau et je suis sûr comme ça de ne pas la perdre. Marlène m'a pris le poignet et elle l'a admirée et j'ai vu qu'elle était triste de se souvenir. Elle m'a lâché la main.

« Bon, je vais vider ma valise, laissez-moi. » Moi, je suis allé au salon tout de suite mais Sophie est restée et elle lui a dit : « Simone est morte.

– Ah bon ? »

Quand j'ai entendu ça, je me suis arrêté et je suis resté près de la porte.

« On l'a trouvée dans sa cage couchée sur le côté. »

Marlène a répondu comme si c'était normal.

« Elle était vieille.

– Elle avait deux ans. »

Elle a senti le reproche de Sophie, ça l'a agacée.

« C'est vieux pour un cochon d'Inde.

– Non, ça vit cinq ou six ans et même quelquefois plus.

– Alors, elle avait une maladie.

– Non, elle est morte de faim. Ça ne peut pas rester sans manger et sans boire pendant une semaine.

– Elle n'est pas restée sans manger et sans boire pendant une semaine. Je suis partie jeudi. » Et là, j'ai été scotché, j'y croyais pas, Sophie lui a dit, moi, jamais j'aurais pu. « Tu n'es pas partie jeudi. » Et sur un ton ! Elle était sûre, avec des yeux qui lui laissaient aucune chance de se défendre. Marlène ne s'y attendait pas, elle était surprise, elle s'est troublée, agitée, elle s'est tournée d'un côté et puis elle s'est retournée vers Sophie et elle était tremblante.

« Tu me traites de menteuse ?

– Tu n'es pas partie jeudi.

– Si.

– Non. Tu mens. »

Marlène lui a filé une gifle. Sophie n'a pas bougé et même, elle est devenue toute raide comme une statue. Elle a gardé la tête droite et elle fixait Marlène en même temps que des grosses larmes ont coulé sur ses joues. Elle a reniflé par petits coups, ça fait toujours ça quand on pleure. Marlène a eu les yeux affolés comme si elle avait peur et elle regrettait parce qu'elle a pris Sophie dans ses bras, elle l'a serrée très fort. « Ne pleure pas, ne pleure plus, Sophie, pardon. » J'étais toujours à la porte, j'y avais assisté sans me mêler, je ne savais pas comment intervenir. Marlène se tenait en face de moi, Sophie toujours contre elle, elle m'a regardé et son visage, ses yeux m'ont fait presque peur, je sais qu'elle est capable de dire des choses qu'elle ne pense pas quand elle est en colère, elle n'arrive plus à se contrôler.

« C'est toi qui lui as dit.

– Qui lui ai dit quoi ?

– Que je n'étais pas là cette semaine.

– Non.

– Bien sûr que c'est toi. »

J'ai protesté, elle ne m'écoutait pas. « Laisse-moi, laisse-nous, fous le camp ! » Mais Sophie a pris ma défense. « David m'a rien dit, rien du tout. Mais si Simone avait eu à manger pendant la semaine, elle ne serait pas morte, voilà. »

À chaque fois qu'on essayait d'en placer une, elle nous coupait. « Ah ! Taisez-vous ! Foutez-moi la paix ! » Elle s'en prenait surtout à moi. « Et t'as pas à me juger, tu m'entends ! Vous n'avez jamais manqué de rien, non ? Je me suis toujours occupée de vous. C'est pas parce que... pour la première fois de votre vie !... Je sais que c'est ce que tu penses et je t'interdis, tu m'entends, je t'interdis de penser une chose pareille ! »

Mais qu'est-ce que je lui ai fait ? Moi, justement, je ne lui fais aucun reproche. Qu'est-ce que je lui ai fait ? C'est sûrement parce que je suis l'aîné. Mais qu'est-ce qu'elle a ? Pourquoi elle est comme ça ?

Elle a passé tout le reste de la journée à ranger et à téléphoner enfermée dans sa chambre. Elle s'est encore énervée contre nous parce qu'on n'avait pas défait notre valise (j'ai oublié avec toutes ces histoires, l'enterrement de Simone et tout) et pas nettoyé la table du petit déjeuner mais je l'avais laissée exprès pour elle avec son croissant, j'espérais qu'elle arrive et c'est ce qui s'est passé. Elle a dit « Il y a vraiment rien à bouffer dans ce frigidaire » et elle est allée faire des courses chez Shopi avant que ça ferme. Je n'ai pas osé lui demander de me rembourser ce que j'ai acheté avec mon argent.

Le soir, elle était plus calme. Elle a voulu préparer une omelette mais elle l'a fait brûler, on l'a entendue s'écrier : « Merde ! putain ! » On a tout mangé sans rien dire. « Vous n'êtes pas obligés de finir si c'est pas bon. » J'ai dit : « Moi, j'aime bien quand c'est un peu grillé. »

Sophie a dit : « Un peu grillé ! » en plaisantant et Marlène : « Tu te fiches de moi ? » Sophie a fait des yeux moqueurs.

« Non. »

Marlène a souri, elle a eu l'air amusé et ça nous a détendus. On lui a raconté ce qu'on a fait avec papi et mamie. Le dîner s'est bien passé. Il suffit de pas grand-chose pour que tout s'arrange, une omelette cramée… En fait, je pense que tout à l'heure, elle s'est sentie coupable. C'est tout.

11

J'ai commencé à travailler. Je suis payé dix euros de l'heure, trois heures par jour pendant toute la deuxième semaine des vacances et après, on verra. Au total, ça me fera déjà cent cinquante euros. En fait, c'est la mère d'Anna qui m'a trouvé ce travail, qui n'est pas un travail ordinaire. Dès le lundi matin, j'ai téléphoné au numéro qu'Anna m'avait mis dans sa lettre, une dame m'a répondu, elle cherche quelqu'un pour s'occuper de sa sœur. Elle m'a donné rendez-vous chez elle pour m'expliquer et elle habite à trois rues de la caserne. Je n'avais pas besoin d'être là pour garder Sophie parce que Marlène, ça tombait bien, l'a inscrite au centre de loisirs pour la semaine et c'est même elle qui l'a conduite avant de partir à son boulot, d'ailleurs, elle s'est réveillée de bonne humeur, tout a bien commencé, je crois qu'elle a voulu se rattraper avec Sophie, elle l'a coiffée, elle lui a mis son manteau, son bonnet et ses gants, il y a des jours où on se demande pourquoi c'est pas tous les jours comme ça.

Du coup, à neuf heures, j'étais tranquille, j'ai pu appeler. Après, je me suis fait beau, j'ai mis une chemise et mon beau pull qu'on a acheté chez Gap et à onze heures je sonnais chez cette dame. Un appartement chic au deuxième étage, un parquet brillant comme une glace, mais pas grand, juste deux pièces, sa chambre et le salon. J'étais pas très à l'aise, intimidé, c'était la première fois que je passais un entretien d'embauche et je n'osais pas m'asseoir mais elle me l'a proposé. Ce qui m'impressionnait le plus, c'était ses yeux bleus qui étaient immobiles et froids derrière ses lunettes dorées. Elle m'a posé des questions sur moi et ce que je lui ai dit a eu l'air d'aller. Elle pense que j'ai les compétences requises. Sa sœur aime la compagnie des jeunes. Parce que c'est ça, mon travail : m'occuper de sa sœur qui n'est pas comme tout le monde. Elle m'a un peu expliqué avant pour que je sois pas surpris.

« Dominique a cinquante ans, elle vit à côté d'ici, ce qui me permet de la voir souvent mais je travaille et je ne peux pas venir tous les jours. En général, elle a une personne qui vient lui faire ses courses et l'aider un peu mais cette semaine, elle est en vacances, alors, c'est une chance que tu sois disponible. Ma sœur se fatigue vite, elle s'essouffle, elle a une malformation cardiaque, un cœur trop gros et il faut l'aider, pour les courses par exemple. Et puis, Dominique est… elle est différente. Quand elle reste trop longtemps sans voir personne, elle se panique, elle s'affole et elle peut faire n'importe quoi, elle perd ses moyens. Par exemple, elle renverse des objets, elle laisse déborder son bain et elle ne sait plus comment arrêter l'eau ou ramasser ce qui est par terre, tu vois. Mais elle est très gentille. Seulement, si ça te fait peur, je le comprendrai très bien.

– Ça ne me fait pas peur. »

Alors, on est allés chez sa sœur. Dominique est dans un immeuble où il n'y a que des studios et des deux pièces, six portes par étage, elle habite au quatrième avec ascenseur, heureusement pour son cœur car quand il est en panne, elle met une demi-heure à remonter. Avant de sortir de l'ascenseur, on l'entendait déjà. Elle parle toute seule. Enfin, elle ne parle pas, elle crie avec une fausse voix de petite fille, on dirait qu'elle appelle et c'est ce qu'elle fait, je l'ai compris les autres jours quand je suis revenu, elle appelle parce qu'elle souffre d'être seule. Ça fait penser à un perroquet, un mainate, un oiseau qui imite la voix humaine, on entend que ça n'est pas une vraie voix et chaque fois que je suis arrivé, ça m'a fait quelque chose de triste au cœur parce que cette femme dans son studio est comme un oiseau dans une cage. D'ailleurs, des fois, elle ouvre sa fenêtre et elle appelle des gens qui passent dans la rue, elle se balance à sa fenêtre d'un côté et de l'autre comme un gros perroquet parce qu'elle est grosse et on ne sait pas si elle chante ou si elle crie. « Youhou ! youhou ! Il faut se parler ! Youhou ! youhou ! la vie est de plus en plus chère ! »

C'est vrai qu'elle est comme sa sœur m'a prévenu. Une partie de son cerveau doit avoir son âge parce qu'elle a des expressions d'adulte, elle fait parfois des phrases aussi bien que Mme Bijouty, et puis elle se met soudain à reparler comme une enfant.

Dès le premier jour, on s'est bien entendus. Quand on est entrés avec sa sœur, j'ai vu qu'elle nous attendait. Elle avait préparé du jus d'orange et des verres. C'était plutôt original chez elle. D'abord, son paillasson : vert avec un gros mouton rose, on ne peut pas le rater, les autres sont marron triste. À l'intérieur, ce qu'on remarque d'abord, enfin, plutôt, ce qu'on sent, c'est l'odeur. Elle ne fait jamais le ménage, c'est plein de poussière et ça pue. Elle garde tout, empilé n'importe comment, elle ne jette rien. Elle, elle ne sent même pas que ça pue, elle vit dedans, c'est son odeur. Sa sœur lui a dit : « Dominique, il faut que tu fasses plus souvent le ménage. Et Roselyne (c'est la dame qui vient le matin en général), qu'est-ce qu'elle fait ? Je vais lui dire que ça ne va pas et qu'il faut qu'elle nettoie aussi, c'est une infection. » J'ai tout de suite vu que Dominique a peur de sa sœur qui lui parle avec une voix autoritaire.

Son studio, quand on est dedans, on dirait un grenier plein de vieux trucs. Elle a son piano contre un mur, sa table près de la fenêtre avec trois chaises, un canapé contre l'autre mur qui fait lit le soir et elle dort dedans. C'est tout ouvert sur sa cuisine, à l'américaine, elle a un petit bar entre les deux. Sur sa table, elle pose ses outils de sculptrice parce qu'elle fait de la sculpture. Il y avait un morceau de bois qu'elle est en train de sculpter. Elle fabrique des personnages, elle en a déjà plusieurs sur une étagère, elle dit qu'ils représentent Jésus, la Vierge Marie, les rois mages parce qu'elle croit en Dieu et elle adore le pape. Elle dit même qu'elle voit par la fenêtre au-dessus du toit d'en face des anges qui passent dans le ciel. D'ailleurs, elle a son ange personnel, Alabar, je ne sais pas pourquoi elle l'appelle comme ça, je lui ai demandé, elle ne le sait pas non plus, juste qu'elle a entendu dans un rêve qu'il s'appelle comme ça.

Au début, je me suis dit : hou, là, là ! où est-ce que je suis, là ? Je la regardais, j'étais mal à l'aise, elle aussi, je l'intimidais. Sa sœur m'a présenté et elle lui a expliqué : « Voilà donc David, dont je t'ai parlé. Je t'ai dit qu'il viendrait peut-être pendant que Roselyne n'est pas là. Il peut te rendre des services, te faire des courses ou les faire avec toi, vous pouvez déjeuner ensemble et à trois heures, il partira quand tu fais ta sieste.

– Je ne fais pas toujours ma sieste.

– Si, tu fais ta sieste.

– Non, quelquefois, je ne veux pas la faire.

– Mais tu dois la faire. Après le déjeuner, quand tu as pris tes médicaments, tu dois te reposer. Ensuite, le soir, je passe pour te faire dîner. » Elle est allée dans la cuisine, elle a ouvert un tiroir. « Tu as bien pris tes médicaments ce matin, les deux comprimés verts ?

– Je ne sais plus.

– Tu dois les prendre. Tu m'as dit que tu les prenais, je t'ai appelée pour te le rappeler ce matin.

– Alors, je les ai pris.

– Viens, David, je vais te montrer. Elle doit prendre le rouge et le blanc au déjeuner, d'accord ? » Elle m'en avait déjà parlé, ça la souciait, il paraît que c'est indispensable pour la calmer parce que sinon, toute seule, elle peut s'énerver tellement qu'elle ne peut plus s'arrêter. Mais ça la fait dormir, elle dort beaucoup. J'ai vu que Dominique s'angoissait pour cette histoire de médicaments. Après, on a bu le jus d'orange. « C'est bien, tu as préparé du jus d'orange, c'est gentil. » Sa sœur la traite comme un enfant et quand je vois ça, je me dis que j'ai de la chance. Qu'est-ce que ce serait si Sophie était un peu débile comme elle ? Enfin, non, elle n'est pas débile, elle est, je ne sais pas comment dire… moitié-moitié, voilà, je m'en suis mieux aperçu petit à petit. « Bon, je vous laisse tous les deux. »

C'est allé mieux après que sa sœur est partie. Dominique s'est détendue. Elle n'était plus comme une petite fille devant sa mère mais elle reste quand même comme une enfant et j'ai remarqué de plus en plus qu'elle est spéciale. Elle a un gros visage tout rond et rose avec des grosses lunettes, des gros verres, elle est myope, elle me l'a dit : « Je suis plus myope qu'une taupe. » Il y a quelque chose de pas normal dans son visage mais pas mongolien. Ça m'a frappé quand elle a ouvert sa porte et aussi sa démarche lourde et sa respiration, elle souffle, ffou-ffou, comme le vieux chien asthmatique qui vivait dans l'immeuble de Mamoune à Cherbourg, et ça surprend parce qu'il y a une voix aiguë de petite fille qui sort de ce gros corps soufflant. Et puis aussi, elle sourit tout le temps quand elle me regarde et c'est là que je me dis qu'elle est vraiment comme une enfant mais un tout petit enfant, un qui commence à marcher comme on voit au square, qui est tout concentré pour réussir sur ses petites jambes pas sûres et, en même temps, qui a un grand sourire heureux en regardant sa mère l'air de dire : « Tu vois, hein ? », il marche et il triomphe. Dominique m'a dit : « Tu sais jouer du piano ?

– Non.

– Moi, oui. Tu veux que je joue ?

– Si vous voulez. » Elle s'y est mise et elle m'a joué son air parce qu'elle ne sait en jouer bien qu'un seul, sinon, elle fait des notes, elle essaye d'autres morceaux mais elle n'y arrive jamais et ça l'énerve, par contre, celui-là, elle le sait par cœur comme une vraie pianiste, c'est une fugue de Bach il paraît et c'est très beau et émouvant de voir ses doigts courts et boudinés sur les touches. À la fin, elle s'est tournée vers moi avec le même visage triomphant des enfants et le même grand sourire, « Tu vois, hein ? ».

Sa sœur m'a dit l'autre jour qu'elle a appris ce morceau avec sa mère et qu'à chaque fois qu'elle le joue, elle croit que sa mère l'entend au paradis. C'est pour ça qu'en refermant son piano, elle a caressé le capot et elle a dit : « Un piano, c'est comme une maman. » Ça lui rappelle sa mère, ça la console. Ça doit être affreux de perdre sa mère, surtout que depuis, elle doit vivre seule et c'est un peu comme si Sophie vivait seule. J'aimerais bien savoir jouer une fugue de Bach pareille.

Après, Dominique m'a proposé un Monopoly. Elle a mis un CD de chansons enfantines, on a écouté « Promenons-nous dans les bois » et « Sur le pont d'Avignon » en même temps qu'on achetait des rues et des maisons. Elle riait quand elle tirait une carte « Allez en prison ». Je me suis dit que c'est comme si je faisais du baby-sitting. On a joué une heure et ensuite elle a voulu qu'on aille acheter des steaks chez le boucher – « Il faut te nourrir, tu es maigre comme un petit chat sauvage. » Je lui ai dit que le boucher est fermé le lundi, elle a voulu y aller quand même et comme il pleuvait on a marché sous son parapluie et elle avait son sourire et elle me racontait sa vie en soufflant, elle voulait marcher vite comme tout le monde, me montrer qu'elle pouvait et ça la fatiguait. Évidemment, c'était fermé mais elle s'en foutait. « Marcher, c'est bon pour la santé. »

On est revenus et elle s'est mise à faire la cuisine, des pâtes à la carbonara. Elle a sorti deux casseroles, deux poêles, des lardons, des œufs, de la crème fraîche, des oignons, du beurre, une planche à découper, des couteaux, une spatule… on aurait dit qu'elle allait vider ses placards, ça n'en finissait pas, j'étais inquiet pour la suite, elle posait tout sur le bar mais elle en faisait tomber, je ramassais, elle se parlait toute seule : « Malheur de malheur ! Tu es maladroite, ma fille ! » Elle a mis un bazar, tout ça pour des pâtes ! Mais, résultat : elle cuisine super-bien, j'en ai repris deux fois et elle aussi. Avec ses gros doigts et ses mains qui tremblent, elle ne sait pas manger proprement. Je lui ai mis ses comprimés sur la table, elle les a regardés, en se penchant comme elle est myope et puis elle s'est repenchée sur son assiette, elle a continué à manger et elle a fait celle qui a rien remarqué. J'ai rapproché les comprimés de son verre. « Vous devez prendre vos médicaments.

– *Tutue*-moi. » J'ai cru qu'elle disait que je la tue ! « Je te dis tu, tu me dis tu, d'accord ? On fait comme ça ? Tu me tutues.

– Je vous tutoie ?

– Oui ! » Ça, c'est un bon exemple qu'elle est moitié-moitié, elle a des mots d'enfant restés dans son cerveau. Je lui ai dit : « D'accord. Et les médicaments ? » Je lui ai remontré les comprimés.

« Non.

– Si. Il faut les prendre.

– Je ne veux pas parce que ça me fait dormir et je veux rester avec toi.

– Mais je pars à trois heures.

– Tu pars à trois heures ?

– Tu le sais bien.

– Pourquoi ?

– C'est prévu comme ça. J'ai ma petite sœur aussi, il faut que je m'en occupe après.

– Ah oui… » Elle a reposé sa fourchette et sa cuillère, elle a regardé vers sa salle de bains, la porte était ouverte, on voyait les W-C.

« Mais je reviens demain, à midi.

– À midi ?

– Oui.

– C'est long. » Elle était triste comme si c'était déjà la fin des vacances. Je ne sais pas comment elle voit le temps. Peut-être que pour elle demain, c'est une semaine, un mois ?

Quand je suis parti, elle a attendu que je disparaisse dans l'escalier pour refermer sa porte.

Le lendemain, elle était penchée par sa fenêtre ouverte pour me voir arriver et si ça se trouve elle guettait depuis longtemps parce qu'elle avait la main toute glacée quand je lui ai serrée. Elle a tout de suite voulu mettre son manteau pour faire des courses. « Tu aimes les coquilles Saint-Jacques ? – Oui. » Mamoune nous en faisait. On en a acheté. Le temps de revenir à sa vitesse de tortue, il était presque une heure et alors, elle a dit qu'elle allait me faire le plat de sa maman et elle a mis dix fois plus de bordel que pour les pâtes, j'ai cru qu'elle y arriverait jamais avec tout ce qu'elle a sorti. « La coriandre ? Où est la coriandre ? Et le persil ? » J'ai trouvé le persil sous une poêle mais la coriandre était nulle part. Elle s'est catastrophée, c'était la fin du monde, elle ne pouvait pas préparer les coquilles Saint-Jacques sans la coriandre, elle a failli éclater en larmes, elle avait les yeux mouillés et tout affolés, elle cherchait partout en répétant : « Si maman me voit !... si maman me voit !... » Je lui ai proposé d'en acheter chez le fruitier pendant qu'elle continue sa cuisine. J'y suis allé et aussitôt, pour se calmer, elle s'est mis le pape. Elle a un vieil appareil avec des cassettes. Dès qu'elle s'énerve, elle se passe une messe du pape qui parle très, très lentement et c'est comme des paroles magiques sur elle : « Je vous salue, Marie pleine de grâce, le Seigneur est avec vous, vous êtes bénie entre toutes les femmes et Jésus le fruit de vos entrailles est béni. »

Quand je suis revenu avec la coriandre, elle avait éteint le pape, à la place, elle chantait dans sa cuisine avec sa voix de petite fille, je l'entendais dans l'escalier : « Il était une coquille Saint-Jacques qui n'avait ja-ja-jamais navigué… » J'ai pensé : « Oh ! là, là ! la honte ! » Après, je m'en suis voulu d'avoir pensé ça en voyant son grand sourire sur son gentil visage quand je lui ai donné la coriandre. Ça fumait, ça giclait de partout sur sa cuisinière mais ça sentait bon. Je suis allé pisser parce que je pouvais plus attendre et là, dans sa salle de bains, j'ai vu la coriandre, l'autre, celle qu'elle cherchait, elle l'avait mise à tremper dans le verre de sa brosse à dents sur le lavabo à côté des chiottes ! Je lui ai amenée. « C'était dans les toilettes. – Dieu soit loué ! je ne suis pas folle, je savais bien que j'en avais. »

Le temps que tout soit prêt – elle a fait du riz et une salade aussi – il était deux heures et demie et quand j'ai pu partir après manger, il était presque trois heures et demie. (Est-ce que je pourrais demander à sa sœur qu'elle me paye la demi-heure en plus ?) Elle m'a dit comme une mère et avec presque une voix de femme : « Couvre-toi bien, mon cœur, il fait froid » et elle m'a embrassé sur les deux joues en prenant mon cou entre ses deux grosses mains, c'était des bisous baveux, j'ai pas osé m'essuyer tout de suite pour pas lui faire de peine, je l'ai fait dans l'escalier quand elle ne me voyait plus, c'est dégoûtant, cette bave.

Le troisième jour, elle n'était pas à sa fenêtre à me guetter quand je suis arrivé. J'ai sonné, j'ai attendu longtemps, c'était bizarre, je me suis fait de l'inquiétude, j'ai même resonné. Alors, j'ai entendu son pas d'hippopotame, elle a regardé dans l'œil de la porte et elle a ouvert. Elle était toute trempée sous son peignoir pas fermé, elle dégoulinait sur le parquet et je me suis retrouvé nez à nez avec son corps, avec sa peau blanche et rose, des bourrelets sur son ventre et même ses poils entre ses cuisses tremblantes comme de la gelée. J'ai pas pu m'empêcher de voir une seconde, mes yeux sont tombés dessus, j'étais mal à l'aise. Elle m'a dit : « Oh ! Je suis désolée, David ! Je suis en retard. Je rêvais dans mon bain. » Elle m'a fait entrer. Elle est retournée dans sa salle de bains et, elle, elle n'était pas gênée, elle a laissé la porte ouverte, je me suis mis à un endroit où je ne peux pas la voir. « J'ai pas encore fini, il faut que je me savonne. » Je l'ai entendue rentrer dans sa baignoire et faire des bruits d'eau, en même temps, elle me parlait. « C'est important de bien se laver partout, sinon, on attrape des mycoses. Et la zizounette, surtout la zizounette mais il faut bien rincer pour ne pas que ça pique. Tu peux mettre le CD, tu appuies sur Play. » J'ai appuyé sur le bouton des cassettes audio et on a entendu le pape avec sa voix lente et son accent. « Je vous salue, Marie pleine de grâce… » « Non, pas le pape ! La musique du CD. » J'ai appuyé sur le bon bouton. C'était de la musique classique, j'en écoute jamais, c'était beau. « Qu'est-ce que c'est ?

– Mozart. Maman m'a donné l'œuvre complète en cent soixante-dix CD. Celui-là, je ne le connaissais pas. Je l'ai pris parce qu'il s'appelle "David, roi de Jérusalem". Tu peux me passer mon peignoir ?

– Ton peignoir ?

– Oui. »

J'ai vu qu'il était par terre à l'entrée de la salle de bains. Je l'ai pris, je lui ai tendu, j'essayais de ne pas regarder. Elle s'est mise debout dans sa baignoire. « Tu m'aides ? » Je l'ai aidée à passer les manches. Elle a serré le peignoir autour d'elle et elle m'a dit : « Tu me frottes le dos ? » J'ai hésité – et je l'ai fait. Elle était toute contente. « Ça fait du bien, ça fait du bien. Plus fort. Et les épaules. Un peu les bras aussi. » C'est vrai que c'est délicieux, être massé quand on sort de l'eau et qu'on a le corps tout chaud, Mamoune me le faisait aussi. En même temps, je me disais que je vois les énormes fesses de Dominique et que j'ai jamais vu même les seins de Marlène, si, une fois, elle avait oublié de s'enfermer et je suis entré dans la salle de bains, je sais plus quel âge j'avais, peut-être dix ans, Marlène était assise au fond de la baignoire en train de se doucher et j'ai aperçu un bout de sein, elle se tenait le dos rond, les épaules rondes, penchée en avant, elle s'arrosait le visage, les lèvres, le cou, les seins et ça se devinait qu'elle était bien, que l'eau était chaude, je suis resté quelques secondes à la regarder, elle m'avait pas entendu et tout à coup, elle a dû sentir un courant d'air froid par la porte ouverte, elle a tourné la tête vers moi. « Non mais ça va pas ! Sors d'ici ! Et ferme la porte ! » C'est la seule fois, souvent, j'y repense et là, en frottant Dominique, je me disais que Marlène, j'aimerais tellement lui frotter le dos dans son peignoir.

C'était le mercredi et déjà, j'avais gagné quatre-vingt-dix euros, en plus, je faisais un baby-sitting le soir chez les Leroi qui habitent au cinquième dans le bâtiment B, ça allait me rapporter vingt ou vingt-cinq euros. Dès qu'on se met à gagner de l'argent, on a vite l'impression qu'on devient riche, enfin, en tout cas, qu'on va pouvoir réaliser ce qu'on rêve. Alors, j'ai été à Babyconnect, heureusement, il y avait personne que je connaissais, sinon, je serais ressorti. J'ai regardé tous les campings et aussi des hôtels sur les lacs italiens pour vérifier si c'était bien les prix qu'Anna m'a dit et s'il y a des chambres d'hôtel pas trop chères pour trois parce que ce serait quand même génial si j'avais les moyens de réserver au moins une nuit dans un hôtel mais est-ce qu'il fallait plutôt que ce soit la dernière ou la première ? La dernière pour finir en beauté ou la première parce qu'à l'arrivée, on est fatigué, le camping, c'est moins confortable et moins chic et je voudrais pas que Marlène commence par une mauvaise impression, qu'elle dise qu'elle regrette ou je ne sais pas trop quoi et puis, pour la convaincre quand je lui en parlerai, si je lui annonce un hôtel, ça la tentera plus. En voyant les prix, même des hôtels qui avaient pas l'air terribles sur internet, je me suis senti tout à coup beaucoup moins riche. Enfin, ça ne fait rien, il ne faut jamais se décourager, tu dois te battre, tu dois t'accrocher, tu dois persévérer, je suis sûr que mon père était comme ça, si je peux gagner deux cents euros en une semaine, en quatre ou cinq je dois pouvoir me faire plus de mille, sauf que je suis en vacances, la semaine prochaine l'école reprend, oui, bon, on verra, il y a toujours une solution. Si j'y arrive, je pourrai peut-être réserver deux nuits d'hôtel, la première et la dernière, ce serait génial.

12

Je suis allé chercher Sophie au centre de loisirs, on a acheté le pain comme tous les soirs. Quand on est rentrés, la porte n'était pas fermée à double tour, je me suis demandé si c'était moi en partant. On a allumé la télé, j'ai mis la table, j'ai vu qu'il restait une pizza. À huit heures, Marlène n'était pas là. À huit heures et demie, on s'est vraiment inquiétés, surtout que je devais faire mon baby-sitting mais je voulais pas y aller et laisser Sophie seule tant que Marlène n'était pas là. Sophie se stressait pour la même raison que moi : peut-être qu'elle est repartie ? Je l'ai appelée sur son portable et là, on l'a entendu sonner dans sa chambre ! On s'est regardés, on était surpris. Elle a répondu tout bas avec une voix qui va mal, lentement et triste et même j'ai pensé mourante : « Allô…

– C'est David. »

Elle avait l'air déçu, elle devait espérer un autre. J'ai juste dit :

« Tu… tu es là ? »

Pendant ce temps, Sophie a ouvert la porte de sa chambre qui était dans le noir. Marlène était couchée habillée sur son lit. D'abord, on est restés à l'entrée, on hésitait à s'approcher.

« Tu es rentrée quand ?... On ne t'a pas entendue… Ça ne va pas ? Tu es malade ? Marlène… Dis quelque chose. Ça ne va pas ? Qu'est-ce que tu as ? » On a posé les questions Sophie et moi à tour de rôle en s'échangeant des regards et on était de plus en plus angoissés, on est venus près d'elle. Elle était à plat, la tête sur son oreiller, les yeux fermés, on voyait son visage qui était tout pâle par la lumière du salon qui l'éclairait. « Tu es malade ? Tu veux qu'on appelle un médecin ?

– Laissez-moi…

– Tu es fatiguée ? » Elle a fait oui de la tête. « Tu n'es pas malade ? » Elle a fait non. « Tu n'as pas mal quelque part ? » Elle n'a pas réagi, elle gardait les yeux fermés. « Tu es très fatiguée ? » Je crois qu'elle a un peu bougé la tête. J'ai dit à Sophie : « Elle est très fatiguée. » On ne savait pas quoi faire. On s'est parlé en chuchotant.

« Oui mais pourquoi ? Elle n'a jamais été comme ça.

– Si, une fois, mais tu étais trop petite.

– Je m'en souviens pas.

– Elle est restée trois jours dans son lit.

– J'avais quel âge ?

– Six ans. Tu étais au CP.

– Je m'en souviens pas.

– Il y a des trucs qu'on oublie. Viens, je crois qu'elle

dort. Laissons-la dormir. » On est ressortis, on a refermé la porte.

« Qu'est-ce qu'elle a eu quand j'étais au CP ?

– Je ne sais pas. Elle était fatiguée, elle ne voulait plus voir personne, après trois jours, elle s'est levée mais elle n'est pas sortie pendant une semaine et même après, je me souviens, pendant je sais plus combien de temps, même quand il pleuvait, elle mettait des lunettes de soleil pour marcher dans la rue. Peut-être qu'elle s'était disputée avec sa mère ou son père – ou son amoureux.

– Quel amoureux ?

– Je ne sais pas.

– C'est bizarre que je me souviens pas.

– Parce que tu allais à l'école comme d'habitude, on y allait ensemble, moi, j'étais en CM1, je t'emmenais, je te ramenais, on faisait des courses, une semaine, ça passe vite. Et puis, après, elle allait de nouveau bien. Je crois que c'est pas très longtemps après qu'elle a rencontré Serge.

– Alors, tu crois que c'est pas grave ?

– Elle va bien dormir cette nuit et demain on verra.

– Si c'est la même chose que la dernière fois, qu'est-ce qu'il s'est passé alors ? Qu'est-ce qu'il lui est arrivé ? Tu penses que c'est à cause de Marc ? »

J'y croyais pas ! Elle aussi, elle a découvert son prénom.

« De Marc ? Tu sais qui c'est, Marc ?

– Oui, c'est un homme qu'elle voit, je l'ai lu dans son portable. »

À ce moment-là, Mme Leroi a appelé, ils m'attendaient depuis une demi-heure, qu'est-ce que je faisais ? J'ai expliqué que Marlène est malade, « rien de grave je pense mais il faut que je m'occupe d'elle », Mme Leroi m'a dit que j'aurais pu les prévenir, elle était furieuse. « Et maintenant, tu peux venir ? – Non. – Et nous alors, comment on fait pour sortir ? » Elle a raccroché en disant qu'elle s'en souviendrait et qu'elle ne ferait plus jamais appel à moi pour des baby-sittings. Tant pis, j'en trouverai d'autres, enfin, peut-être pas à la caserne parce qu'elle va dire du mal de moi partout, merde.

On a dîné tous les deux seuls à la cuisine, on a l'habitude, on n'avait pas faim, on a pris seulement un petit bout de pizza. J'ai voulu rassurer Sophie. « De toute façon, c'est pas grave, elle dort, et puis, elle est là, à la maison, avec nous. »

Avant de se coucher, on est allés vérifier, elle avait l'air de dormir. Je lui ai touché le front, il était tiède, pas chaud, mais un peu humide. J'ai voulu être sûr qu'elle a pas de fièvre, en faisant bien attention, je lui ai glissé le thermomètre entre ses lèvres comme une cigarette, elle a pas remué, elle a rien senti, donc, elle dormait profondément. Je l'ai laissé trois minutes, j'ai compté et je l'ai retiré, il marquait trente-cinq. Sophie a dit :

« Trente-cinq ! C'est pas beaucoup, non ? On a trente-six normalement.

– Trente-sept. Mais c'est pas fiable par la bouche, il faut rajouter un ou deux degrés. En tout cas, ça prouve qu'elle a pas de fièvre, c'est ça qui est important. »

On s'est couchés, on a éteint, je pouvais pas m'endormir, je suis resté dans mon lit, je me retournais sans arrêt, je réfléchissais, je m'angoissais, je m'angoisse toujours quand je m'endors pas, j'ai peur d'être fatigué le lendemain, là, heureusement, c'est les vacances. Un moment j'ai pensé qu'elle risquait d'avoir froid allongée sur son lit sans couverture avec trente-cinq, je me suis levé, je suis allé dans sa chambre. Elle était sur le côté en boule, la tête dans son oreiller, je n'entendais pas du tout sa respiration. Soudain, j'ai vu les médicaments sur sa table de nuit, un verre d'eau, deux boîtes ouvertes, elle avait avalé des comprimés. J'ai pris les boîtes et j'ai lu les notices dans le salon, la première, c'est des somnifères, l'autre des anxiolytiques. Il y a des tas de risques et d'effets secondaires horribles, ils les ont même écrits en gras et ils disent qu'il ne faut surtout pas les mélanger avec d'autres sans la prescription de son médecin et c'est ce que Marlène a fait, par exemple, l'effet secondaire numéro un de l'anxiolytique, c'est la somnolence et la fatigue, alors, si elle a pris en plus un somnifère !... Le pire, c'est le surdosage, ça, c'est écrit en gras et en souligné. La personne peut aller jusqu'au coma, jusqu'à la dépression respiratoire et dans ce cas, il faut contacter les urgences, le pronostic vital est en jeu. Comment savoir ce qu'elle a pris et combien ? D'abord, vérifier si elle respire. Elle ne bougeait pas, toujours en boule. Ça s'est mis à tourner dans ma tête, je me suis senti tout froid, tremblant, des picotements dans les cheveux derrière le crâne et dans la nuque, allez, calmos, t'es vraiment trop con. Je lui ai touché l'épaule, doucement, ça lui a rien fait, j'ai recommencé un peu plus fort, pareil, j'ai dit : « Marlène » à voix basse comme on parle à quelqu'un qui dort puis plus fort : « Marlène » et toujours rien. Alors, j'ai un peu paniqué, enfin, j'ai paniqué, je l'ai secouée en l'appelant : « Marlène, Marlène ! » Sophie est arrivée, affolée. « Qu'est-ce qu'il y a ? »

Marlène a bougé et elle a grogné avec une voix au ralenti et pleine de sommeil : « Oh… Quoi… Non… » et elle a repris sa position.

« Qu'est-ce qu'il se passe ?

– Rien.

– Elle est malade ?

– Non, non. Viens. Laisse-la. »

On est ressortis de la chambre mais Sophie a bien vu à ma tête.

« Qu'est-ce qu'elle a, David ?

– Ne t'en fais pas.

– Dis-moi, tu dois me dire.

– Je crois qu'elle a pris un somnifère pour dormir. J'ai peur qu'elle en ait pris trop.

– Trop ? Elle est pas bête quand même.

– Ça peut arriver.

– Et qu'est-ce qu'il se passe si on en prend trop ?

– On peut être malade.

– On peut mourir ?

– Mais non. Ce que je vais faire, c'est que je vais appeler un médecin pour savoir.

– Pour savoir quoi ?

– Ce qu'elle a. Pour être rassuré. C'est plus sûr. »

Il était une heure du matin. J'ai trouvé le numéro de SOS Médecins, ils m'ont demandé ce qu'elle avait, j'ai dit que je ne savais pas trop mais que j'ai peur qu'elle ait pris trop de somnifères sans le faire exprès. Ils m'ont dit que dans ce cas-là, c'est les urgences, il faut appeler le SAMU, le 15. Le SAMU ! Les urgences ! Comme c'est écrit sur la notice. Alors, oui, c'est grave. Je me suis senti de nouveau envie de paniquer. Sophie n'entendait pas mais elle voulait savoir. « Qu'est-ce qu'ils ont dit ?

– Il faut que j'appelle un autre numéro. » Et en même temps j'ai fait le 15.

« Pourquoi ? Le 15 ? Qu'est-ce que c'est, ce numéro ?

– C'est quand on appelle la nuit, attends, chut ! » Ils ont répondu, j'ai redit la même chose qu'à SOS Médecins, ils m'ont demandé à quelle heure je pensais qu'elle les a avalés et si elle réagit quand on lui parle ou quand on la secoue, je leur ai dit que oui, un peu, ils ont dit qu'ils arrivent. Sophie n'est pas bête, elle est allée voir la fiche aimantée sur le frigidaire, les numéros d'appel d'urgence. « Tu as appelé les urgences, ils pensent que c'est grave !

– Mais non. Mais ils vont vérifier. »

Maintenant que c'était fait, je savais plus quoi faire et je suis resté debout dans le salon, Sophie à côté de moi ne savait plus non plus, on était comme deux débiles paumés au milieu d'une ville et qui savent pas où aller.

Et là, Marlène est sortie de sa chambre, un fantôme somnambule qui tenait pas droit et risquait de s'étaler sur le tapis. Elle avait encore la voix ralentie.

« Vous pouvez pas faire moins de bruit ? » Elle a traversé pour boire un verre d'eau à la cuisine. On n'en revenait pas après ce qu'on venait d'imaginer, ouf ! tout va bien, merci, bon Dieu, même si je sais pas s'Il existe. On l'a suivie à la cuisine. « Quelle heure est-il ? » J'ai hésité : « Il est… » parce que je savais qu'il est tard. Elle a regardé sa montre. « Une heure du matin ! Et vous n'êtes pas couchés ! » Sophie lui a demandé : « Tu te sens bien ?

– Mais oui. Allez, au lit. »

Je voulais lui demander ce qu'elle a, ce qu'il lui est arrivé aujourd'hui parce que je suis sûr qu'il lui est arrivé quelque chose mais j'ai eu peur qu'elle dise que ça ne me regarde pas. En même temps, je pensais : merde, Merde ! Il y a le SAMU qui va se pointer dans cinq minutes, elle va être dingue. Avant de retourner dans sa chambre avec son verre d'eau, elle nous a vus rester là plantés au salon. « Qu'est-ce que vous faites ? Au lit ! »

On a filé dans notre chambre. Sophie m'a chuchoté : « Mais alors, elle a rien. – Non. » Je suis revenu dans le salon sur la pointe des pieds, j'ai refait le 15 et j'ai dit aussi bas que je pouvais, la dame entendait pas : « Je vous ai appelée mais en fait, c'est plus la peine. » J'ai répété en articulant bien, elle a fini par comprendre mais c'était trop tard, ils arrivaient. J'ai raccroché, je me suis précipité à la porte, je suis descendu en bas de l'immeuble, je suis arrivé juste au moment où ils garaient leur ambulance dans la cour de la caserne. Deux Noirs en blanc sont sortis et il y avait Romain, qui était le gendarme de garde, qui les accompagnait. Je leur ai dit : « C'est chez moi que vous allez mais c'est plus la peine, j'ai rappelé pour annuler mais vous étiez déjà partis, ma mère s'est réveillée, elle va bien, elle n'a rien, c'est moi qui me suis affolé. » Ils ont voulu monter quand même pour vérifier, ils me trouvaient bizarre, forcément, pieds nus dehors en pyjama par ce froid. Je les ai suppliés : « Ma mère va me tuer que je vous ai appelés pour rien. S'il vous plaît !... » Ils ne voulaient pas me croire. Heureusement, Romain, qui me connaît, a dit que je leur racontais sûrement pas d'histoires, que je me suis affolé mais que si je leur dis qu'elle va bien maintenant c'est que c'est vrai. Il a ajouté pour leur faire comprendre, en les tirant à l'écart mais j'ai entendu : « Elle vit seule avec deux gosses, elle est veuve, ils ont que leur mère, c'est pour ça.

– Bon, OK, on repart, mais la prochaine fois, panique pas comme ça. Dans ces cas-là, si on a un doute, il faut réveiller la personne. Si elle peut parler et bouger à peu près normalement, c'est qu'il y a pas de quoi s'inquiéter. Enfin, bon, t'as raison, tu pouvais pas savoir, il faut toujours mieux prévenir. »

J'ai remercié Romain et je suis remonté quatre à quatre et là-haut, catastrophe ! putain, il y a qu'à moi que ça arrive, c'est à se flinguer, je sais pas ce qu'il y a eu, un courant d'air, la porte s'était refermée et j'avais pas ma clef et si je sonnais et je réveillais Marlène… Il me restait plus qu'à passer la nuit à me geler sur le paillasson, oui, mais elle allait me trouver demain matin, qu'est-ce que j'allais lui dire ? Soudain, je me suis souvenu qu'il y a une clef à l'accueil et j'ai foncé jusqu'à l'entrée de la caserne, j'ai traversé les deux cours, je grelottais. Romain m'a passé la clef, il m'a tapé sur l'épaule en me plaisantant : « Ben mon vieux, c'est pas ton jour ! Enfin : pas ta nuit ! Allez, cours vite sinon, en plus, tu vas choper la grippe. » J'ai tourné la clef dans la serrure en faisant bien attention de pas faire de bruit. Il y avait Sophie super-stressée dans le salon. Je lui ai raconté. On s'est recouchés.

Le matin, j'ai déposé Sophie au centre de loisirs, elle ne voulait pas y aller, je lui ai dit que Marlène serait furieuse quand elle se lèverait, ça l'a calmée et je l'ai emmenée mais quand je l'ai laissée à l'animateur, elle avait l'air de bouder, en fait, elle s'angoissait, je le sais parce que moi aussi.

À onze heures du matin, Marlène n'était toujours pas

sortie de sa chambre. J'ai ouvert sa porte. Elle était dans le noir sur le dos. J'ai été jusqu'à son lit tout doucement et j'ai vu qu'elle respirait, j'ai touché son front, il était frais, je suis ressorti, j'ai refermé la porte. Qu'est-ce que je devais faire ? Est-ce qu'on peut être malade même quand on est frais ? Il y a peut-être des maladies qui rongent à l'intérieur sans qu'on sente rien jusqu'à ce qu'on meure, non, non, t'es trop con, et si je rappelais un médecin, attends, réfléchis, il y a dû y avoir un truc, elle est pas bien mais c'est dans sa tête, pas dans son corps, c'est souvent qu'elle s'enferme dans sa chambre, sauf qu'en général, elle dort pas, elle veut qu'on la laisse parce qu'elle a des problèmes, je suis sûr que c'est encore… oui, oui, c'est sûr… mais elle voudra pas me dire à moi, elle veut jamais, je suis son enfant et elle pense qu'un enfant n'a pas à connaître les chagrins de sa mère, c'est normal, elle pense qu'autrement, je serai plus fier d'elle, elle se trompe mais c'est pas la peine d'essayer de lui dire alors qu'est-ce que je peux faire ? En tout cas, pas la laisser toute seule, tant pis pour la folle et pour mes trente euros, impossible d'y aller à midi tant que Marlène est comme ça.

À la fin, j'ai trouvé. Il y avait son sac à main à côté de son lit et je sais qu'elle range dedans son carnet d'adresses, j'ai fouillé en surveillant qu'elle ouvrait pas les yeux et j'ai noté le téléphone de Jeanne, sa meilleure amie. Je l'ai appelée. Coup de bol : elle a répondu. Je lui ai dit ce qu'elle a eu, que je me faisais du souci, que je pensais qu'il fallait qu'elle lui parle, elle est venue. J'avais peur de la réaction de Marlène, j'ai écouté derrière la porte en collant mon oreille.

Je n'ai pas pu tout entendre parce qu'elle ne parlait pas fort et par moments elle a pleuré mais des morceaux et ça m'a suffi, j'ai eu l'explication, j'ai compris pourquoi elle était comme ça. D'abord, Jean-Philippe lui a fait une crise de jalousie au bureau, tout le monde l'a entendu crier, il l'a traitée de pute, elle a eu la honte de sa vie, une humiliation !... Il a deviné qu'elle n'était pas avec ses enfants pendant les vacances mais avec Marc, comment il a pu l'apprendre ? Moi, je le savais : par Sophie, qui lui a bêtement dit au téléphone qu'elle n'est pas venue avec nous, mais Marlène imaginait autre chose : « C'est peut-être la comptable Sandra, elle me déteste, elle m'a surprise avec Marc à l'aéroport. » En tout cas, le résultat, c'est que Jean-Philippe l'a foutue dehors, il ne veut plus la revoir. Mais le pire, c'est Marc – là, elle a sangloté et j'étais le cœur serré derrière la porte –, il l'a plaquée après l'Égypte – par SMS – et là-bas, en plus, il lui a tout fait payer, même les billets d'avion, il a prétexté qu'il est à découvert et elle a fait comme si elle le croyait et, du coup, maintenant, c'est elle qui a plus un rond et qui est dans le rouge et elle ne sait pas comment elle va en sortir surtout si elle se retrouve à nouveau au chômage, en fait, il est radin, il ne lui a jamais fait un cadeau sauf un portable qu'il a dû avoir gratis, c'est un profiteur, il ne pense qu'à sa carrière d'acteur et elle est sûre qu'il profite d'elle parce qu'elle est la maîtresse, enfin, elle l'était, de Jean-Philippe et qu'il est producteur et qu'il pourra lui donner un rôle dans sa série, elle est folle d'aimer ce type mais il est tellement beau, elle l'a dans la peau, elle sait qu'elle ne devrait pas mais c'est plus fort qu'elle, il peut lui faire toutes les crasses, toutes les saloperies du monde, il n'a qu'à l'appeler tout gentil au téléphone et elle fonce le retrouver, se jeter dans ses bras. « Je suis dingue, Jeanne, je deviens dingue, je suis tellement malheureuse !...

– Tu es juste amoureuse, c'est pas la première fois, ça te passera.

– Pourquoi j'aime tellement ce type ?...

– Tu ne l'aimes pas.

– Si, je l'aime.

– Enfin, tu l'aimes peut-être mais tu es surtout blessée parce qu'il t'a plaquée. Parce que, pour une fois, c'est pas toi qui te barres. Si, si, ma vieille. En plus, il te plaque par SMS. Ta technique ! » Elle se force à rire. « Tu en as largué des mecs par SMS.

– Deux. Et c'était des aventures d'un mois, même pas.

– Et là, ça fait combien ?

– Quatre mois... »

Après, je n'ai plus entendu un moment. Elle a encore pleuré et Jeanne l'a consolée et je me disais, c'est drôle, quand elle pleure, on dirait une petite fille. Ensuite, je n'ai réussi qu'à capter des bouts, des mots : « gosses...

mère… merde… capable… (ou incapable, je ne sais pas)… marre… chier ou chien (plutôt chier avec marre)… poulets (ou peut-être boulets)… » jusqu'à ce qu'elle se remette à parler plus fort tout à coup. « J'ai tout raté, tout. J'ai rien choisi dès le départ ou à chaque fois que j'ai choisi, j'ai fait le mauvais choix.

– Pas avec Jacques.

– Peut-être pas avec Jacques mais c'est l'exception qui confirme la règle. S'il était pas mort, il m'aurait quittée, j'étais tellement chiante.

– N'importe quoi ! »

J'ai pensé pareil : n'importe quoi ! Comme elle parlait de mon père, j'écoutais encore plus et j'étais gêné par mon cœur, les battements de mon cœur faisaient trop de bruit dans ma tête.

« D'ailleurs, il a eu une aventure. »

Une aventure ! Elle veut dire quoi ? Avec une femme ?

« Tu l'as suspecté d'avoir une aventure, tu n'as jamais eu de preuves. Tu étais jalouse.

– Enfin, de toute façon, j'ai eu que des histoires minables avec des types minables. Et c'est de pire en pire. Là, avec Marc, je touche le fond. Mais je n'ai que ce que je mérite. J'ai rien fait de ma vie. Pas d'études, des boulots de nulle. J'ai rien eu comme tout le monde, pas d'enfance, pas de famille normale, pas de parents qui m'aiment, j'assume même pas mes enfants…

– Mais si, enfin, Marlène !

– Ma vraie grand-mère n'était pas capable d'être une mère, ma mère était une mauvaise mère et moi…

– Mais non, Marlène, qu'est-ce que tu racontes !

– On est tous nés sous une mauvaise étoile dans cette famille… »

Jeanne lui a dit comme un ordre : « Arrête, Marlène » mais elle a continué.

« Je rêve de tendresse, de douceur et je suis capable de vivre que dans la violence. J'ai que des relations passionnelles tordues et j'éprouve des sentiments… des sentiments dont j'ai honte… Je suis incapable d'aimer comme quelqu'un de normal. Et puis, je pense qu'à moi, je suis égoïste, je me déteste.

– Ohé ! On se calme, chérie, là ! Qu'est-ce que c'est, ce délire ? Tu crois que c'est mieux, la vie des autres ! Mais regarde autour de toi, cocotte ! Des vies en miettes, des bouts de vie, des bouts d'amour, des bouts de bonheur. Tu trouves qu'ils ont l'air épanoui, tes contemporains, tu as vu leurs gueules dans la rue, dans le métro, au supermarché ! Je vais te dire, je suis encore plus déprimante que toi, moi, je vais t'en rajouter une couche. T'es pas un cas spécial, ma puce ! T'es comme tout le monde et même il y a pire ! Qu'est-ce que tu veux ? Les hommes et les femmes, on est faits pour s'attraper mais pas pour se garder, voilà, il faut l'admettre, c'est tout. »

Jeanne lui a parlé très gai, on aurait dit que c'était drôle alors que c'était le contraire, même je trouvais ça bizarre, pourtant Marlène ça l'a fait rire un peu.

« Tu es vraiment déprimante…

– Qu'est-ce que je te disais ! Moi, je suis la reine des déprimantes, toi, à côté, c'est rien. Et tiens, je vais t'achever complètement : regarde ma vie, deux divorce, un PACS raté, mille huit cents euros par mois après dix ans d'enseignement, bon, j'ai que dix heures par semaine et toutes les vacances mais on les passe à la Bourboule chez ma mère, pas à Tahiti.

– Au moins, tu as ta mère. Et tu as tes enfants, tes enfants que tu adores… »

Elle s'est remise à pleurer.

« Mais toi aussi, tu as tes enfants. »

Elle a continué à pleurer.

« Et tu les aimes. Et ils t'aiment. Regarde David, il s'inquiétait, il m'a prévenue. C'est un amour, ton fils. Bon, allez, arrête de pleurer. Je t'emmène déjeuner au Grand Café, on va se trouver deux vieux riches, finalement il y a que ça de vrai, le fric, ma puce, c'est le seul critère de choix totalement objectif. »

J'ai filé me planquer dans ma chambre juste avant qu'elles sortent. Elles sont passées, elles m'ont pas vu, elles sont parties. J'ai regardé par la fenêtre. Dans la cour en bas en marchant, Jeanne parlait, parlait, elle s'est appuyée au bras de Marlène qui s'est mise à rire. J'étais rassuré, j'avais bien fait d'appeler sa copine mais en même temps, je ne sais pas pourquoi, j'étais triste. Tout ce qu'elle a dit, son chagrin, elle est malheureuse et qu'est-ce que c'est déprimant, leur vie ! Plus tard, je ne voudrais pas d'une vie comme ça. Je préfère être seul que toutes ces histoires où on se quitte sans arrêt. Je suis resté sur mon lit à réfléchir un peu et j'ai eu cette pensée qui m'a encore plus déprimé : finalement, moi, je ne peux rien faire pour elle, sa copine est beaucoup plus utile. Je me souviens, j'avais sept ans, en tout cas, je savais lire, un soir, elle pleurait, oui, déjà elle pleurait, à l'époque, peut-être parce qu'elle pensait à mon père, maintenant, elle en parle moins, tiens, c'est vrai, ça, je réalise, elle en parle moins, ça ne veut pas dire qu'elle y pense moins, en tout cas, je me souviens, j'ai voulu lui lire *Les Aristochats* pour la consoler, elle était sur son lit et moi assis par terre le livre posé devant moi sur le lit et je lisais, elle devait pas m'écouter mais je croyais vraiment qu'en lui lisant je la consolais, j'étais bête, j'étais naïf, j'avais sept ans mais c'est peut-être la même chose maintenant, je suis peut-être encore naïf, je crois que je peux la rendre heureuse, j'essaye et en fait… même le voyage peut-être… non ! mais non, David… D'ailleurs, Anna me l'a dit et sa mère le pense aussi…

Il ne faut pas rester trop longtemps dans le silence, ça donne des mauvaises idées. Les rideaux de notre chambre, roses avec des fleurs, il manque des anneaux, ils pendent, la poussière sur les cartons de nos vieux jouets d'enfants là-haut sur l'armoire et là dans le coin, la caisse vide de Simone, il faudra la ranger aussi sur l'armoire… Qu'est-ce qu'il est triste cet appartement !

Soudain, je me suis rappelé la folle. Quelle heure il

est ? Une heure et demie. Je pouvais encore y aller. Elle a dû s'affoler, prévenir sa sœur, qu'est-ce qu'elle va me dire ? qu'est-ce que je lui dis ? Tant pis, j'y vais, on verra bien.

Elle m'attendait à sa fenêtre ouverte sans bouger, quand elle m'a aperçu au bout de la rue, elle a agité le bras, you-hou, you-hou ! plus près, j'ai vu qu'elle souriait. Je lui ai fait la bise, ses joues étaient glacées et son appartement aussi, elle a dû rester à m'attendre la fenêtre ouverte pendant presque deux heures, d'ailleurs, elle avait le nez qui coule.

Elle était juste heureuse de me voir, elle ne m'a fait aucun reproche, elle était sûre que si j'étais en retard, j'avais une raison. Elle m'a dit : « Tu as eu des ennuis. » Ça devait se voir. Je lui ai dit : « Oui, mais maintenant, ça va.

– Tu vas me raconter. Je t'emmène déjeuner au restaurant. Ça te fait plaisir ?

– Oui.

– Tu vas me raconter au restaurant. »

Elle a mis son manteau, son bonnet en laine orange. On a croisé la gardienne, elle lui a dit : « Je l'emmène au restaurant, il a eu de gros ennuis.

– Des ennuis ? Qu'est-ce qu'il t'est arrivé, mon petit ?

– Non, non, rien, c'est… c'est réglé.

– Ah bon, heureusement. Tu sais, elle t'attendait, elle se faisait du souci, elle t'aime beaucoup, beaucoup, Dominique.

– Oui, je l'aime beaucoup parce qu'il est très gentil. »

C'était un café-restaurant où tout le monde la connaît, la patronne, les serveurs.

« Ah ! ma Dominique ! ça fait plaisir. Tiens, il y a justement ta table près de la fenêtre qui vient de se libérer. » À peine on était assis, un serveur avec une grosse tête ronde est venu nous recommander le plat du jour. « Brandade de morue gratinée, super. »

Dominique ne sait pas parler doucement, elle a toujours la voix très haute et très aiguë comme un cri, comme un appel.

« Tu as choisi, David ? »

Je voyais les prix, j'étais gêné. « Oh ! moi, j'aime tout. Je prendrai comme toi.

– Est-ce que tu voudrais du steak-frites ?

– Tu prends ça, toi ? » J'aimais mieux mais…

« Et en entrée ?

– Tu prends une entrée ?

– Du pâté de campagne ?... Et qu'est-ce que tu veux boire : un jus d'orange, un jus d'abricot ? » Elle a commandé et elle a dit : « Il faut qu'il mange. Il a eu de gros soucis. » Avec sa voix, tout le monde à côté a entendu, même la patronne derrière son bar, je savais plus où me mettre.

Le serveur a demandé : « Qu'est-ce qu'il a eu comme soucis, m'sieur David ?

– Rien…

– Tu ne veux pas en parler ? »

La patronne est intervenue : « Mais laisse-le donc tranquille, ce gosse, il te connaît pas. » Dominique a crié : « Il va me raconter à moi. » Les autres gens nous regardaient. Je ne sais pas pourquoi elle parle si fort parce qu'elle est même pas sourde.

« Ça va te faire du bien de manger. » Le serveur nous a tout de suite amené le pâté et des jus d'abricot. « Maintenant, tu peux me raconter, on est tout seuls. » Tu parles !

J'ai commencé à voix basse : « Ma mère n'allait pas bien, alors j'ai dû rester près d'elle.

– Elle est malade ?

– Oui… enfin, maintenant, ça va. » Je n'allais pas lui dire que j'ai eu peur que Marlène se serait suicidée parce qu'elle est malheureuse de dépression. Mais Dominique, je sais pas comment, a senti que je lui disais pas tout.

« Tu ne veux pas me raconter ce qu'il s'est vraiment passé ? » J'ai eu chaud d'un coup, au cou, aux joues, je devais être rouge comme une tomate et j'avais honte qu'on remarque parce que déjà les clients remarquaient qu'elle est spéciale, Dominique.

« J'ai eu peur pour elle. J'ai eu peur qu'elle meure.

– Tu as eu peur qu'elle meure ! » Oh ! là, là ! Je lui ai fait des yeux « Chut ! chut ! » mais elle a pas compris. « Elle avait de la fièvre ?

– Non.

– Elle avait la diarrhée ?

– Non…
– Elle avait mal à la tête ?
– Je ne sais pas…
– Et maintenant, elle est guérie ?
– Oui…
– Elle t'a remercié ?
– Remercié, pour quoi ?
– Parce que tu t'es occupé d'elle, tu es resté avec elle.
– Oui…
– Mange. Tu as faim ?
– Oui. »

Elle ne m'a pas remercié et j'y pensais en tartinant mon pâté. On a mangé tous les deux et elle me regardait avec son sourire et ses gros gentils yeux derrière ses lunettes myopes. Et là, elle m'a dit quelque chose que personne m'a jamais dit, c'est bizarre, pourquoi ça lui est venu comme ça d'un coup ? « Il faut penser à toi, David, pas toujours aux autres. » Elle a continué à manger et puis : « Qu'est-ce que tu aimes faire le plus ?
– Je ne sais pas. J'aime bien voyager.
– Où es-tu allé en voyage ?
– À Nice.
– C'est beau ?
– Très beau.
– Il faut que tu voyages.
– Oui, justement, je veux emmener ma mère en voyage.

– Il faut que tu voyages pour toi – parce que ça te fait plaisir, parce que tu en as envie, parce que ça te fait du bien à toi, tu comprends ? Moi, j'aime la sculpture. Eh bien, quand j'en fais, je pense à rien, je suis bien. C'est le moment où je me sens bien d'être avec moi. Tu veux que je t'offre une sculpture ? »

Elle était la mère jusqu'à ce moment. Le serveur nous a apporté les steaks et maintenant que je la connais, je l'ai vue changer, elle s'est changée en petite fille. Elle adore la viande rouge, elle la regardait comme un trésor, elle regardait plus que ça. Elle s'est mise à la couper mais elle avait du mal comme chaque fois avec ses mains tellement empotées, il y avait une sauce au poivre, tout a giclé, elle a éclaboussé la dame à côté sans s'en apercevoir, juste deux gouttes heureusement, mais la dame était furieuse et elle a fusillé Dominique qui comprenait pas et qui lui a fait un grand sourire. J'ai dit : « Je suis désolé, madame. » Et j'ai eu un geste pour faire sentir que Dominique est pas comme tout le monde. Dominique qui pensait vraiment pas à ça a dit en regardant dans l'assiette de la dame : « C'est pas bon ce que vous avez pris ? » La dame, ça l'a énervée. « Vous le faites exprès ? Vous me regardez comme ça en souriant comme une idiote. Vous voyez bien que j'ai de la sauce sur mon chemisier ! » Dominique a répondu avec une petite voix très, très aiguë : « Je suis myope comme une taupe.

– Eh bien, j'ai de la sauce. À cause de vous. Vous avez projeté de la sauce sur mon chemisier.

– Pardon. » Et elle s'est mise à pleurer. La patronne est arrivée avec un pot d'eau chaude et un torchon pour aider la dame à frotter les taches et elle a même dit qu'elle pouvait payer le pressing s'il fallait pour le chemisier parce qu'elle aime Dominique et elle était désolée, elle l'a consolée. « C'est rien, Dominique, c'est rien, c'est arrangé. – Je suis maladroite, je suis tellement maladroite… » Elle sanglotait, Dominique. Moi, j'ai dit aussi : « C'est rien, Dominique, ça y est, la dame s'est nettoyée. » En même temps, j'ai coupé sa viande. La dame s'est forcée, elle a dit : « Oui, c'est rien, ne vous en faites pas. »

Après, jusqu'à la fin du repas et même quand je l'ai ramenée chez elle, il était plus tard que d'habitude, presque quatre heures et je pense qu'elle était fatiguée, elle est restée la petite fille. Je lui ai demandé ce qu'elle aime le mieux, elle, dans la vie, pour qu'elle me parle de quelque chose qui la rend gaie. Elle m'a répondu : « Les chats. » Mais elle a pas de chat, sa sœur ne veut pas, tant pis, ça ne fait rien, il y a le chat du rez-de-chaussée sur la rue, elle lui parle, ils sont copains et elle lui donne des bouts de viande en cachette. Il s'appelle Cola parce qu'il est noir mais elle, elle l'appelle Bagheera. En entrant dans son appartement, elle est allée s'allonger sur son lit. « Dodo. Il faut faire dodo, maintenant. Dodo va faire dodo. » Je lui ai dit au revoir, à demain, elle était couchée habillée sur son lit, je l'ai embrassée, c'était vraiment comme une enfant et j'ai eu l'impression qu'elle était déjà à moitié endormie. Je me souvenais pas si elle a pris ses médicaments au restaurant mais peut-être avant que j'arrive, tant pis, ça ira comme ça. J'ai refermé doucement la porte de son appartement. Elle me faisait un peu de peine.

Quand j'ai récupéré Sophie au centre de loisirs, elle était très inquiète, je l'ai rassurée, je lui ai dit que Marlène s'est levée et même qu'elle est sortie déjeuner avec Jeanne mais j'angoissais un peu, comment elle serait ce soir ?

Elle était toute nue devant la glace de la salle de bains en train de se regarder et de se faire belle avec une crème qu'elle se mettait sur le corps. On l'a vue parce que quand on ouvre la porte de l'appartement on est juste en face de la salle de bains mais ça a duré deux secondes, elle a été surprise, elle a repoussé la porte de la salle de bains avec son pied. Elle nous a dit qu'elle sort, elle nous a pas dit où. Comme d'habitude ! Ça prouve qu'il s'est passé quelque chose… son déjeuner avec Jeanne ? Non, pas seulement. C'est sûrement pas pour Jeanne qu'elle s'est crémée. Alors, qui ? On ne lui a pas posé de questions, on s'est posé les questions entre nous, au dîner, et du coup j'ai réalisé que Sophie se les pose comme moi même si elle est plus petite. Enfin, je pense pas qu'elle peut tout comprendre mais elle se doute que Marlène ne nous dit pas où elle va vraiment.

Elle est rentrée à deux heures du matin.

Quand je suis revenu à la maison après avoir déposé Sophie au centre de loisirs, Marlène prenait son café debout en fumant une cigarette. Je voulais lui parler, ça n'arrive presque jamais qu'on soit tous les deux seuls mais je savais pas quoi dire. Pour une fois que je pouvais, je ne savais pas quoi dire, enfin, plutôt, j'avais peur que ça ne l'intéresse pas, j'avais envie de lui parler de tas de choses, n'importe quoi, de Dominique, de papi et mamie, de Laurence qui nous a fait visiter la villa Ephrussi, de la beauté de la mer et puis, si je lui disais que je veux nous emmener en voyage et tout son visage s'ouvrirait comme une fleur au soleil !... « En voyage, David ! Oh ! c'est formidable, ça me fait tellement plaisir ! Et on ira où ? – Aux lacs italiens. – Aux lacs italiens ! Tu es merveilleux, David ! »... mais j'avais peur, j'osais pas, rien que l'idée de lui en parler, je tremblais qu'elle dise non, elle pourrait très bien, enfin, de toute façon, c'est trop tôt pour l'instant, demain, je n'aurai gagné que cent cinquante euros... alors, comme j'ai pas pu parler, je ne suis pas resté dans ses pattes comme elle dit et je suis parti dans ma chambre. C'est elle qui est venue, elle m'a demandé si j'ai révisé pendant les vacances, parce qu'on est vendredi, l'école reprend lundi, j'ai menti, « Oui, bien sûr » et là, j'ai réfléchi qu'on va être en mars, dans un mois et demi, c'est les vacances de Pâques, si je gagne assez pendant le mois de mars, est-ce qu'on pourrait faire mon voyage à Pâques ? Déjà, il faut que je sache si elle a des projets à Pâques ou pour les grandes vacances. Pour Pâques, elle m'a répondu qu'elle ne sait pas, on verra, ça l'a agacée que je pose la question, alors j'ai rien demandé pour les grandes vacances. Elle est partie à dix heures moins le quart.

« Où tu vas ?

– Ben, au travail, où tu veux que j'aille ?

– Tu seras là ce soir ?

– Je sais pas encore, je vous téléphonerai. Toi, tâche de travailler un peu. »

Elle a claqué la porte. Il restait que son parfum.

Où elle s'en va, je ne sais pas. Il faudrait que je la suive. Non, trop risqué. Rappelle-toi au Palazia avec Alain quand elle t'a vu…

De toute façon, j'ai tout deviné. Jean-Philippe l'a rappelée, ils se sont revus hier soir et il la garde à son travail. Si ça se trouve, elle ne l'aime plus, elle le fait que pour l'argent, la pauvre. Oui mais alors, pourquoi elle a l'air bien ? Peut-être qu'elle fait semblant pour ne pas nous inquiéter ? Elle a dû voir qu'on s'est fait du souci, elle ne veut plus nous inquiéter, voilà. C'est sûrement ça : elle ne nous raconte pas tout, elle essaye de nous protéger, elle ne veut pas qu'on save que c'est dur et elle se bat pour nous, pour gagner de l'argent. Ou alors elle l'aime encore… non, elle ne peut pas aimer un gros con pareil qui est vulgaire, brutal avec sa femme, qui met son fils en pension et qui l'a insultée, elle, devant tout le monde. Oui mais alors, où est-ce qu'elle va travailler ? Ou alors, elle ne va pas travailler ? Elle va retrouver Marc, c'est lui qu'elle a revu, elle a dit à Jeanne qu'elle était folle de lui… En fait, j'ai rien deviné, j'y comprends rien, c'est trop compliqué. Ou alors elle a revu les deux, elle retravaille chez Jean-Philippe et, en même temps, avec Marc… Ou alors c'est un nouveau !... Toutes ces questions, toutes ces questions dans ma tête… Oh ! et puis, je m'en fous. Il y a qu'une seule question qui compte et j'ai pas la réponse : est-ce que moi je vais y arriver un jour à la rendre heureuse ?

13

J'ai raconté à Anna ma semaine avec la folle. Sa sœur, quand elle m'a payé le vendredi soir, m'a dit que Dominique était tellement contente, qu'elle parlait de moi sans arrêt et elle m'a demandé si je pourrais recommencer de temps en temps. J'aimerais bien – dix euros de l'heure et même elle a arrondi, elle m'a donné cent soixante au lieu de cent cinquante, elle avait plus de billet de cinquante ! –, l'ennui, c'est que je suis inscrit à la cantine et si je sèche, Marlène risque de le savoir, ce n'est pas possible non plus le soir parce qu'il y a déjà la personne qui s'occupe de Dominique, il ne reste que le mercredi à partir de une heure, à condition que Sophie accepte d'être seule mais de toute façon j'ai pas le choix, il faudra bien, donc, je viendrai garder Dominique de une à trois, deux heures par semaine, vingt euros, à la fin du mois quatre-vingts, ça ne suffit pas, heureusement Anna m'a aidé encore une fois, elle est géniale. On a rédigé une annonce qu'on a collée chez tous les commerçants : « Jeune très sérieux et efficace (elle a rajouté efficace) disponible pour services à domicile : courses, rangement, ménage, garde d'enfants, livraisons », j'ai pensé à livraisons parce que ça peut rendre service de porter un paquet chez quelqu'un. Anna a mis son numéro de portable sur l'annonce, c'était trop dangereux de mettre le téléphone de la maison si Marlène répond. En une semaine, on n'a eu qu'un appel et en plus, ça n'a pas marché. Déjà, la dame a trouvé bizarre que ce soit Anna, qui a encore vraiment une voix d'enfant, qui lui réponde mais quand je suis venu la voir, j'ai eu beau me tenir droit et faire ma voix grave la plus grave possible parce que j'ai pas encore mué, elle m'a demandé : « Quel âge as-tu ? – Quinze ans, madame », elle n'a pas voulu me croire et elle m'a dit : « Écoute, moi, je ne prends pas d'enfant en dessous de seize ans, même au noir. » J'étais déçu mais au même moment, Anna a trouvé une petite vieille qui habite dans sa rue et c'est marrant parce qu'elle s'appelle Simone comme notre cochon d'Inde. Elle promène tous les jours son chien, un vieux cocker qui se traîne encore plus qu'elle, il a sa fourrure qui a poussé plus loin que ses pattes comme un pantalon trop long et ses griffes en dessous, elles ont dû trop pousser aussi, ça fait scratch, scratch sur le trottoir, on dirait un balai qui pousse des feuilles. Son nom complet, c'est Simone comtesse d'Albret, son mari était comte et il paraît qu'elle est riche, elle a un grand appartement, pourtant elle fait pauvre quand on la voit dans la rue et pas très propre, elle met un vieux manteau qui a des taches et un bizarre chapeau en cuir tout rond et mou. Elle le fait exprès pour cacher qu'elle est riche parce qu'elle a peur de se faire agresser, elle parle tout le temps de la violence et de la drogue et des voyous qui rôdent et des cambrioleurs, elle a une porte blindée, tous les ans, elle change sa serrure. On le sait par la gardienne de l'immeuble d'Anna, elle lui raconte sa vie et c'est comme ça qu'Anna a appris que Mme Simone a besoin de quelqu'un pour lui repeindre sa bibliothèque.

D'abord, j'ai vu la gardienne, elle a trouvé que j'ai une bonne tête. Elle m'a prévenu que c'est son mari qui était comte, pas elle, elle a pas toujours été riche, avant d'épouser M. d'Albret qui était un vrai seigneur, lui, généreux et chic et d'une élégance, elle était seulement Mlle Simone Pichon, danseuse de cabaret mais une beauté exceptionnelle, tous les hommes à ses pieds et c'est comme ça qu'elle l'a eu, elle est devenue comtesse mais elle a jamais oublié d'où elle vient et elle y a appris à compter, un sou est un sou, même que Maria, sa concierge, dit qu'elle est radin et que c'est elle qui donne le moins pour les étrennes, ça explique pourquoi elle prend pas un professionnel comme le mari de Maria pour refaire sa bibliothèque, « Alors, surtout, les enfants, vous faites pas avoir, il faut au moins qu'elle vous paye dans les quatre cents euros, d'autant que de toute façon elle va vous faire chier tout le temps pour la propreté et tutti quanti, elle est maniaque et très exigeante. »

Quatre cents euros ! J'ai dû ouvrir les yeux comme des billes. Anna trouvait aussi que c'était pas mal.

La gardienne a fait son rapport à Simone. Il paraît qu'elle a dit qu'on est parfaits. « Pourquoi on ?

– Parce que je pourrai t'aider et la vieille pensera que ça ira plus vite si on est deux. » Là, j'ai eu une pensée pas trop à mon honneur mais Anna l'a sans doute vu à ma tête et j'ai eu honte après, elle a dit que l'argent serait pour moi et qu'elle m'aidait seulement pour le plaisir parce que c'est amusant. Elle m'a demandé : « Tu as déjà peint, toi ?

– Non.

– Ça ne fait rien, on dira que si. Il faut se vendre dans la vie. Maman dit que l'essentiel pour trouver un boulot, c'est de savoir se vendre. »

La vieille nous a reçus dans sa cuisine avec des verres de jus d'orange et une boîte en métal de petits gâteaux. Le jus d'orange, ça allait mais les petits gâteaux étaient tout mous, ils devaient avoir son âge, j'y ai pensé et j'ai eu envie de rire. Elle avait les yeux bleus et des cheveux blonds un peu bouclés qui étaient sûrement pas sa couleur, les lèvres maquillées rouge et surtout, c'est spécial, une robe très courte toute noire avec de la dentelle aux bras et des bas noirs, des talons, elle m'a rappelé les femmes qui dansent sur le *Titanic*, Serge m'a offert le DVD, j'adore ce film.

Elle nous a expliqué : « J'aurais pu faire appel à un professionnel mais ils ne tiennent jamais leurs délais et ça me fait plaisir de rendre service à des jeunes qui ont besoin de gagner un peu d'argent. » Ce qui m'a plu, c'est qu'elle nous appelle des jeunes et nous demande pas quel âge on a. « Naturellement, je ne vais pas vous payer le même prix qu'un professionnel mais tout de même pour votre âge, ce sera beaucoup d'argent. » Ah ! voilà, la radine pointe son nez. On attendait ce qu'elle allait dire. « J'ai fait faire un devis par un professionnel, quatre cents euros. » Ah ! non. Quatre cents, c'est notre tarif, la gardienne nous l'a dit, le professionnel, ça doit être plus. « Comme je suis généreuse et que j'ai envie de vous aider, et bien que vous soyez très jeunes, je vous paierai trois cents euros. » Anna a essayé de négocier mais la langue de la comtesse a claqué comme un pétard : « C'est à prendre ou à laisser. C'est déjà très généreux, vous savez, pour des enfants de votre âge. » Ah ! là, ça y est, on était des enfants. On a senti que ça ne servait à rien de discuter.

Elle nous a montré la pièce à repeindre. « Pour le prix, je serai un peu exigeante. Je veux du travail propre et soigné. Ici, c'est pas un appartement ordinaire, c'est un appartement de famille, plein d'objets précieux très anciens et fragiles. Et les parquets, attention aux parquets !... » On a traversé le salon, la salle à manger. Elle ferme les volets dans presque toutes les pièces, même le jour, je croyais que c'est à cause des voleurs mais elle dit que c'est pour protéger les couleurs des tissus, « La soie craint la lumière ». Je sais pas si elle craint la lumière mais en tout cas, elle craint pas trop la poussière parce que chez elle ça sent partout la poussière, une odeur de vieux, chez Mamoune ça ne sentait pas ce vieux-là, elle aérait dès qu'il ne pleuvait pas, chez elle ça sentait le vieux propre, la cire, la javel et l'eau de Cologne dans sa salle de bains. En fait, la bibliothèque, c'est la seule pièce où Mme Simone ne ferme pas les volets, avec sa chambre, la cuisine et la salle de bains, j'ai pensé que c'est pour ça qu'elle veut la repeindre, ça doit être son bureau et c'est vrai qu'elle en a besoin, le plafond cloque, les fenêtres sont toutes pourries, on voit que l'eau passe quand il pleut. Repeindre tout ça, oh ! là, là ! Heureusement, Anna dit qu'elle n'y voit plus grand-chose, elle ira pas se mettre à quatre pattes ou grimper en haut d'une échelle pour inspecter, enfin, si – possible –, elle a l'air chiante, la mémé. En plus, il y a un foutoir ici, des papiers, des livres, un énorme bureau qui doit bien sûr être très fragile avec des pieds qui se branlent, des fauteuils, la vieille bibliothèque pleine jusqu'en haut, des tableaux et deux statues, et puis le panier du chien, en plein milieu.

« Voilà. Il y a un peu de travail mais les murs sont sains. » Je commençais à comprendre et j'ai pensé : si elle le dit, c'est qu'ils doivent être pourris comme tout dans son appart. « Bien entendu, il faut d'abord tout vider et bâcher, il faut un chantier propre. Je veux rendre la pièce gaie alors on va la repeindre en rose. C'était le bureau de mon mari, autrefois. Mais maintenant, c'est la chambre de cette vieille dame. » Elle nous a montré le chien. « Prune fait de la dépression et la dépression du vieillard, c'est quelque chose de terrible. Alors, je veux égayer ses vieux jours, je veux qu'elle voie la vie en rose. C'est déprimant pour elle de vivre dans cette pièce grise, vous ne trouvez pas ? » On s'est regardés avec Anna. Elle est complètement jetée, la comtesse ! Enfin, trois cents euros. Trois cents euros et ce que j'ai déjà gagné, c'est plus de la moitié du voyage. Mais combien de temps on allait mettre ?

On lui a proposé de commencer le vendredi après les cours, on finit à trois heures, puis tout le week-end, pareil la semaine d'après, on a compté deux week-ends pour tout faire parce qu'il faut encore que je garde du temps pour mes devoirs et que je trouve d'autres boulots pour arriver jusqu'à sept cents ou huit cents euros mais je serai plus loin du but et de me le dire, ça m'a donné une pêche d'enfer.

Sur le moment, je n'ai pensé qu'à cet argent, je le voulais tellement et je n'ai pas réfléchi à un problème : comment expliquer à Marlène que je ne serai pas là le samedi et le dimanche toute la journée. Anna a proposé que je dorme chez elle le samedi soir, sa mère acceptera sûrement, et qu'on dise que je suis invité à la campagne par un copain, par exemple Thomas, ça pourrait marcher si Marlène ne vérifie pas, je pensais pas qu'elle le ferait, par contre, elle pourrait avoir prévu quelque chose pour elle et compter sur moi pour garder Sophie.

Il y a des fois où on a de la chance et dans mon cas, ça vaut le coup de le dire.

Anna a demandé à sa mère qui a accepté tout de suite, elle est super-sympa.

Du coup, maintenant, c'était à moi de parler. Le soir, je me stressais, je me récitais dans ma tête les mots que j'allais dire à Marlène pour lui demander, je les savais par cœur mais j'avais peur de pas y arriver, je redoutais sa réaction, quand tout à coup avant que je parle, je n'avais pas ouvert la bouche et j'étais déjà la langue sèche, Sophie a dit sans hésiter, toute contente et sûre d'elle : « Samedi, Pauline m'invite en week-end dans leur maison de campagne ! Tu veux bien que j'y aille ?

– Mais bien sûr si ça te fait plaisir.

– Tu pourras appeler sa mère pour lui dire que tu es d'accord ? »

J'en ai profité, je me suis lancé :

« Moi aussi… moi aussi je suis invité… par Thomas…

– C'est très bien. Ça me fera un week-end tranquille. Il faut aussi que j'appelle sa mère ?

– Non, je lui dirai, c'est pas la peine. »

Et voilà ! Je m'en faisais une maladie et c'est passé tout seul. Elle ne m'a même pas demandé leur numéro de téléphone. Je ne lui ai pas fait remarquer mais si elle voulait me joindre, s'il lui arrivait quelque chose, elle ne pourrait pas.

Le vendredi à quinze heures quinze, on était chez Mme Simone. On voulait aller vite pour enlever les meubles, surtout pas perdre de temps, mais elle restait au milieu et elle arrêtait pas de répéter : « Attention, attention, c'est fragile. Non, le fauteuil, pas comme ça, pas comme ça, par en dessous ! Aïe ! attention aux moulures de la porte !... Mais vous ne vous rendez pas compte, c'est un bureau Empire, pas une table Ikea, enfin !... » Et le panier de ton chien, c'était le berceau de Napoléon ? C'était trois fois plus long avec cette vieille maniaque. Il faisait déjà nuit quand on s'est attaqués à vider la bibliothèque. Heureusement, elle est allée regarder son jeu à la télé dans sa chambre, elle ne le rate jamais, et on a pu accélérer. « Mais attention, hein ! attention à ne pas renverser les livres en les portant dans le salon, surtout l'*Histoire naturelle* de Buffon en quarante-huit volumes, mon mari y tenait énormément, et l'*Encyclopédie...* » Nous, on vidait, c'est tout, on regardait pas les titres, en plus, sur les vieux livres reliés, ils sont tellement usés, les titres sont effacés et même la couverture part en morceaux et de la poussière, de la poussière !... Anna était sur l'escabeau en bois de la bibliothèque, moi sur un escabeau en fer, on s'est mis à tousser en même temps et ça nous a fait rire. En enlevant des gros livres très lourds sur l'étagère tout en haut, c'était *Les Annales de la Revue de géographie*, j'ai trouvé un *Playboy* et un *Lui* avec des femmes nues en couverture. Sur *Lui*, il y avait une blonde bronzée, blonde de partout et bronzée de partout aussi, avec un corps très jeune, des seins ronds, le sexe rose, j'étais super-gêné, pas à cause de ça parce que j'en ai déjà vu, avec Thomas on a regardé un porno sur internet en cinquième, enfin, un bout, mais à cause d'Anna qui était en bas et qui se demandait ce que je fabriquais, j'ai eu d'un coup les joues, les oreilles chaudes, j'ai voulu remettre les magazines mais c'est idiot puisqu'on doit tout vider, ça va forcément se voir, alors, je suis descendu avec en prenant l'air d'un mec qui se marre et j'ai dit à l'oreille d'Anna : « Regarde ce que j'ai trouvé ! » Elle s'est marrée. Elle les a feuilletés. « Elles sont belles. Elles te plaisent ? Ben, rougis pas. Tu sais, j'en ai déjà vu des pornos, je sais ce que c'est.

– Tu… Qu'est-ce qu'on en fait ?

– Tu veux les garder ?

– Non !

– Alors, on les met sous des bouquins et on les rangera avec à la fin. »

Elle est allée les cacher sous une pile en disant : « Ce n'est pas pour rien qu'on dit que les hommes sont des cochons. »

« Qu'est-ce qui vous fait rire, les enfants ? » La comtesse est revenue.

« Non, rien. »

Je suis remonté prendre les livres qui restaient et là, j'ai découvert un paquet de lettres. Je les ai descendues avec des livres. Mme Simone les a vues.

« Qu'est-ce que c'est que ces lettres ?
– Je ne sais pas, elles étaient derrière les livres.
– Donne-les-moi. »

Elle les a emportées dans sa chambre. On a fini de vider, il restait presque plus rien. Tout à coup, on l'a entendue gueuler, oui, gueuler, je croyais pas qu'elle pouvait gueuler si fort : « Salaud ! L'ordure ! Putain d'enfant de salaud ! Je le savais, je le savais ! Et il me jurait que non, rien du tout ! Saloperie ! Fumier ! Putain d'enfant de salaud !... »

Anna et moi, on n'osait plus bouger, plus parler, pas faire de bruit. Et puis, on n'a plus rien entendu. Alors, on a fait comme si tout était normal. Anna a dit doucement : « On va étendre les bâches pour protéger le parquet. » On a commencé à les déplier, à les scotcher le long des murs, ça faisait des bruits de plastique. Anna m'a chuchoté dans l'oreille : « Heureusement qu'elle n'a pas vu les *Playboy* en plus ! » Juste à ce moment-là, Mme Simone s'est mise à pleurer, ça faisait : « hui, hui » comme des petits cris de souris mais c'était très triste et ça m'a fait de la peine pour elle, qu'une vieille femme aussi vieille pleure encore, qu'elle ait encore des larmes et le cœur brisé d'amour et je me suis dit, à son âge, si on attrape un grand chagrin comme ça, est-ce qu'on en meurt ?

On ne savait pas trop ce qu'on devait faire. C'est là que j'ai regardé ma montre : huit heures et demie, merde, merde, merde ! je devais rentrer à six heures, six heures et demie maxi, Sophie a dû s'affoler, surtout que Marlène dîne pas là, elle a dû l'appeler, c'est la catastrophe, qu'est-ce que je vais raconter, tant pis mais vite on se tire maintenant. J'ai toqué à la porte de la chambre de Mme Simone qui a reniflé, s'est mouchée, s'est raclé la gorge : « Oui ? » On lui a dit au revoir et à demain.

Avec Sophie, ç'a été exactement comme je craignais, elle s'est précipitée dès que j'ai ouvert la porte. « Où tu étais, David ?

– J'étais avec Anna.

– Pourquoi tu ne m'as pas prévenue ?

– Je pensais rentrer plus tôt. » Avec Sophie, on se connaît trop bien, je devine tout de suite et elle aussi. J'ai deviné à sa tête.

« Tu l'as appelée ! T'as pas pu t'en empêcher ! Pourquoi tu l'as appelée ? Tu savais bien que j'allais revenir !

– J'ai attendu jusqu'à huit heures et quart.

– En plus ! Tu l'aurais appelée à sept heures, encore… ça passait.

– D'habitude, tu es toujours là.

– C'est pas comme d'habitude et ça sera pas toujours comme d'habitude. Maintenant, tu as dix ans, tu peux grandir un peu, non ?

– Pourquoi tu dis ça ? Tu veux partir ?

– Mais non. Mais t'es pas obligée de paniquer parce que je rentre tard. Qu'est-ce qu'elle a dit ?

– Que je la rappelle si t'étais pas rentré à dix heures.

– Tu veux savoir pourquoi j'étais pas là ?

– Pourquoi ?

– Parce que je travaille.

– Tu faisais tes devoirs avec Anna ?

– Je travaille pour gagner de l'argent. J'étais chez une vieille, je repeins son appart.

– Tu sais peindre ?

– Je me débrouille. » J'ai pris un temps et je lui ai dit : « Je veux gagner de l'argent pour qu'on parte en voyage tous les trois, Marlène, toi et moi, on va aller en Italie au bord d'un lac dans les montagnes mais c'est une surprise. » J'ai vu les yeux de Sophie s'allumer, deux bougies, deux flammes, et son sourire, un sourire !... Elle m'a sauté au cou.

« En Italie ! C'est vrai ? Mais c'est génial, tu es génial, David ! » Elle l'a répété plusieurs fois, elle m'a embrassé sur la joue, smack ! avec un grand bruit et j'étais fier. « Mais quand ?

– Je ne sais pas encore. À Pâques ou pendant les grandes vacances. À Pâques, ça risque d'être difficile, enfin, ça va dépendre. Pour l'instant, j'ai pas encore l'argent, tu vois.

– J'ai soixante euros si tu veux. Mamie m'a donné trente…

– Ah ! oui, oui, c'est gentil mais il faut beaucoup plus. C'est pour ça que pour l'instant tu dis rien à Marlène.

– Juré. » Elle a réfléchi. « Si tu veux, je la rappelle, je lui dis que tu es rentré et que c'est moi qui me suis trompée, que tu m'avais prévenu que tu étais chez un copain pour faire un devoir de maths et que j'avais oublié. »

Elle l'a fait, ça a duré deux secondes.

« Alors ?

– Elle a dit "Ah bon, très bien, bonne nuit, dors bien, chérie", il y avait du monde autour d'elle, beaucoup de voix, de la musique et je l'ai entendue rire en raccrochant. Elle était très gaie. Tout va bien, tu vois. »

Dans le noir quand on était couchés, Sophie m'a demandé : « Et quand est-ce qu'on lui dira ?

– Quoi ?

– Pour le voyage.

– Quand j'aurai l'argent. » J'avais une question moi aussi mais j'hésitais, ça me gênait de la poser à haute voix mais en même temps je me la pose tout le temps dans ma tête : « Tu crois que ça lui plaira ? » Sophie n'a pas répondu tout de suite. « En tout cas, on n'est jamais partis en voyage tous les trois. »

14

Le week-end a passé à une vitesse ! Catherine, la mère d'Anna, nous a donné des vieux vêtements qui craignent rien pour peindre et on était pliés de rire en les mettant. Anna avait un vieux tee-shirt avec écrit « I love you » qui lui arrivait aux genoux et un bas de pyjama troué trop petit qui lui faisait comme un collant rose fluo, moi, elle m'avait trouvé une chemise de son mari, enfin son ex, qui me faisait aussi une robe, et un jean du frère d'Anna, du douze ans, il m'allait juste bien, mes deux jeans aussi, c'est du douze ans, mais comme je les ai depuis déjà longtemps, je ne regardais jamais la taille en m'habillant tandis que là, de le lire sur l'étiquette, ça m'a fait un coup, Anna aussi est petite, c'est pas une raison, est-ce que je vais bientôt commencer ma croissance ? J'ai des poils qui poussent mais mon zizi est toujours petit et je ne sais pas si c'est normal, est-ce que ça arrive qu'on ne grandisse pas ? Bon, on grandit surtout, enfin le plus, entre quatorze et quinze, donc ça devrait être à partir de l'été mais j'ai vu aussi qu'il y a des exceptions. Catherine nous a acheté des bonnets en plastique en plus, des espèces de sacs-poubelle avec une ficelle élastique qu'on se met sur la tête pour ne pas avoir de peinture dans les cheveux, elle pense à tout.

On a d'abord lessivé, il y avait un jus noir, on changeait le seau tout le temps. Ensuite, on a frotté les cloques et les écailles avec des grattoirs. Le problème, c'est que du côté des fenêtres, tout était pourri, on voyait même le jour par une grosse fente et un morceau de plâtre énorme est tombé, carrément un bout de mur, on s'est marrés bêtement mais on n'a pas arrêté de rire tout le samedi en travaillant, en même temps, on était emmerdés parce qu'on serait incapables de reboucher un trou pareil, alors, on a remis soigneusement le morceau à sa place et on a essayé de le faire tenir avec l'enduit, on s'est dit qu'en séchant ça irait et on se bidonnait comme des baleines. On a eu du mal avec l'enduit parce qu'il durcissait vite, ça faisait des boulettes, alors on a rajouté de l'eau et ça a fait une soupe avec des grumeaux, on riait, on riait, j'avais jamais eu un fou rire à ce point, on s'est assis par terre, on s'est presque couchés tellement on riait et on a continué en tartinant les murs comme on a pu là où on a gratté.

Si on s'est autant marré, c'est parce que Mme Simone est sortie. On redoutait de l'avoir sur le dos comme vendredi mais elle était pas dans son état normal, on l'a senti en arrivant, on aurait dit qu'elle s'en foutait maintenant de sa bibliothèque. Elle est restée dans sa chambre et au bout d'une heure, elle est passée avec son manteau de pauvre et son bonnet et son cocker en laisse, elle a dit : « Je sors promener Prune. » Elle est revenue au bout de deux heures. L'après-midi, elle est ressortie, toute seule, sans le chien, je pense qu'elle a raconté ses malheurs à la gardienne et peut-être à quelqu'un d'autre, à une amie. Pour nous, c'était parfait, on avait la paix.

La mère d'Anna nous a préparé une raclette pour le dîner. On a bu du thé et sa mère du vin blanc. On était seulement nous trois parce que son frère et sa grande sœur sortaient, ils sortent presque tous les samedis soir. Anna avait allumé des bougies. À la fin du dîner, Catherine nous a proposé un peu de vin et c'est incroyable, j'en avais jamais goûté, Marlène nous l'a toujours défendu et même quand il restait un fond de verre à la cuisine, j'y ai jamais touché. C'est fort, c'est chaud, ça brûle, j'ai bu à peine la moitié d'une moitié et déjà j'ai eu la tête qui tourne.

Comme elle est psychologue ou psychanalyste ou psychiatre, enfin psy-quelque-chose, j'avais peur qu'elle me pose des questions sur ma famille. J'avais décidé que je lui raconterais n'importe quoi, j'ai pas envie qu'on pense qu'on est une famille spéciale tout ça parce que Marlène ne veut plus voir sa mère et qu'elle ne voit presque jamais son père, juste à déjeuner de temps en temps et sans nous, alors, je m'étais préparé, je dirais la vérité sur papi et mamie mais que du côté de ma mère ils sont déjà morts, grand-père a eu un cancer du poumon, il fumait comme un pompier, d'ailleurs, c'est con comme expression, on devrait dire comme un incendie, et grand-mère est morte de la grippe, euh, non, d'une crise cardiaque, ça fait plus sérieux, on l'a enterrée cet automne, voilà, et je parlerais pas de Mamoune… Mais justement Catherine ne m'a posé aucune question sur ma famille, elle m'a posé des questions sur moi, sur ce que j'aime, sur ce que je veux faire plus tard et je n'en sais rien pour l'instant, j'aime la nature, le vent, le soleil, les paysages, la mer, j'aime bien dessiner, j'aimerais faire du bateau, j'adore *Thalassa*, ça me fait rêver, et puis savoir écrire comme Marcel Pagnol. Mais ce que je vais devenir, quel métier, ce que sera ma vie… je n'imagine pas. Ça m'a troublé d'être incapable de me voir dans dix ans, dans quinze ans parce que Anna a dit qu'elle, au contraire, elle se voit, elle est sûre qu'elle aura des enfants et qu'elle s'occupera d'enfants, par exemple pédiatre ou professeur, en tout cas un métier avec des enfants.

J'ai dormi avec Anna dans sa chambre, sur un futon. C'est drôle, pour la première fois que je dormais chez quelqu'un, c'est chez une fille. En pyjama, j'étais un peu gêné, elle aussi. Elle a sauté dans son lit sous sa couette. Elle est très jolie, gracieuse et ça se voit qu'elle fait de la danse. Je me suis dit qu'elle en est au même développement physique que moi mais en fille et je ne sais pas si c'est à cause de ça mais je me suis mis à imaginer son corps, ses seins sous son tee-shirt en coton rose, petits, pointus, je les devinais à travers, ses fesses toutes fraîches pendant qu'elle sautait dans son lit, elles sont sûrement blanches et douces, et sous l'élastique de son pantalon, ses poils, son duvet, sa fourrure, je me demandais ce qu'elle a déjà, et même ses lèvres comme la fille de *Playboy*, ça m'est venu dans la tête d'un coup comme une chanson, j'ai vu ces images d'elle nue, peut-être à cause de sa bonne odeur de savon et de peau toute propre. Ça m'a surpris, j'ai ressenti une chaleur, j'ai eu peur de bander et je me suis vite allongé sous ma couette. On a parlé un peu de la vieille, Anna a dit : « Elle l'aimait, elle le regrettait, maintenant, elle va le détester », et on s'est dit qu'il fallait qu'on arrive à passer la première couche demain, Mme Simone veut trois couches, mais ça sera dur parce qu'on a prévu d'arrêter vers quatre heures pour avoir le temps de faire nos devoirs, il y a une grosse interro de maths, le bilan du trimestre, et un contrôle d'histoire cette semaine, j'ai pas du tout remonté au deuxième trimestre, j'ai même baissé, j'aime mieux ne pas y penser, même en rédaction, Mme Bijouty m'a dit que j'ai bâclé mes deux derniers devoirs et que je dois me ressaisir. Ça me fout les boules parce que c'est vrai, j'ai pas fichu grand-chose, pas tellement révisé, je ne travaille pas à la maison, enfin, le minimum, je suis lucide, mais aussi, c'est difficile de tout faire. Je me rappelle que j'ai dit à Anna : « J'espère que Mme Simone ne va pas trouver les *Playboy* sous les livres. » Anna a éclaté de rire. « Je l'imagine à minuit en train de crier devant son chien qui comprend rien et qui entend rien, en plus, j'ai remarqué, il est sourd, "Oh ! non ! Alfred !".

– Pourquoi, Alfred ?

– Je ne sais pas, un prénom de comte, ou Alphonse, ou René, mettons. "René ! Putain d'enfant de cochon !" » On a ri tous les deux. Après, je ne me souviens plus, je crois qu'Anna me parlait quand je me suis endormi. J'ai fait un rêve terrible qui m'a réveillé en nage très angoissé à deux heures du matin – deux heures cinq, je l'ai vu à la montre de mon père, les aiguilles sont phosphorescentes – j'arrivais presque plus à respirer, je me suis assis sur la couette, Anna dormait tranquillement, j'avais mon rêve très clair qui me faisait encore peur. Au début, je vois un homme barbu, bronzé, un marin, un vieux loup de mer, j'aime beaucoup l'expression, il est sur son bateau, un grand voilier avec deux voiles blanches, ses yeux brillent au soleil et je ne sais pas qui il est. Sur le pont du bateau, une fille est allongée torse nu sur le ventre et la moitié de ses fesses dépasse de son maillot de bain, un petit crabe grimpe sur elle et disparaît entre la raie de ses fesses. L'homme tient la roue du gouvernail, il voit que la voile flotte, il n'y a plus de vent et le bateau n'avance plus, il fait *clap*, *clop*, je remarque qu'il porte la montre de mon père à son bras et je comprends qu'en fait, l'homme c'est moi. Je regarde là où était la fille, à la place il y a un éléphant énorme qui fait pencher le bateau, j'ai peur qu'il coule. À ce moment-là, je vois Marlène qui court sur un sentier sur la falaise, je veux la prévenir, je crie mais il n'y a presque aucun son qui sort : « Attention, attention ! », trop tard, elle tombe et disparaît dans l'eau juste devant le bateau, heureusement, je suis à côté, je plonge pour la sauver, seulement sous l'eau je ne la vois pas, je ne comprends pas, ce n'est pas normal, elle est tombée juste là, je continue, je vais plus profond, toujours plus profond, je ne vois rien, je commence à manquer d'air, j'étouffe, il faut que je remonte à la surface mais je ne veux pas l'abandonner, il faut que je la trouve, je continue et je sens que je me noie, que je suffoque, que je vais mourir, j'ai mal dans la poitrine, une douleur horrible, je ne la vois pas, où elle est ? où elle a disparu ? J'ai mal et là, enfin, je me réveille.

La première couche, le dimanche, on s'en est plutôt bien tirés. La seule chose, c'est que là où on a rebouché les fentes avec de l'enduit, quand on a poncé avant de peindre, ça n'a pas très bien tenu, alors, on a refait un peu d'enduit, on en a remis et on a peint par-dessus mais c'était pas encore sec et du coup, c'était pas lisse, enfin, avec les deux autres couches, on s'est dit que ça devrait plus trop se voir et puis la vieille maintenant avait l'air de s'en foutre de sa bibliothèque, elle est restée toute la journée dans sa chambre devant sa télé.

Je crois que je n'ai jamais été aussi impatient d'être vendredi et je me grisais en pensant aux trois cents euros qu'on aurait le dimanche soir si on finit comme prévu.

Sophie était encore plus excitée. Depuis qu'elle sait, elle m'en parle tout le temps et elle se demande comment elle pourrait gagner de l'argent en même temps que moi pour qu'on ait plus vite assez pour partir mais à dix ans c'est vraiment trop petit même pour des baby-sittings. Par contre, je peux compter sur elle pour raconter à Marlène les mêmes histoires que moi. Il faut bien qu'on invente où je vais quand je suis pas là. Pour le nouveau week-end, j'ai inventé un anniversaire chez un copain, des révisions avec Thomas, chez lui, bien sûr, et que j'aide Anna à repeindre la chambre de sa grand-mère. Marlène n'ira pas vérifier, ça lui est égal du moment qu'elle n'est pas coincée à la maison et Sophie lui a dit qu'elle est d'accord de rester seule dans la journée. En plus, cette semaine, ça tombait bien, Marlène a été de bonne humeur. C'est plus facile dans ces cas-là, ça passe plus facilement. Pourtant, je ne sais pas lui mentir, j'ai eu l'impression que ça s'entendait mais je crois qu'elle ne m'a pas écouté, elle pensait à autre chose. Son téléphone a sonné et c'était beaucoup plus important pour elle. Après, on n'en a plus reparlé.

Quand je réfléchis, je me dis que c'est trop con ce qui s'est passé chez Mme Simone et ça prouve que je suis vraiment abonné aux problèmes même si je n'y suis pour rien. On est arrivés tout contents, Anna et moi, à quatre heures et demie le vendredi. Mme Simone nous a ouvert. Elle nous a dit bonjour à voix triste et on a senti qu'elle était toujours aussi mal que la semaine dernière. On a enfilé nos habits de peintres et on a attaqué la deuxième couche. On a eu du mal à essorer les rouleaux et les pinceaux qu'on avait mis à tremper dans une bassine d'eau avec du white-spirit. On n'avait pas assez de chiffons pour les essuyer et comme Mme Simone n'avait pas l'air de bonne humeur, on n'a pas osé lui demander. On s'en est mis plein les mains qui étaient toutes collantes. Heureusement qu'on avait les bonnets en plastique parce que, quand on a commencé la deuxième couche avec les rouleaux au plafond, ça dégoulinait et on était couverts de gouttes. Évidemment, ça n'a pas loupé, Anna s'est mise à rire en voyant ma gueule pleine de peinture et elle, c'était pas mieux mais je ne sais pas pourquoi, j'avais pas envie de rire, je voulais avancer, finir vite, je trouvais ça dégueulasse, cette peinture qui me collait de partout. Avec ce rouleau mouillé qui ne marchait plus bien, la peinture ne s'étalait pas comme il faut, et comme il faisait déjà nuit, on n'y voyait pas clair, on avait juste un halogène pour s'éclairer qui projetait des ombres au plafond. La vieille est apparue comme un fantôme sans faire de bruit, je ne l'ai pas vue tout de suite parce que j'étais la tête au plafond, je suppose qu'elle a dû voir Anna se marrer. Elle nous observait avec des yeux sévères, alors, je lui ai dit : « Ça va tout changer. Quand on aura passé les trois couches, ça va être superbe. » Elle a dit : « Faites attention à la bibliothèque.

– Ne vous inquiétez pas, madame. »

Anna continuait à peindre. Une goutte est tombée sur le nez de Mme Simone qui l'a essuyée.

« J'ai rendez-vous chez le médecin. Je laisse Prune, elle dort dans ma chambre.

– Oui, madame. »

Elle est partie tête sinistre. J'ai dit à Anna : « Tu lui as envoyé une goutte sur le nez.

– Ah bon ? » Elle a ri encore.

En fait, Mme Simone, je me suis dit qu'elle allait sûrement chercher la petite bête, qu'elle allait peut-être devenir spécialement pénible pour se venger de son mari qui l'a rendue malheureuse, c'est souvent comme ça, on se venge sur les autres qui n'ont rien fait, et moi avec Mme Simone, j'ai eu le pressentiment.

On peignait les fenêtres au pinceau quand Prune qui doit être bigleuse ou gâteuse ou les deux ou simplement stupide est entrée dans la pièce sans qu'on s'en aperçoive, s'est mis les quatre pattes dans le bac qui nous servait pour les rouleaux et s'est même assise dedans sur son derrière ! Anna l'a vue, elle a crié : « Non mais ça va pas ! Sors de là tout de suite ! » La chienne a eu peur et elle a filé aussi vite qu'elle pouvait sur ses vieilles pattes dans la chambre de Mme Simone en dandinant son derrière rose et en laissant des empreintes roses sur le sol. On l'a rattrapée, Anna l'a prise sous le ventre pour qu'elle ne pose plus ses pattes par terre. Il y avait des marques sur le parquet de la chambre. On a d'abord voulu lui nettoyer les pattes et le derrière avec le white-spirit mais nos chiffons étaient déjà pleins de peinture, ç'a été encore pire. Alors, on s'est dit qu'on allait lui couper les poils qui avaient du rose. Comme elle a les poils trop longs, surtout au bout des pattes, ça ne se verrait pas trop. Pour le derrière, on a eu peur de trop couper, on a eu une autre idée, on a versé du white-spirit dans le bidet de la salle de bains et on a trempé Prune dedans, elle a hurlé, elle s'est débattue, elle a essayé de nous mordre, on l'a empêchée de sortir de la salle de bains, Anna a compris ce qu'elle avait : le white-spirit, c'est de l'alcool et ça lui a brûlé la zézette. On l'a rincée à l'eau avec la douche et on l'a essuyée avec une serviette. Finalement, on a réussi à presque tout enlever à part une touffe de poils entre les pattes arrière mais il fallait mettre le chien sur le ventre pour la voir. On a frotté tant qu'on a pu les taches sur le parquet de la chambre, c'était aussi catastrophique que sur les étagères. J'ai fouillé dans la cuisine en espérant que la vieille rentre pas à ce moment-là et j'ai fini par trouver de la cire. On en a mis sur les taches qui se voyaient encore un peu mais moins après. On avait juste fini tout ça quand elle est arrivée. On a fait semblant que tout allait bien et elle a eu l'air de rien remarquer.

Mais le lendemain, dès qu'elle a ouvert sa porte, on a compris… Elle était toute pâle dans des habits noirs, les joues toutes blanches, les yeux tout noirs de maquillage – et les lèvres rouge foncé comme si elle s'était peinte avec des feutres, on aurait dit un vampire. « Entrez… »

Elle était glacée, sa main, sa voix, elle faisait peur. Elle nous a emmenés jusqu'à la bibliothèque sans dire un mot. On a jeté un œil pour voir comment ça faisait au jour, c'était pas si mal, c'était... rose, propre. La bâche était couverte de peinture mais sinon, l'impression était bonne. On a hésité à dire quelque chose, à préparer nos affaires, on s'est regardés, Anna et moi, on sentait le malaise mais on essayait de faire comme si tout était normal. Anna a commencé à dire : « On doit finir la deuxième couche sur ce mur-là et puis on attaque la troisième... » Elle n'a pas pu finir, Mme Simone l'a coupée sèchement en lui montrant Prune. « Vous lui avez coupé les poils. » Anna s'est tout de suite défendue.

« Ce n'est pas de notre faute. Votre chien a marché dans le bac de peinture. On l'a nettoyé et comme on n'arrivait pas à tout enlever on lui a coupé quelques poils.

– Quelques poils ! Des touffes entières, je les ai retrouvées dans la poubelle de la cuisine ! Menteurs, en plus !

– Ça se voit même pas. Il avait les poils trop longs aux pattes.

– Non mais elle répond, en plus ! Sale petite peste ! Trop longs ! C'est sa race qui est comme ça ! » Je l'ai sentie de plus en plus en colère. « Et puis, vous l'avez trempée dans du white-spirit, dans mon bidet, du white-spirit pur !

– Non...

– Menteurs ! Vous n'aviez même pas vidé le bidet. Prune avait les fesses toutes rouges. Vous voulez que je vous trempe les fesses dans du white-spirit, moi !

J'ai voulu parler : « On ne voulait pas, madame, on est désolés, on voulait…

– Ça m'apprendra à vouloir aider des gosses bons à rien. Parce que non seulement vous êtes menteurs et vicieux, vous avez failli tuer mon chien mais en plus vous ne savez pas peindre, vous barbouillez, c'est ni fait ni à faire. Comme je suis une vieille dame, vous vous êtes dit que vous pourriez faire n'importe quoi, bâcler à toute vitesse et que je ne verrais rien. Parce que je suppose qu'en plus, vous pensez que je suis bigleuse ! Vous avez salopé ma bibliothèque. Et vous n'avez même pas poncé les murs, c'est du travail de sagouins. »

En parlant, elle tapait de la main sur les parties où on a rebouché les fentes avec de l'enduit. Avec son pied, elle a tapé sur le morceau de plâtre qu'on avait remis dans son trou sous une des fenêtres et là, catastrophe, le morceau est tombé. « Non mais regardez-moi ça, mon mur ! Mon mur ! » Elle le savait très bien que son mur est pourri, je suis sûr, c'est un prétexte pour ne pas nous payer, parce que je la voyais comme elle est, la vieille, maintenant : une vieille radine, méchante, qui prend des ados pour les exploiter, elle avait raison de nous prévenir, la gardienne. « Quand je pense que maintenant, non seulement je vais devoir prendre un professionnel pour repeindre mais il va me faire payer en plus pour réparer vos dégâts. Bon, alors, maintenant, vous me rangez tout et vous nettoyez les taches que vous pourrez, et après, vous filez et je ne veux plus jamais vous revoir, c'est compris ? » Anna ne s'est pas laissé intimider et elle lui a dit droit dans les yeux : « Vous devez nous payer.

– Vous aurez cent euros et estimez-vous heureux, c'est encore trop. » Je me suis écrié, c'est sorti tout seul : « Cent euros ! Mais on a dit trois cents.

– J'avais dit trois cents pour un travail bien fait, trois couches bien faites.

– On a passé deux couches. Deux cents euros.

– Et puis quoi encore ? Pour avoir manqué tuer mon chien ! Vous aurez cent et si vous n'êtes pas contents c'est le même prix et, en plus, c'est moi qui me plaindrai, j'irai voir vos parents, je leur dirai... » J'ai imaginé qu'elle aille voir Marlène. Là, je peux dire adieu à mon projet. Marlène serait encore plus furieuse que quand je me suis battu avec Martin parce que je lui ai menti, elle ne sait pas que je travaillais chez la vieille. J'ai fait un signe à Anna pour qu'on arrête de discuter. « Bon, très bien. Alors, on range et on s'en va.

– Et vous nettoyez. Et vous remettez les livres. Je vais faire repeindre mais je ne sais pas quand et je ne veux pas rester avec tout ce chantier. » Tu parles ! Tu feras jamais repeindre et t'as profité de nous et tu nous menaces d'aller trouver nos parents et je te jure que s'il y avait pas Marlène et si j'avais pas mon projet, je me serais jamais laissé traiter comme ça par une vieille salope radine…

On a rangé aussi vite qu'on a pu, les pinceaux, les rouleaux dans des pots, elle pouvait toujours se torcher pour qu'on les nettoie, on a roulé la bâche, on a gratté, frotté vite fait quelques taches sur la bibliothèque. Elle est restée tout le temps à nous surveiller. On avait plein de peinture sur les mains. On est allés se les laver après dans sa salle de bains. Pendant qu'Anna se les savonnait la première, j'ai vu dans un placard ouvert la boîte à bijoux de Mme Simone, j'ai hésité une seconde, j'ai pensé : cent euros, mon voyage et j'ai eu l'image du visage affreux de cette pourriture de comtesse qui nous arnaque, qui est vieille et méchante et qui ne mérite pas le respect ni la pitié et bien fait pour elle si son mari l'a trompée, le pauvre homme, c'est plutôt lui qui était à plaindre ! Alors, j'ai pris un bracelet en or et je l'ai fourré dans la poche de mon jean. J'ai pris la place d'Anna devant le lavabo, elle a remarqué que j'étais nerveux et bizarre. « Qu'est-ce qu'il y a ? ça ne va pas ? – On finit vite et on se tire, j'ai trop la haine. »

En rangeant les livres, j'ai fait exprès de laisser les *Playboy* traîner sous un fauteuil du salon pour qu'elle les trouve un jour, quoique je suis pas sûr qu'elle vienne jamais dans cette pièce, il y a tellement de poussière.

Elle nous a quand même filé les cent euros quand on est partis.

On s'est retrouvés dans la rue, il était tard, plus de

huit heures, je savais que Sophie ne s'inquiétait pas maintenant qu'elle était au courant mais il valait mieux que je rentre vite. Anna était en colère contre la vieille et très embêtée et surtout triste, elle s'en voulait comme si c'était de sa faute ce qui s'est passé parce que c'est elle qui a trouvé ce travail.

« C'est pas grave, Anna. Tu ne pouvais pas savoir que c'était une vieille sorcière salope et avare. On ne s'en est pas si mal tirés.

– Et puis, on va trouver autre chose.

– Oui. Et puis, on n'a pas que les cent euros. Regarde. » J'ai sorti le bracelet de ma poche.

« Qu'est-ce que c'est que ça ?

– Elle a plein de bijoux dans une boîte dans sa salle de bains. Si ça se trouve, elle s'en apercevra même pas.

– T'es fou ! Évidemment qu'elle va s'en apercevoir ! Elle compte tout, elle est maniaque, tu as bien vu ! Elle va nous accuser, elle va porter plainte ! Mais qu'est-ce qu'il t'a pris !

– Ça lui apprendra ! Tu vas pas la plaindre quand même cette vieille vache ?

– Elle va nous accuser, elle va faire un scandale !

– Elle n'a pas de preuve, elle ne peut pas nous accuser sans preuve.

– Elle dira qu'il y a que nous qui sommes venus chez elle. On va remonter, on va dire qu'on a oublié quelque chose, des clefs par exemple, on va faire semblant de les chercher et tu te débrouilleras pour remettre le bracelet dans la salle de bains ou si tu as peur je vais le faire. »

Je ne comprenais pas pourquoi elle réagissait comme ça, comme si j'avais fait quelque chose de mal, merde ! Et puis j'ai pensé au voyage et j'ai dit à Anna :

« Non. Non, je le garde. On va le vendre. Ça vaut peut-être…

– Si tu fais ça, je te parle plus. C'est du vol, c'est grave. Tu n'es pas comme ça, David, je le crois pas. » J'ai rien répondu. « En plus, j'aurai des ennuis à cause de toi.

– Tu n'auras qu'à dire que c'est moi. Que c'est moi le voleur. Puisque tu me trouves dégueulasse…

– Mais David, tu ne te rends pas compte…

– Si, je me rends compte. Je me rends compte qu'on s'est fait avoir par une vieille voleuse qui nous devait trois cents euros et déjà c'était pas cher, la gardienne l'a dit, elle nous a volés alors on se rembourse, c'est tout.

– Ce n'est pas parce qu'elle est dégueulasse qu'il faut être pareil. C'est du vol, David. Il faut lui rendre.

– Et si je lui rends pas ?

– Si tu lui rends pas… ça me décevrait.

– J'en ai rien à foutre. Tu fais ce que tu veux, moi aussi.

– Très bien. »

Elle s'est éloignée et puis elle est revenue et elle a encore essayé de me convaincre et ça m'a vraiment trop énervé qu'elle me parle comme si je suis un gosse qui a fait une grosse bêtise et qu'elle est ma mère. « Je marche pas au chantage, moi, tu m'emmerdes !

– Tant pis pour toi ! Pauvre con ! »

Elle est partie, les joues toutes rouges. Je suis sûr qu'elle pleure. Et merde ! merde ! Pourquoi j'ai pété les plombs comme ça ? Pourquoi je peux être aussi violent ? « Anna ! Anna ! » Elle n'a pas entendu. Elle court maintenant. Merde ! Enfin, quoi ! on ne va quand même pas faire toute une histoire pour le bracelet de cette vieille pétasse fripée qui en a plein et qui a profité de nous et nous a escroqués ! Elle n'a que ce qu'elle mérite, merde ! J'en ai vraiment marre, moi, marre mais marre ! Putain de vie de merde ! Combien il vaut, ce bracelet ?

15

J'ai eu la réponse. Je suis entré dans une bijouterie. J'en ai repéré plusieurs avant de me décider. Quand on voit les vitrines, les portes avec des alarmes et des caméras de contrôle et surtout la tête des vendeurs qui s'y croient trop, super-snobs, qui te regardent déjà par la vitre comme si t'étais un pauvre, t'as vraiment pas envie de rentrer, tu te sens trop mal à l'aise. Finalement, j'ai découvert une boutique qui faisait moins chic avec un vieux monsieur tout seul à l'intérieur, il n'avait pas de client, il avait l'air de s'ennuyer et il avait une bonne tête avec des lunettes et une moustache grise très longue comme Gepetto dans mon livre de *Pinocchio* que Mamoune m'a offert à un Noël. Et puis, deux dents en or et j'ai pensé : c'est parce qu'il est bijoutier. Il a examiné le bracelet avec une loupe et il a eu un sourire, presque un rire.

« Où tu l'as trouvé ? » J'ai menti en évitant ses yeux qui me fixaient. « Dans la rue, dans le caniveau.

– La personne qui l'a perdu n'a pas perdu grand-chose. » J'étais très déçu. « Ah bon ? » Mais je me disais que ça devait valoir au moins cent euros, ça me ferait quatre cents au total, quatre cent quarante, avec les cent de la vieille, plus de la moitié ! peut-être même qu'on pourrait partir avec moins, il faut que je recalcule sur internet le prix de chaque chose, le car, le train, l'hôtel, le camping… « Ça vaut combien ?

– Je sais pas. Vingt euros…

– Vingt euros !

– C'est du toc. »

Du toc !... Toute cette affaire, les risques et tout ! pour du toc !... Non seulement je passe pour un voleur, pour un salaud mais en plus, pour rien ! Enfin, vingt euros, c'est toujours ça de gagné.

« Je veux bien vous le vendre à ce prix-là.

– Mais je ne veux pas te l'acheter, mon garçon. Je suis bijoutier, je vends des objets de valeur, des pierres, de l'or, de l'argent, pas du toc. Tu n'as qu'à l'offrir à ta petite amie, ça fait de l'effet, malgré tout. Ou à ta mère pour la fête des Mères. Tu n'as pas besoin de dire que c'est du toc. À ton âge, on n'offre pas de vrais bijoux de toute façon… »

J'ai repris le bracelet pendant qu'il parlait encore et je suis sorti sans le regarder et sans lui dire au revoir. J'ai marché jusqu'à la maison en tripotant le bracelet dans ma poche. J'avais pas le moral. À force d'en rêver, je me sentais fatigué. C'était une mauvaise semaine. Que des mauvaises notes, en plus.

Je commençais à ne plus y croire. Peut-être que j'aurai l'argent, que j'y arriverai. Mais est-ce qu'on partira ? Est-ce qu'elle viendra ? Et si on part, est-ce que ça changera la vie ? Je ne sais pas pourquoi j'ai eu cette idée. Parce que Mme Bijouty nous a parlé des voyages qui changent une vie ? Mais c'est dans les livres, dans les histoires. Quand je suis rentré, Marlène était au téléphone, très gaie, elle riait. Je lui ai dit bonsoir et c'est comme si j'existais pas, elle a continué à parler et je suis parti dans notre chambre. Tout à coup je me disais : tu crois toujours qu'elle fait semblant quand elle a l'air heureuse avec les autres, mais peut-être qu'elle l'est vraiment. Et peut-être que c'est ici avec nous qu'elle est mal. Elle dit toujours qu'on la fatigue, qu'on l'épuise, peut-être que c'est vrai, en fait... Sophie a vu que j'étais triste.

« Qu'est-ce que tu as, David ? Tu as des ennuis ?

– Non. Laisse-moi... » Je me suis couché sur le dos. Elle est venue s'asseoir sur le bord du lit.

« Tu peux me dire, tu sais. » J'ai marmonné dans mon oreiller :

« Je ne sais pas si c'est une tellement bonne idée, ce voyage.

– Oh ! si. Oh ! si. Il faut que tu y arrives. Tu n'y arrives pas ?

– Si, si.

– Il faut que tu y arrives. J'en rêve, David. Moi, je ne pense plus qu'à ça. Il faut que tu y arrives, David.

Moi, je veux qu'on y aille. Ça va être tellement bien, je serai tellement heureuse, tu me feras tellement plaisir. »

Je me suis redressé sur un coude pour la voir. Elle me regardait avec des yeux d'espoir et d'admiration. Des yeux pareils, on ne peut que leur dire oui. Ça m'a ému, même bouleversé, je me suis levé en lui tournant le dos et je suis allé regarder par la fenêtre qui était ouverte. « On le fera, Sophie. Ne t'en fais pas. » Je regardais le vide et l'arbre dans la cour, sa grosse branche à trois mètres de ma fenêtre, à peu près.

Souvent, je me suis dit : et si je le faisais ? Comme un acrobate, comme Spiderman. Là, je me le suis dit vraiment et j'avais le cœur qui bat. J'essaye ou pas ? Non mais t'es con ou quoi ! Tu t'écraserais.

Je me suis retourné. Sophie ne me voyait pas. Elle était tournée de l'autre côté, vers le mur. Je suis allé me coucher. Sous ma couette, j'ai allumé la radio. Ça m'aide toujours d'entendre du bruit pour ne plus penser.

Le mercredi quand je suis venu la garder, Dominique a voulu faire des courses chez Shopi. Pendant qu'elle passait cinq minutes à choisir deux yaourts, je suis allé prendre de la Badoit. M. Gérard qui est le patron du magasin m'a dit : « C'est toi qui t'occupes de la folle maintenant ? » Il l'appelle la folle lui aussi. J'ai eu peur qu'elle l'entende, les yaourts étaient dans le rayon de l'autre côté. De l'entendre à haute voix d'un autre, j'ai réalisé que c'est blessant, cruel et injuste et j'ai juré en moi que même dans ma tête je ne devais plus l'appeler comme ça.

« Je viens voir Dominique le mercredi.

– Tu as besoin de gagner de l'argent ?

– Oui, un peu.

– Tes parents ne te donnent pas d'argent de poche ? »

Je ne voulais pas qu'il pense qu'on ne me donne rien.

« J'ai un projet mais je n'aurai pas assez avec de l'argent de poche.

– Et qu'est-ce que c'est, ton projet ?

– Un voyage… » Tout de suite, j'ai regretté de lui avoir dit. « C'est une surprise pour ma mère, il ne faut pas lui dire. » J'ai pas réalisé en le disant que c'est idiot parce que M. Gérard ne connaît pas ma mère, enfin, il ne sait pas que c'est elle.

« Ta mère ne le sait pas ?

– Non.

– Alors, tu veux emmener ta mère en voyage ? » J'ai fait oui. « Et c'est toi qui payes ? Tu veux lui payer le voyage ? C'est curieux, ça… » J'allais retourner près de Dominique quand il m'a dit : « Si tu veux gagner de l'argent, moi, je peux te proposer quelque chose. J'ai toujours besoin de gars. Mais faudra te lever tôt.

– Ça ne me gêne pas spécialement.

– Oui, bon, faut voir. Tu peux repasser ce soir ?

– Oui, d'accord. »

Le soir, il m'a expliqué ce qu'il faut faire : décharger

des cagettes et des cartons et les ranger dans le magasin entre six heures et sept heures du matin. Ça me permet de revenir petit-déjeuner avec Sophie et d'aller au collège et à cette heure-là, Marlène dort toujours, elle ne s'apercevra de rien. M. Gérard me paiera dix euros de l'heure mais il m'a prévenu : « Attention, c'est au noir, je le fais surtout pour te rendre service, s'il y a un contrôle, on dira que tu es là exceptionnellement, tu es venu avec ton cousin, Étienne, c'est mon chef de rayon produits frais (il me l'a présenté), tu travailleras avec Étienne et Aziz et s'il y a un contrôle, tu es le cousin d'Étienne, d'accord ?

– Oui, monsieur Gérard. Et vous serez là, monsieur Gérard ?

– Bien sûr je serai là. Je suis toujours là. Quand on a un magasin, tu sais, on ne fait que ça toute la journée. Tu veux commencer quand ?

– Demain si vous voulez.

– OK, demain, six heures. Et sois à l'heure, hein ? Moi je plaisante pas sur les horaires.

– Mais à sept heures, je pars, par contre. Je dois faire petit-déjeuner ma sœur et aller en cours.

– À sept heures, tu es reparti chez toi. » Il m'a tapé sur l'épaule. « À demain, mon gars. »

J'ai dit à Sophie qu'il fallait qu'on se couche tôt, je lui ai expliqué. Si je travaille chez Shopi six jours par semaine (en comptant le samedi), je gagne soixante euros par semaine plus vingt euros avec Dominique égalent trois cent vingt euros en quatre semaine. Avec un peu de chance, j'aurai un baby-sitting ou deux, bon, pas chez les Leroi évidemment, depuis la dernière fois, j'ose plus leur parler, mais si je mets une annonce dans la salle de gym de la caserne, on ne sait jamais. En tous les cas, en un mois, on devrait avoir assez pour faire le voyage.

J'ai réglé mon réveil sur cinq heures et demie. Le premier jour, j'étais excité, je me suis levé, habillé à toute vitesse, je suis sorti sur la pointe des pieds en faisant bien attention à ne pas claquer la porte et à six heures moins le quart, j'étais devant le magasin. Ça m'a étonné, il y avait plus de gens que je pensais dans la rue à cette heure-là. Un homme promenait son chien, une femme allait prendre le métro, des voitures et un bus sont passés. Le camion qui livre Shopi était garé sur le trottoir, le chauffeur buvait du café dans sa cabine en écoutant la radio, il m'a regardé en se demandant pourquoi je restais là. Dix minutes après, Étienne et Aziz sont arrivés, un à pied, l'autre en scooter. Le chauffeur a ouvert son camion et on a commencé à décharger. Moi, ils m'ont dit de pousser des cartons avec un diable, c'était pas trop dur. J'en ai aussi mis dans un caddie et je les ai amenés dans les rayons là où ils voulaient. Aziz, il sourit tout le temps avec sa moustache. Il a les yeux noir foncé mais tellement brillants qu'on dirait qu'ils ont de la lumière à l'intérieur. Il est très soigné avec un pantalon qui a toujours un pli juste au milieu et des chemises super bien repassées. Il est surtout sympa, il m'a un peu parlé, il m'a dit : « Tu vois, mon petit, toi, tu fais une expérience, tu apprends un peu la vie grâce à M. Gérard, mais il y a des pays où les gosses, ils bossent comme ça tout le temps dès sept ans. Moi, je suis né en France mais j'ai quand même quitté l'école à quatorze ans. Tu as quel âge ?

– Treize ans, presque quatorze.

– Tu veux quitter l'école ?

– Oh ! non.

– La quitte pas, surtout pas. Fais des études, passe le bac. Moi, c'est ce que je dis à mon fils et il a intérêt à bosser, parce que je veux pas qu'il fasse comme moi. »

M. Gérard est arrivé un peu plus tard, il a dit : « Dis donc, Aziz, c'est pas le moment de bavarder, toujours à bavarder, on n'est pas à Tunis, ici. » M. Gérard, on ne sait jamais s'il plaisante ou s'il pense ce qu'il dit mais Aziz, il n'a pas eu l'air de le prendre mal.

À sept heures dix, j'étais à la maison, tout s'est bien passé, Marlène dormait et j'ai réveillé Sophie, on a pris nos corn flakes, des tartines, comme d'habitude et on est partis à l'école. Quand j'ai cours à huit heures, je ne l'accompagne pas jusqu'au bout, on fait la moitié du chemin, après elle continue toute seule et moi je vais au collège par le boulevard.

Au bout de huit jours à peu près, j'ai commencé à être vraiment fatigué parce qu'en plus j'ai du mal à m'endormir le soir. Du coup, en classe, j'arrivais encore moins à me concentrer que d'habitude, je devais même faire des efforts pour ne pas m'endormir pendant les cours, j'avais envie de fermer les yeux et de coucher ma tête sur la table. Et c'est la période où on a le plus de contrôles pour le deuxième trimestre, tout tombe en même temps, je voulais me remonter, le soir, je révisais mais en maths, j'arrive pas à faire les exercices, en physique non plus. Une fois, je suis allé chez Thomas travailler ensemble. Il m'a demandé si ça va, il trouve que j'ai changé en ce moment, que je suis ailleurs. Je lui ai répondu que tout va très bien sauf en maths pour être drôle mais il voit à mes notes que j'ai des difficultés aussi dans les autres matières et je sais qu'il ne m'a pas cru. J'ai hésité à lui parler mais il y avait déjà Anna, c'était déjà trop, j'avais peur qu'elle le dise pour se venger, elle ne me parlait plus, elle m'évitait, enfin, on s'évitait. Thomas, il vaut mieux ne rien lui dire, il trouverait trop bizarre un fils qui veut payer des vacances à sa mère, lui, il a une famille où tout se passe bien, il le dit, ses parents s'entendent, ils dînent presque chaque soir tous les quatre ensemble et c'est vrai que chez eux quand je suis venu faire des maths, ça sentait bon dans tout l'appartement, sa mère fait même le pain. Il y a des choses qu'on ne peut pas comprendre tant qu'on ne les a pas vécues. Anna, je pensais qu'elle pouvait mais en fait il y a toujours une limite, on ne peut jamais se mettre à la place des autres, jamais complètement, par exemple, elle peut comprendre que j'ai envie d'offrir un voyage à ma mère, elle trouve que c'est une idée géniale, que c'est généreux, parce qu'elle ferait bien pareil un jour pour la sienne, mais elle ne peut pas comprendre que je vole un bracelet pour y arriver, que je suis prêt à tout pour ça.

Ce bracelet, je l'avais complètement oublié au fond de la poche de mon blouson, j'y pensais plus quand Anna, c'était fin mars, est revenue me parler pour la première fois. Il paraît que la vieille nous accuse de l'avoir volée, elle en a parlé à la gardienne, elle veut porter plainte à la police et trouver nos parents. Quand on fait une connerie, on finit toujours par la payer mais ça m'a trop énervé qu'Anna me dise, en plus toute gentille : « Je te l'avais dit qu'elle nous accuserait. » Elle avait raison, elle avait raison et je le savais dès le début et c'est ce qui m'énervait. Maintenant, j'étais dans la merde et Anna aussi à cause de moi. La police ! Si Marlène est appelée par la police !... alors, là, c'est encore pire que le proviseur, c'est même plus la peine de parler du voyage.

« Qu'est-ce que tu en as fait, David ? » On était dans la rue, le long du mur du collège. D'abord, j'ai répondu, agressif, en me mettant à marcher plus vite comme si on n'allait pas en parler des heures : « Qu'est-ce que tu voulais que j'en fasse ? Je l'ai revendu.

– Tu l'as revendu…

– Si tu as peur d'avoir des ennuis, tu n'auras qu'à dire que c'est moi qui l'ai volé.

– Trop pas.

– Pourquoi pas ?

– Je ne dirai jamais ça. » Elle s'est arrêtée de marcher à côté de moi. Après trois pas, je me suis retourné. Elle m'a fait un sourire timide et elle a baissé la tête, puis elle l'a relevée et elle m'a dit : « Ça m'est égal que tu lui aies pris son bracelet. Je suis désolée d'avoir mal réagi la dernière fois. Elle va nous accuser, on s'en fout. Comme tu disais, elle n'a pas de preuves. Et puis, après tout, elle n'a eu que ce qu'elle mérite. C'est toi qui avais raison. Tu l'as vendu cher, au moins ?

– Il vaut rien, son bracelet, c'est du toc.

– Tu ne l'as pas vendu cher ?

– Il ne vaut même pas vingt euros.

– On ne te l'a payé que ça ? Tu l'as vendu où ? Chez un bijoutier ? Tu es peut-être tombé sur un voleur ?

– Il n'a même pas voulu l'acheter, ça prouve qu'il ne vaut vraiment rien. Tiens, le voilà. » Je l'ai sorti de ma poche. « Ben tiens, prends-le, tu peux lui rendre.

– Qu'est-ce qu'il y a, David ?

– Rien. Prends-le, je te dis.

– Tu as peur que ta mère le sache ? »

Tout à coup, je me suis senti nul et triste, boule dans la gorge, envie de pleurer, j'ai lutté, j'ai résisté, j'ai ravalé mais ça devait se voir et Anna a cru bien sûr que c'était à cause de ma mère et elle m'a donné toutes les solutions possibles pour que Marlène l'apprenne jamais, que la gardienne Mme Leconte serait avec nous parce qu'elle déteste la vieille comtesse, que sa mère irait trouver Mme Simone et lui dire ce qu'elle pense des vieux qui exploitent des jeunes, elle avait des tas d'idées pour me rassurer, pour me consoler mais comment j'aurais pu lui exprimer ce que je ressentais soudain, j'avais du mal à le savoir moi-même, c'était des images qui me traversaient, j'ai tout le temps des images, de plus en plus : le visage d'Anna tellement… tellement ouvert et je pensais : elle m'aime, je le sais, je le vois, mais pourquoi ? Qu'est-ce que j'ai fait pour ça ? Je ne suis même pas sympa. Je croyais qu'elle ne pouvait pas comprendre pourquoi j'ai volé et voilà que c'est elle qui s'excuse d'avoir été injuste et elle veut m'aider… tellement… Et je revoyais Marlène, des images qui me faisaient mal, que je chassais mais vous savez quelquefois, on n'arrive pas à contrôler, ça vient quand même et je me disais non, pourquoi tu te mets à penser à ça ? Il y a d'autres images, des images de bonheur et je cherchais dans mes souvenirs pendant qu'Anna me parlait… mais alors j'ai revu un souvenir que j'avais oublié et qui m'a sauté dans les yeux : chez Anna le soir où j'ai dormi, sa mère est venue nous dire bonsoir, elle nous a embrassés en se penchant avec un sourire… un sourire de mère… j'ai compris que c'est ça, un sourire de mère, et à ce moment-là, j'ai revu une fois où j'étais malade, j'avais de la fièvre, je grelottais, mal partout, des couteaux dans la gorge, quand je toussais je croyais que ma poitrine allait saigner, d'ailleurs, j'avais un goût de sang, j'ai craché quelquefois un peu de sang et des saletés marron, je me revois sur le lavabo et Marlène me disait que c'est dégueulasse et qu'il faut que j'aille sur la cuvette des W-C, je ne sais plus quel âge j'avais exactement, dix ans ? J'ai vomi et elle me disait de nettoyer, elle ne s'approchait pas de moi. Et elle était énervée, énervée et je la revois répétant : « On va être malades toutes les deux à cause de toi, ah ! merde ! » Elle a appelé un médecin, elle a acheté les médicaments, des mouchoirs, elle a changé mon pyjama et ma taie d'oreiller parce qu'ils puaient à force de suer, elle m'a mis de l'eau, elle m'a passé le thermomètre mais jamais, jamais, elle ne s'est assise près de moi avec un sourire de mère. Bon, elle a fait ce qu'il fallait, alors, je n'ai pas le droit de la voir comme ça, je dois chasser ces images mais en même temps, je ne sais pas… en même temps… ça me fait tellement peur, ces images… et je me sens tellement triste.

J'ai remercié Anna. Elle a gardé le bracelet mais on ne va pas lui rendre parce que ce serait reconnaître qu'on le lui a volé.

Le soir, on a dîné tous les trois, Marlène, Sophie et moi. Elle était de bonne humeur et Sophie me regardait : si on lui disait ce soir ? – non, non, pas encore, c'est trop tôt. Quand on a été dans notre chambre, elle m'a demandé combien j'avais, je lui ai dit qu'il faut attendre que M. Gérard me paie, il a dit qu'il me paierait d'un coup à la fin du mois. À un moment, le téléphone a sonné, j'ai eu peur que ce soit la police. Marlène a décroché, j'ai ouvert la porte, j'ai compris qu'elle parlait avec une amie. J'ai mis longtemps à m'endormir. La dernière fois que j'ai regardé l'heure, il était minuit dix. J'ai revérifié mon réveil pour qu'il sonne comme d'habitude à six heures moins vingt mais je ne sais pas ce que j'ai fait, je l'ai décalé d'une heure. J'ai eu quand même l'impression qu'il était très tôt, j'étais crevé quand il a sonné mais en sortant, je me suis aperçu qu'il faisait jour et j'ai compris, j'ai couru jusqu'au magasin. M. Gérard était devant les caisses comme un gros cochon furieux avec ses énormes joues roses qui pendent, ses cheveux gras peignés en arrière qui font des petites boucles sales dans son cou et ses lunettes en plastique marron épaisses qui ont toujours des taches sur le verre. J'aurais voulu rejoindre Aziz sans me faire voir et lui expliquer parce que lui il est vraiment gentil mais M. Gérard m'a repéré dès que je traversais la rue.

« C'est à cette heure-ci que tu arrives ? » Il s'est mis à me gueuler dessus en se penchant sur moi et il postillonnait, il sentait très fort un parfum que je déteste, je me souviendrai toute ma vie de l'odeur, et j'ai eu peur parce qu'il est lourd physiquement. « Tu te fous de la gueule de qui ? C'est pas parce que tu as quatorze ans que tu dois pas être sérieux, au contraire, si t'es pas capable de te lever à ton âge, tu le seras jamais. Moi, je paye pas des gens qui se pointent une heure en retard, tout le monde le sait ici, je suis réglo mais je suis pointu sur les horaires, c'était à six heures qu'on avait besoin de toi, on ne peut pas se payer le luxe de perdre une demi-heure à cause d'un petit morveux qui arrive pas à se lever. Moi, je voulais te rendre service et ça te faisait une petite expérience mais j'aurais pas dû m'emmerder avec toi, c'est plus d'emmerdes qu'autre chose, j'ai pris un risque avec toi. Je veux plus te voir, mon gars, rentre chez toi, après l'heure, c'est plus l'heure, tu auras au moins appris ça. »

Je me suis excusé tant que j'ai pu, il a pas voulu m'écouter, il m'a repoussé, je l'agaçais, il répétait « Rentre chez toi, je veux plus te voir ».

« Je reviens demain ?

– Non. Je veux plus te voir, je te dis. Tu reviens pas demain, ni après-demain, ni jamais. C'est comme ça qu'on apprend, mon petit gars. La prochaine fois, t'oublieras pas de te réveiller.

– Mais c'est la seule fois… Et samedi, ça aurait fait un mois… » Il m'a tourné le dos, il est reparti vers le fond du magasin. Je l'ai suivi.

« Alors, vous me payez pour les autres jours.

– Alors, là, mon petit gars, tu peux t'asseoir dessus. Et puis quoi encore ? Tu me fous le bordel pour toute la journée !

– Mais vous me devez cet argent !

– Je te dois rien. T'étais en période d'essai d'un mois, t'as pas tenu, tant pis pour toi.

– Mais c'était au noir, je suis un enfant.

– Allez, fous-moi le camp, maintenant, tu m'énerves !

Tiens, je te file cinquante euros et estime-toi heureux. » Il a sorti un billet de sa poche et il me l'a tendu. Il était pire que la vieille. Je voyais sa gueule avec ses lèvres retroussées humides qui postillonnent, il était ignoble, je lui aurais enfoncé une grande fourchette dans ses grosses couilles sous son pantalon gris juste pour l'entendre pousser des cris de cochon, hui, hui, hui !

« Je partirai pas tant que vous me payez pas. » Aziz a entendu qu'on parlait, il s'est approché. « C'est pas parce que j'ai treize ans que vous devez pas me payer. » Aziz a dit : « C'est la première fois qu'il arrive en retard, monsieur Gérard...

– Toi, ta gueule ! T'occupe pas de ça !

– Enfin, monsieur Gérard, il a treize ans...

– C'est pas toi qui diriges ce magasin, Aziz. Alors, si tu tiens à ta place, tu la fermes et tu retournes bosser. » Il était tellement menaçant, surtout avec ses yeux, qu'Aziz est reparti en me faisant un sourire de soutien.

« Vous me devez pas cinquante euros, vous me devez vingt jours, deux cents euros.

– Bon, tiens, voilà quatre-vingts, la moitié, et maintenant, tu dégages !

– Deux cents. » Je bougeais pas, je m'accrochais plus qu'à ça, je répétais « Deux cents ».

« Casse-toi !

– Bon, très bien. Alors, je dirai que vous faites travailler des enfants et qu'en plus vous les payez pas.

– Et à qui tu vas dire ça, espèce de petit merdeux ?

– À la police. »

Là, il s'est mis à beugler, il est devenu rouge, presque violet.

« Si tu fais ça, je t'explose la gueule, trou-du-cul ! Et je te préviens, tu me le paieras très cher, très cher ! » Il m'a agrippé par mon blouson. Et puis, il s'est calmé, il a réfléchi. « Ta mère, elle est pas au courant de ce que tu fais... non, elle est pas au courant puisque tu veux lui faire une surprise... Tu sais que c'est elle qui aurait des ennuis... C'est elle qui est responsable de toi. Moi, vous avez pu me tromper, me faire croire que tu as quinze ans, je dirai que ta mère qui est une cliente m'a dit que tu as quinze ans et que c'est elle qui voulait que je te paye au noir mais que j'ai refusé... C'est ta mère qui aura des ennuis... Et en plus, ça va lui faire tout drôle, non, de se faire convoquer à la police ? »

C'était un cauchemar. La police encore, la police partout, mais qu'est-ce qui était en train de m'arriver ? Et c'est moi connement qui ai donné cette idée à M. Gérard ! J'ai perdu tout mon courage, ma volonté. M. Gérard m'a dit : « Voilà encore quarante euros parce que tu me fais pitié. Maintenant, file à l'école mais attention, hein ? joue pas au con avec moi si tu ne veux pas que ta mère ait de gros emmerdements. »

Dans la rue, j'ai pensé : quels emmerdements ? Il dit ça pour me faire peur, ma mère, il ne sait pas qui c'est, on n'a jamais fait les courses ensemble, et il ne sait même pas comment je m'appelle, il ne connaît que mon prénom, il bluffe…

Je suis rentré à la maison en courant parce que j'étais en retard, il était sept heures et demie, il fallait que je réveille Sophie et pourvu que Marlène dorme encore et que j'aie pas à inventer n'importe quoi pour expliquer que j'étais dehors ! Et tant pis, j'achète pas le pain à la boulangerie, j'ai pas le temps. Dans ma poche, je sentais les cent vingt euros de M. Gérard. J'étais déprimé. Et fatigué, épuisé, j'avais pas faim, pas de goût, plus d'envie de rien du tout. D'habitude, j'ai toujours une sensation de plaisir quand je verse le lait sur mes corn flakes, là, ce matin, j'avais même pas faim. Sophie, qui était aussi fatiguée, n'a pas remarqué. Quand on est partis pour l'école, j'ai vu Marlène allongée sous sa couette par la porte entrouverte, ses vêtements jetés en tas au pied de son lit et sur l'accoudoir du canapé son magazine, *Elle*, c'était un numéro spécial « Voyages de printemps/week-ends d'amoureux ». Elle voulait repartir. Avec qui ? J'avais même plus la force d'y penser. Dehors, c'était vraiment le printemps, le matin était beau, soleil, des oiseaux qui chantent dans les branches et j'ai vu les premières feuilles comme du coton vert en train de se dérouler, senti cette odeur de doux qui me rend léger en général et je me dis que la vie est facile et qu'il y a de l'espoir mais pas aujourd'hui, là, ça ne me faisait plus rien, je m'en foutais, je me suis même dit en traversant le boulevard : « Tiens, si une voiture m'écrasait, paf ! un coup, deux secondes, je m'envolerais entre les deux troncs et je retomberais et je devinerais peut-être des formes s'agiter autour de mon corps et ce serait fini et qu'est-ce que ça changerait ? Ma vie sert à quoi, à qui ?… » Mais Sophie pour traverser serrait sa petite main dans la mienne et j'ai secoué la tête pour chasser cette idée, encore une image, toujours ces images…

Sophie est entrée dans son école avec son gros cartable bien droit sur son dos.

« À ce soir ! »

16

En cours, j'ai jamais aussi peu écouté. Anna a cru que c'était à cause de l'histoire de la vieille. Elle est venue me parler après la cantine. D'habitude, elle attend la sortie. Je n'ai rien voulu lui dire. C'était fini de toute façon avec M. Gérard. La seule chose, c'est que j'irai plus jamais faire mes courses chez Shopi. Je ferai un quart d'heure de plus mais je remettrai plus jamais les pieds chez ce vieux porc.

Anna m'a dit que Mme Simone ne porterait pas plainte contre nous parce que sa mère, comme elle lui raconte tout, est allée sonner chez la comtesse et lui a fait peur, en lui reprochant de nous avoir exploités, d'avoir profité de l'innocence de jeunes ados, oui, elle a dit ça, et de nous avoir accusés sans preuve. Il paraît que déjà la vieille faisait moins l'agressive. Catherine, la mère d'Anna, elle a de l'assurance et elle peut être très menaçante quand elle veut. Mais en plus elle lui a fait un coup qui l'a complètement écrasée comme un vulgaire moustique et elle ne savait plus où se mettre, la vieille bique, toute comtesse qu'elle est. Catherine a demandé à aller aux toilettes avant de partir. Elle est ressortie de la salle de bains avec le bracelet en disant qu'elle venait de le trouver sous le lavabo. « C'est bien celui-là ? – Oui, a dit la vieille. Mais c'est impossible, j'ai cherché partout. – Vous aviez mal cherché. – C'est pas vous qui l'avez ramené ? – Vous m'accusez, moi aussi ! C'est une manie chez vous. Vous n'avez pas honte ! » Catherine a fait semblant de se mettre en colère, elle est très bonne comédienne, et elle a dit à Mme Simone qu'en plus, son bracelet, c'est du toc. Alors, là, elle était verte : « Mais c'est impossible ! C'est le cadeau de mon mari pour mes soixante ans. – Faites-le expertiser, qu'est-ce qu'on parie ? Du toc ! – Du toc ! Si c'est du toc !... » Mme Simone a levé la tête vers le plafond avec un geste menaçant mais elle s'est retenue devant Catherine. Je dois dire que quand Anna m'a raconté, ça m'a un peu remis de bonne humeur. « Tu l'imagines cette pauvre vieille, a dit Anna, elle se croyait aimée par son comte et elle découvre qu'il s'achetait des *Playboy*, qu'il l'a trompée avec une autre femme et qu'en plus il lui offrait du toc pour son anniversaire – et elle ne peut même pas se venger parce qu'il est mort ! » Elle a réussi à me faire rire. En face de ce petit visage avec ses yeux brillants, ce petit visage frais et rose avec son nez en trompette et ses taches de rousseur, les choses paraissent plus simples et amusantes comme si tout pouvait s'arranger toujours (et c'est ce qu'il s'est passé, c'est vrai, avec la vieille). Anna, on sent qu'elle aime tellement vivre.

Mais du coup, en y pensant l'après-midi pendant le cours de maths, en pensant à la joie qu'elle a en elle, je me suis senti si différent, moi, ma vie, une autre vie, le contraire de la sienne. Arrête, David, arrête ! Mais rien à faire, c'est revenu. Les mauvaises pensées, c'est comme la fièvre, on prend une aspirine, on croit qu'on n'en a plus, et puis tout à coup, on sent que ça revient, on frissonne, on a trop froid, trop chaud, c'est pas encore fini.

Maintenant qu'elle me reparlait, Anna ne me lâchait plus et c'est toujours un moulin à questions. Elle m'a demandé si j'ai réussi à gagner de l'argent depuis la vieille, elle pensait que c'était ça qui me déprimait parce qu'elle est très observatrice et même quand on fait semblant c'est difficile de lui faire croire. Je lui ai dit que j'ai gardé Dominique et j'ai compté l'argent de M. Gérard. Je n'étais plus très loin du but mais dans trois semaines ce serait les vacances de Pâques et puis… oui, c'était là dans ma tête : je n'étais plus sûr que c'était une si bonne idée… mais évidemment je ne lui ai pas dit. Deux jours après, elle est arrivée très excitée. Il y a un photographe à la sortie du lycée qui a distribué sa carte, il cherche un jeune ado pour des photos d'art pour un magazine de luxe. Elle lui a parlé, elle a vérifié sur son site internet, c'est un vrai photographe très connu qui photographie beaucoup de mannequins, il n'accepte de photographier un mineur qu'avec l'accord écrit de ses parents, ce qui prouve qu'il est honnête. C'est très, très bien payé : deux cents euros la séance !

« Il a déjà repéré un garçon, Marc, qui est en quatrième deux, mais il revient ce soir. Il dit qu'il cherche un type de visage. Il veut des garçons naturels, pas des mannequins, ce qui l'intéresse, c'est une personnalité.

– C'est ce qu'il t'a dit ?

– Oui.

– Une personnalité… C'est des conneries.

– Oui mais on s'en fout. Deux cents euros. Tu pourrais te présenter. »

C'est vrai que deux cents euros – d'un coup !...

« De toute façon, pour moi, c'est impossible.

– Pourquoi ?

– À cause de l'autorisation des parents !

– Mais je signerai, moi !

– Et s'il demande à rencontrer ma mère ?

– On inventera un truc. »

Le photographe s'appelle Eugenio Riva, il est grand, il met un parfum qui sent trop fort, il a une barbe et des cheveux noirs et des yeux bleus qu'on remarque en premier. Il s'y croit trop avec son gros sac d'appareils photo, ses lunettes de soleil dans ses cheveux, sa chemise ouverte avec une chaîne dorée qui pend dans ses poils, il est très poilu, même sur les mains, j'ai dit à Anna que c'est un singe aux yeux bleus mais à part ça, il est plutôt sympa quand il parle, une voix douce et l'accent italien. Thomas qui était là pense qu'il est pédé. Le garçon qu'il a repéré, Marc, ses parents ne veulent pas qu'il fasse des photos. Il a proposé à deux autres et à moi. J'ai dit que j'allais en parler à ma mère. Il m'a passé un contrat où tout est prévu. Il a dit que bien sûr ma mère peut l'appeler. Le lendemain, je lui ai téléphoné avec le portable d'Anna pour lui dire que c'est d'accord, on a pris rendez-vous à son studio. Il a été étonné que j'arrive tout seul mais il a dit que c'est pas plus mal parce que de toute façon, il ne veut personne pendant la séance et il aurait demandé à ma mère de revenir deux heures après. Je savais que c'était des photos d'art pour un magazine mais il m'a expliqué que c'est pour une revue de photographies très célèbre qui s'appelle *Bissextile* et qui ne paraît qu'une fois tous les quatre ans. Il m'a montré un exemplaire. En couverture, on voit une jeune fille nue éclairée par un soleil rose, elle a les bras écartés, elle est au sommet d'une tour et on dirait qu'elle va plonger dans le vide. Il m'a dit que cette photo est très célèbre et qu'elle s'appelle « L'aurore ». C'est pas lui qui l'a faite mais par contre peut-être qu'il sera choisi pour la couverture de cette année si ses photos sont bonnes. Il m'a montré son décor. C'est un chou en plastique devant un mur bleu mais il change la couleur de son mur en fonction des photos qu'il veut faire. Je dois me mettre à l'intérieur du chou et faire comme si je sortais. Il veut traiter le thème de la naissance de l'homme.

D'abord, il a voulu me maquiller et j'ai commencé à trouver ça bizarre, je suis pas une fille. Il paraît que c'est pour que mes yeux et mes traits ressortent mieux. Bon, j'ai accepté mais après, il a dit que je devais me mettre torse nu et m'installer dans le chou. Il m'a placé et j'ai pas aimé du tout qu'il me touche. « J'ai les mains froides ?

– Un peu.

– Je veux juste que tu sois dans la bonne position, là, voilà. Tu comprends, c'est une parabole poétique et teintée d'humour. Tu nais dans un chou comme les petits garçons mais quand tu sors tu es un adolescent et presque un homme. » Il a pris des photos dans différentes positions, à chaque fois, il me touchait, je trouvais ça de plus en plus désagréable et j'ai compris que c'est un pervers et que Thomas a raison. Je me suis senti super-mal quand il m'a demandé de baisser à moitié mon jean et mon slip pour suggérer la nudité, c'est ce qu'il a dit, il voulait qu'on devine le haut de mes fesses et un tout petit peu de poils. « C'est juste pour une photo, ne t'en fais pas, pour introduire une suggestion visuelle mais on ne verra rien de précis parce que le bas de la photo sera légèrement *flouté*, je vais traiter l'image comme si le chou émergeait d'un brouillard matinal. » Il me prenait pour un con, en plus. Je bougeais pas, j'hésitais, il le sentait. « Je te demande pas de te mettre nu, David, n'aie pas peur, c'est juste... » À ce moment-là, son téléphone a sonné et il est passé dans sa chambre à côté. J'ai hésité encore, j'ai regardé tout ce qu'il y avait dans la pièce. Je suis sorti du chou. Il parlait avec beaucoup d'animation au téléphone, en italien, je comprenais rien sauf qu'il s'excitait. Sur la porte de sa chambre, il y avait une grande photo d'homme nu de dos. J'ai regardé la revue, je l'ai feuilletée, c'était des photos tout en noir et blanc, des rues, des usines, un cimetière, un brancard seul dans un couloir blanc d'hôpital, que des images tristes, et des photos de nus, beaucoup, oui, au moins la moitié de la revue, des hommes, des femmes, des zizis en gros plan. Là, tout à coup, j'ai été sûr que c'est ce qu'il voulait faire avec moi aussi et j'ai eu peur, j'étais seul, il est très grand, beaucoup plus fort que moi. J'ai renfilé mon tee-shirt, mon pull, mon blouson, mes baskets et je suis parti en laissant la porte ouverte, il était toujours au téléphone. J'ai couru pour qu'il ne me rattrape pas, j'ai foncé dans le métro.

Il a appelé sur le portable d'Anna, c'est le seul numéro qu'il avait. Il était très embêté et désolé, il a dit qu'il aurait dû mieux m'expliquer que ce n'était pas des photos de nus, en fait, mais de suggestion de la nudité et qu'elles n'étaient pas du tout érotiques mais métaphoriques. C'est ça, tu parles ! Il s'imagine qu'on va gober son baratin ! Anna n'a rien compris sauf que ça s'est mal passé et elle était inquiète pour moi. Le photographe, lui, il avait qu'une seule trouille, c'est que ma mère porte plainte contre lui, il l'a dit à Anna, ce qui l'a encore plus inquiétée. Elle n'a pas pu attendre la sortie des cours, elle est venue me voir à la récré, elle m'a entraîné dans un coin. Je lui ai raconté. Elle était cent pour cent d'accord avec moi : c'est sûrement un pédophile. Mais en y repensant, au fond de ma tête, je me dis que j'ai exagéré. Ce mec est peut-être seulement un photographe qui s'y croit trop avec ses photos de chou artistique et il avait peut-être pas l'intention de me violer, en tout cas, il n'a pas essayé. Du coup, je me dis que j'ai peut-être été con, j'aurais pu gagner deux cents euros, j'aurais eu plus de six cents et même avec l'argent de Dominique… j'y étais, tandis que maintenant… si c'est seulement avec Dominique, vingt euros par semaine, il me faut plus de deux mois, ça reporte aux grandes vacances… et retrouver autre chose… je tombe toujours mal, moi, Mme Simone, M. Gérard… j'ai plus le courage, même plus envie… au fond, depuis que j'en rêvais, j'ai espéré Pâques… maintenant je suis découragé, comme si je me réveillais, voilà, c'était un rêve, c'est tout… en plus en ce moment Marlène sort tous les soirs, elle ne fait que passer, on sent son odeur, son parfum et elle claque la porte, et je suis sûr que ça n'est plus ni Jean-Philippe ni Marc… Probablement qu'on ne fera rien, à Pâques, elle ne nous en parle pas, ou bien qu'on retournera chez papi et mamie à Nice… Je m'en fous…

Anna m'a invité à boire un Coca au Basilic, le café le moins cher où tous les élèves se retrouvent, surtout les lycéens, à la sortie ou à midi. On s'est mis à une table tranquille et il y avait personne qu'on connaissait. Elle m'a dit qu'on allait retrouver autre chose pour que je gagne de l'argent mais en fait pour l'instant elle n'avait pas d'idée, seulement, elle ne voulait pas l'avouer, elle ne voulait pas me démotiver, elle veut toujours, toujours y croire, moi aussi j'ai été comme ça.

Tout à coup, je lui ai dit à haute voix, c'est sorti comme ça, ce que je ressens et je ne sais pas pourquoi : « Je renonce, Anna. Je suis même pas sûr que ça lui fera plaisir. »

Elle a tout de suite réagi : « Certainement pas ! Qu'est-ce que c'est que cette histoire ? Mais évidemment que ça va lui faire plaisir ! Enfin, David !... » Je baissais la tête, elle m'a secoué par le bras comme si elle sentait mes pensées et qu'elle voulait les chasser. « Hé ! David ! Ressaisis-toi ! Qu'est-ce qu'il t'arrive ? Je te reconnais plus. Évidemment qu'elle va être heureuse ! Elle va être ravie ! Tu y es presque. David ! C'est stupide. Combien tu as ?

– Quatre cent vingt euros.

– Et il faut combien ?

– Sept cents, minimum.

– Attends, attends, c'est moi qui t'avais dit ça mais il faut regarder plus précisément. Viens chez moi, on va regarder sur l'ordi. » Elle est tellement sûre, tellement décidée, Anna, tellement convaincante ! Je l'ai suivie. Elle a cherché les prix en car, en camping et dans un hôtel pour la deuxième semaine de Pâques – et elle a trouvé. Trois cents euros pour le car pour trois Paris-

Milan, ensuite trente euros en train jusqu'à Stresa, un camping au bord du lac : cent vingt-cinq euros ! et une nuit dans un joli hôtel deux étoiles, Il Signor, cent euros pour trois avec le petit déjeuner. Total : cinq cent cinquante euros.

« Et moi, j'ai deux cents euros d'économie, David ! Je peux t'avancer la différence, tu me rembourseras plus tard et c'est bon, on réserve et vous partez à Pâques, dans trois semaines ! »

J'ai voulu refuser.

« Pourquoi tu veux faire ça, Anna ? »

Ses grands yeux marron me fixaient derrière ses lunettes roses et elle me souriait mais comme la moitié d'un sourire, pas un grand sourire de joie, un sourire de douceur qui veut dire beaucoup de tendresse et d'amour et j'ai pensé encore une fois, elle m'aime, pourquoi ? pourquoi moi ? Elle est si bonne et généreuse et je la trouve merveilleuse et c'est nouveau pour moi d'éprouver ça avec une fille. Qu'est-ce qu'il m'arrive ? Et pourquoi je me sens si fragile maintenant ? Pourquoi j'ai l'impression que tout peut m'arriver ? Pourquoi je suis pris tout à coup par des sentiments tristes et des envies de pleurer ? Non, non, ça non, moi, je me contrôle, je sais me contrôler, je ne pleure pas, je suis pas une fille.

« Pourquoi tu fais tout ça pour moi, Anna ?

– Parce que… ça me fait plaisir. »

Peut-être qu'elle attendait que je fasse un geste, que je dise quelque chose.

« Merci, Anna.

– Attends ! Tu as une tente ?

– Non…

– Nous, on en a une, elle est chez mon père. Je te la passerai. Et des sacs de couchage ?

– Non…

– Je te les passerai aussi. Bon, on réserve ? »

Elle s'est remise sur l'ordinateur. Mais tout était complet. Évidemment, trois semaines avant ! Mais Anna n'a pas renoncé, elle a appelé les cars. Un instant, quand elle a téléphoné, j'y ai cru, elle me regardait comme si elle était sûre que ça allait marcher. Malheureusement, ils lui ont confirmé. « C'est très demandé, l'Italie. » Elle était hyper-déçue. Moi, je m'y attendais. Complet, bien sûr…

Le lendemain, elle est arrivée avec un air de triomphe.

« J'ai trouvé mais c'est pas en Italie, c'est en Hollande ! » Elle m'a dit que c'est génial, Amsterdam, les canaux, Van Gogh (« Van Gogh ? – Le peintre ! Il a son musée ») et les champs de fleurs, c'est juste la saison et il y a de la place, elle a trouvé un camping dans les champs de fleurs qui prête des vélos et c'est tout plat, plein d'oiseaux, des cygnes partout, c'est merveilleux, et un hôtel, deux nuits ! à Amsterdam, l'hôtel Fantasia, ravissant, juste sur un canal, et le tout, avec le car, pour le même prix que l'Italie et c'est aussi bien, et deux nuits d'hôtel ! On est retournés chez elle pour qu'elle me montre les photos sur internet, tout m'a plu. Elle peut réserver ce soir, sa mère veut bien payer le car avec sa carte bleue et je la rembourserai en liquide et elle réservera aussi avec sa carte le camping et l'hôtel mais c'est moi qui les paierai directement sur place. Ça m'a gêné, même énervé parce que j'ai bien compris qu'elle a tout prévu avec sa mère mais en même temps tout à coup c'était possible, c'était là maintenant, c'était sûr, pas dans longtemps aux grandes vacances ou on ne sait pas mais là maintenant, normalement, Marlène n'a rien prévu, elle me l'a dit et puis ce qui compte d'abord, c'est que tout soit bien organisé et que je lui dise : voilà, j'ai une surprise, après, on verra, on verra bien ce qui va se passer, Anna pense qu'elle sera heureuse, elle aime les voyages, oui, elle adore les voyages, combien de fois elle nous le dit, tous les voyages avec mon père… et deux nuits à l'hôtel !… Je nous voyais à vélo poussés par le vent au milieu des fleurs et courant dans les dunes jusqu'à la mer et le long d'un canal jetant du pain à des canards et des cygnes qui tendent leur cou… C'est un camping avec plein d'arbres, des pins, au bord d'un lac, comme en Italie. Et l'hôtel, c'est carrément génial, ça sera super de finir par ça parce que Anna pense qu'il faut finir par le mieux. Il y a un arbre vert clair devant les fenêtres des chambres et une péniche juste devant la porte d'entrée et les lits ont l'air hyper-confortables et tous ceux qui y ont déjà dormi disent qu'ils ont été très satisfaits, Anna m'a montré les commentaires. En plus, Marlène n'y est jamais allée, en tout cas, pas avec mon père, enfin, je pense, elle n'en a jamais parlé, donc, elle ne pourra pas comparer avec ses souvenirs et c'est mieux, je me disais que c'est mieux, ça m'a rassuré même, oui, ce voyage-là, ça pourrait lui plaire, plus que les lacs, c'est une chance finalement, oui, la Hollande, ça va être mieux, ça va être merveilleux.

J'arrêtais pas de regarder les images sur son ordinateur et d'essayer d'imaginer. Anna ne disait rien, elle me laissait réfléchir.

« Mais… il pleut beaucoup… non ? Il ne risque pas de pleuvoir ?

– Maman dit que c'est la bonne saison, il fait beau, les couleurs sont magnifiques. Et quand il pleut, ça ne dure jamais longtemps.

– Ah…

– Et à Pâques, dans les lacs italiens aussi il peut pleuvoir, de toute façon. »

Oui, c'était pas un bon argument. Presque partout, il peut pleuvoir. Je suis tombé sur une photo de l'hôtel que j'avais pas encore vue : le buffet du petit déjeuner, des pains, des corn flakes, des fromages, des charcuteries, des fruits et des machines pour le jus d'orange, le lait, le café !… Ça sera le plus extraordinaire petit déjeuner de notre vie. J'imagine la tête de Sophie !

« Bon. D'accord. Réserve. »

En trois minutes, c'était fait. Le camping et le car par internet, et l'hôtel, elle a téléphoné. Elle les avait déjà appelés, elle a juste confirmé. À ce moment-là, j'étais tellement heureux. J'avais jamais ressenti une joie si forte. Comme un grand soleil chaud. Anna m'a dit : « Tu as des yeux ! on dirait un drogué.

– Tu as déjà vu un drogué ?

– On dirait que tu es ivre. »

Elle m'a raccompagné jusqu'au bas de son immeuble, on a descendu ses escaliers à toute vitesse en bondissant comme des lapins et là j'ai eu envie de rester encore un peu ensemble, alors je lui ai proposé de lui offrir une glace pour la remercier. On l'a mangée dans le square de l'église sous un arbre qui avait ses premiers bourgeons roses juste à côté de l'endroit où Simone est enterrée. Anna avait ses cheveux défaits qui tombaient sur ses épaules, des boucles sur ses joues, son grain de beauté, ses jolies lèvres fines rose clair, un jean et un tee-shirt blanc à bretelles et j'ai pensé qu'elle est tellement belle et gracieuse et surtout qu'elle est fantastique et c'est la première fois que j'ai ressenti combien je suis bien avec elle, comme elle est importante. On est sortis du square après nos glaces, il fallait que je rentre. Au moment de se dire au revoir, je l'ai embrassée sur une joue et après, au lieu d'embrasser l'autre, je sais pas ce qui m'a pris, je l'ai embrassée sur la bouche. Ses lèvres étaient fraîches et c'était doux et je sentais ce grand chaud brûlant dans mon corps et je bandais. Anna s'est laissé faire sans bouger et surprise et en même temps contente. Après, je suis vite parti.

« Salut !

– Salut !

– Et merci, hein ! »

J'ai couru dans la rue et j'étais bien mais dès que je suis arrivé à la maison, j'ai eu peur. Que Marlène dise non, que ça ne lui plaise pas. Quand je suis seul, je me mets à douter. C'est parce que j'ai pas assez confiance en moi, c'est tout.

En premier, je l'ai dit à Sophie qui a été folle de joie, elle m'a sauté au cou, elle m'a couvert de bisous. Parfois, je m'étonne moi-même de l'aimer à ce point parce qu'à d'autres moments, je la supporte pas, quand elle fait des histoires, des caprices pour que je reste ou que je joue avec elle et surtout, oui, surtout, quand Marlène la prend dans le canapé ou l'embrasse ou même lui parle parce que je sais bien qu'elle la préfère depuis qu'elle est née, c'est peut-être normal, c'est la petite. Quand elle avait juste un mois, elle dormait dans son couffin chez Mamoune, je la regardais, Mamoune s'est approchée et elle m'a dit : « Un bébé, c'est un cadeau du Bon Dieu » et moi alors, il paraît que j'ai dit : « On pourrait lui rendre. » Je m'en souviens plus mais Mamoune me l'a raconté plus tard pour me parler de la jalousie qui est naturelle d'après elle entre frère et sœur. Maintenant, je suis de moins en moins jaloux, je vois qu'elle m'aime et moi aussi je suis attaché, je ne pourrais pas imaginer d'être dans cet appartement sans elle. Depuis qu'elle sait pour le voyage, je suis un héros.

Dès que je lui ai dit qu'on ira en Hollande, elle a

voulu qu'on l'annonce tout de suite à Marlène, qu'on l'appelle à son bureau.

« Non, non, pas par téléphone. »

Juste après, Marlène a appelé pour prévenir qu'elle sort et qu'elle ne repassera pas par la maison avant. C'est Sophie qui a décroché et je lui ai fait des grands yeux, heureusement, elle a résisté alors qu'elle mourait d'envie de lui dire. Ça m'a plutôt détendu de ne pas devoir parler ce soir. Ça me laissait le temps de réfléchir à comment s'y prendre. Sophie, elle, n'avait aucune hésitation, elle ne comprenait même pas que j'aie voulu attendre.

Pendant que je préparais le dîner, elle a appelé papi et mamie pour leur dire que s'ils comptaient nous avoir à Pâques, c'était pas possible parce qu'on va en Hollande. Ils étaient déçus, ils espéraient qu'on viendrait. Sophie m'a expliqué, toute contente d'elle, dans la cuisine. « Maintenant, si Marlène dit qu'on doit aller à Nice, on lui dira que c'est annulé. » Elle m'a affolé, j'ai imaginé la réaction de Marlène. En même temps, elle m'a impressionné avec sa tête de petite femme décidée. Anna est assez pareille. Les femmes, quand elles veulent quelque chose… Le soir, Jeanne, la meilleure amie de Marlène, a téléphoné et comme Sophie bondit à chaque fois que ça sonne, c'est encore elle qui a répondu et elle n'a pas pu s'empêcher de lui dire, j'étais catastrophé, si Jeanne lui apprend avant nous ! En plus, j'entendais pas ce qu'elle racontait. J'ai engueulé Sophie mais elle m'a dit que

Jeanne trouvait que c'est une super-surprise, que c'est très touchant et elle a promis de ne lui en parler que dans deux jours si Marlène lui téléphone.

Maintenant, je me demande si ça n'aurait pas été mieux que Jeanne lui en parle d'abord.

Quand Marlène est rentrée, elle a commencé par ouvrir le frigidaire. « Il y a rien là-dedans. Si je vérifie pas… » Elle m'a envoyé faire des courses avec une liste. Ça m'a pris une heure, elle m'a demandé pourquoi j'ai mis si longtemps et traîné, je ne pouvais pas lui expliquer que je ne vais plus chez Shopi à cause de M. Gérard et que je dois aller deux fois plus loin, jusque chez Maxi. Heureusement, elle n'a pas remarqué que les sacs plastique sont différents, c'est moi qui les ai vidés. Sophie m'a fait des signes pour que je parle. Marlène lisait un magazine. J'avais répété toute la nuit, j'ai presque pas dormi, je voulais lui dire : « Marlène, tu aimes beaucoup les voyages. Alors, je t'ai fait une surprise : nous partons tous les trois la deuxième semaine de Pâques, en Hollande. » Et après, je lui expliquerais que j'ai gagné de l'argent. Et toute la nuit, j'ai essayé d'imaginer sa tête : le bonheur, l'admiration, comme Anna m'avait dit, comme tout le monde pensait. Alors, moi, fier, très fier, sourire scotché jusqu'aux oreilles et Marlène s'avançant avec, elle aussi, un sourire, ce sourire de la mère que j'ai tellement rêvé et elle prendrait mon visage entre ses mains et elle m'embrasserait sur le front, oui… mais je savais… enfin, je me doutais, je me doute maintenant…

Dès que j'ai ouvert la bouche, c'est pas sorti du tout comme prévu, les mots que j'ai appris par cœur, je n'ai pas pu les dire. J'ai bafouillé : « Bientôt, c'est les vacances de Pâques… Tu… On… Enfin, bon… Il y a rien de prévu… Enfin… On n'a rien de spécial… d'organisé ? » Elle a cru que c'était un reproche, je l'ai senti à sa voix. « Peut-être que vous irez chez papi et mamie.

– La première semaine ?

– Oui, peut-être. » Sophie était accrochée à ma bouche et elle m'encourageait.

« Oui, bon, la première semaine mais la deuxième… Pour la deuxième semaine, je… j'ai pensé… » Elle m'a regardé comme si j'allais lui annoncer une bêtise et ça m'a fait encore plus perdre ma confiance. « J'ai pensé… Tu aimes les voyages. On pourrait… tous les trois… aller en Hollande. » Et là j'ai continué, comme une mitraillette, j'ai tout dit à toute vitesse, les billets réservés, l'hôtel à Amsterdam, le camping dans les champs de fleurs… « Tu es d'accord ?

– Qu'est-ce que c'est que cette histoire ?

– Je voulais te faire la surprise. Au camping, on nous prête les vélos. J'ai tout organisé.

– Et qui est-ce qui paye ?

– Moi.

– Et avec quel argent ?

– J'en ai gagné.

– T'as pas pu gagner tant que ça ? Ça coûte combien ?

– Je te dis pas, c'est une surprise, c'est moi qui paye.

– Qu'est-ce que c'est que cette histoire ! D'abord, tu me dis combien ça coûte. » J'ai hésité un peu. « Tu me dis combien ça coûte, David.

– À peu près six cents euros. » J'étais triste et gêné de le dire, je voulais pas.

« Seulement ?

– On y va en car.

– En car ! » Ça ne lui plaît pas, voilà, c'est pas assez chic !

« Et comment tu as fait pour gagner six cents euros, toi ?

– J'ai fait des petits boulots.

– Des petits boulots… Sans m'en parler ? Tu as volé de l'argent ?

– Mais non ! J'ai travaillé ! J'ai gardé une personne handicapée, j'ai aidé une vieille dame, j'ai fait des photos…

– Des photos ! Et on t'a fait travailler, on t'a payé sans mon autorisation ! Je te crois pas.

– Je te jure…

– Et tu as fait tout ça dans mon dos…

– Pour te faire la surprise.

– Et ton travail ? Tes devoirs ? Je suppose que tu n'as rien foutu. Tu as séché les cours ?

– Jamais !

– Je te préviens, si tu as encore raté ton trimestre, ça

va très mal se passer. Et l'année prochaine, c'est l'apprentissage, tu m'entends, l'orientation et l'apprentissage, j'ai pas les moyens de te payer des cours privés jusqu'à tes vingt ans et de toute façon, je ne vais pas me ruiner pour un gosse qui fout rien à l'école ! »

C'était comme des gifles alors que je lui annonçais ma bonne nouvelle. Elle a continué à me parler de mes études, quand a lieu mon conseil de classe, etc. et pourquoi je fais les choses dans son dos, je lui mens sans arrêt, c'est pas une façon de faire, on n'organise pas des vacances pour les autres par surprise juste parce qu'on en a envie… J'ai seulement dit tout bas, je crois qu'elle a pas entendu, elle parlait en même temps : « Je pensais que ça te ferait plaisir… »

Sophie est venue et elle n'a pas du tout été comme moi, elle a dit à Marlène que c'est génial, qu'on va faire un voyage génial, que c'est la première fois qu'on va passer des vacances juste tous les trois. Comme Marlène a voulu expliquer qu'elle ne peut pas partir à la dernière minute, Sophie lui a répondu qu'on peut toujours quand on veut, qu'elle n'a jamais fait de vacances avec nous, la dernière fois, on devait aller en Grèce et elle nous a laissés et si elle nous fait le coup cette fois-ci alors que tout est organisé, c'est que vraiment, on ne compte pas pour elle. C'est ce qui l'a le plus énervée. Elle a crié en me regardant que j'ai mis ma sœur dans le coup, que j'ai tout combiné dans son dos, que c'est pas une façon de faire, que c'est dégueulasse de la faire passer pour une mauvaise mère. Le pire, c'est quand Sophie lui a dit que papi et mamie sont déjà au courant et que Jeanne trouve que c'est un beau cadeau d'un fils à sa mère parce que Sophie, quand elle est lancée, elle est comme Marlène, on ne peut plus l'arrêter. Il y a eu un silence. Marlène est restée à réfléchir. Ça lui a fait un coup d'entendre que sa copine le sait avant elle et qu'en plus elle trouve que c'est un beau cadeau. Évidemment elle l'a mal pris. Tout à coup, elle a dit : « Ah ! d'accord ! » avec un geste comme si tout le monde était contre elle. Et puis elle est allée dans sa chambre en disant : « Je verrai au bureau si je peux avoir des jours de vacances. »

Moi, je suis resté debout près de la fenêtre du salon, là où j'étais quand je suis venu lui parler, je regardais plus rien, c'était flou, un peu mes pieds, j'essayais de comprendre, je reprenais une par une toutes ses paroles, j'entendais sa voix fâchée, plus que ça : en colère. Pourquoi ?

Pourquoi ?

Parce que je ne lui en ai pas parlé avant ? Mais si je lui avais dit, elle n'aurait pas voulu…

Pourquoi ?

Et pourquoi j'avais peur, tellement peur de lui dire ? Parce que je savais, parce que j'avais déjà la réponse, parce que…

Sophie cherchait mon regard. J'ai essayé de lui sourire mais j'étais pas très convaincant. Elle est allée à la porte de la chambre de Marlène et elle lui a dit un truc que j'aurais jamais osé lui dire, elle est beaucoup plus courageuse que moi : « Dans ces conditions, c'est pas la peine. C'est pas la peine de venir si ça t'emmerde d'être avec nous. »

Marlène a répondu et ça s'entendait qu'elle se sentait un peu coupable : « Mais non. Qu'est-ce que tu racontes ? Je t'ai dit que je vais essayer. »

J'ai dit qu'il fallait que j'achète une baguette, c'était pas vrai mais j'avais besoin de marcher. J'ai jeté en morceaux la baguette que j'avais déjà achetée dans la poubelle de la cuisine. Sophie a voulu venir avec moi. D'abord, j'ai refusé mais elle a insisté avec un tel air de labrador qui veut une caresse ou une croûte de fromage que j'ai fondu, ça lui fait autant de peine qu'à moi alors je peux comprendre.

En traversant le boulevard, on a rencontré Aziz. M. Gérard l'a viré après moi parce qu'il a osé lui dire ce qu'il pense de ce qu'il m'a fait. M. Gérard l'a emmerdé pendant quinze jours, toujours sur son dos à lui reprocher n'importe quoi et quand on veut la peau de quelqu'un au travail, on y arrive toujours, il l'a même accusé d'avoir volé un whisky alors qu'Aziz n'en boit pas en tant que musulman. M. Gérard l'a insulté devant toute sa clientèle et ça lui a fait la honte et en me racontant, il a eu une larme parce que de le raconter c'est encore douloureux, c'était humiliant, Aziz a pensé à son père qui lui a appris l'honnêteté. Mais maintenant, il a retrouvé, tout va bien, en plus, c'est au grand Monoprix et on l'a même pris chef des fruits et légumes, à l'essai bien sûr, pour l'instant, mais tout le monde est très gentil avec lui, surtout le patron.

Il a trouvé Sophie super-mignonne, il m'a demandé où j'en suis pour mon voyage parce que je lui avais dit. Sophie a répondu avant moi : « On part la deuxième semaine de Pâques.

– Ah ! mais c'est tout de suite. C'est formidable ! Alors, t'as réussi, t'as trouvé d'autres boulots, finalement. »

À ma tête, il a vu qu'il y avait quelque chose. Il m'a donné son portable sur un bout de papier et il m'a dit que quand je veux, il m'invite chez lui à boire un thé à la menthe et à manger des pâtisseries. Il m'a tapé sur l'épaule en nous souhaitant bon voyage et je crois que je l'appellerai, une fois. On s'est dit au revoir, à bientôt. Je me sentais mieux. C'était moins lourd à l'intérieur de moi.

17

On part dans quatre jours. Elle a dit oui mais son cœur disait non et depuis, ça se voit, elle fait la gueule, elle est sombre, elle est toujours pressée, on dirait qu'elle boude – et qu'elle me fuit, elle ne me parle pas, quand elle parle, c'est toujours à Sophie, elle s'énerve dès qu'elle ne trouve pas quelque chose et souvent je ne sais même pas ce qu'elle cherche et elle râle quand même. Je crois qu'elle sort encore plus que d'habitude le soir mais c'est peut-être une impression parce que, depuis que c'est décidé, on compte les jours, Sophie a déjà préparé tout ce qu'elle veut emmener, elle a fait une pile de ses vêtements près de son lit, elle a prévu un parapluie au cas où il pleut, un gros pull mais aussi son maillot de bain, elle m'a posé plein de questions sur la Hollande, je lui ai raconté tout ce que je sais, Anna m'a passé un guide, elle dit que c'est celui de sa mère qui y est déjà allée mais je ne suis pas sûr parce qu'il est daté de cette année et il est tout neuf. Sophie a pris aussi son MP3 et l'appareil photo numérique que Serge nous avait offert.

Avec son argent, elle a acheté une carte mémoire qui permet de faire plus de mille photos.

Je suis angoissé parce que je sens bien que Marlène se croit forcée, Jeanne a dû la pousser, ses autres amies aussi peut-être, et chaque jour elle a l'air de m'en vouloir plus comme si c'était à cause de moi, elle n'a pas un mot gentil. L'autre jour, je lui ai proposé d'annuler, elle a refusé. « Ah non ! on y va maintenant. Tu as ce que tu voulais, non ?

– Ce n'est pas ça que je voulais… »

J'ai dû la regarder comme un mendiant qui demande un euro. Elle s'est reculée avec un geste pour m'écarter. « Oh ! Arrête, David ! » C'est là que pour la première fois j'ai pensé : « Tu vois bien qu'elle ne t'aime pas. » C'était comme une voix étrangère qui me chuchotait, vous savez, quelquefois, quand on reste longtemps dans ses pensées, à un moment, on entend une voix à l'arrière de son cerveau près des oreilles, une voix, pas la tienne, une autre, qui parle en articulant lentement, là, c'était une voix de femme, je ne sais pas pourquoi, je voulais la chasser, la chasser de ma tête, je l'ai secouée, je me suis senti triste, plein de chagrin, envie de pleurer terrible alors que je pleure plus, non, c'est fini mais ça me prenait plus fort que moi, alors, j'ai tourné ma tête pour frotter mes yeux et elle a dit : « Qu'est-ce qu'il y a encore ? Qu'est-ce que tu as à me regarder avec ces yeux de chien battu ? Tu ne vas pas te mettre à pleurer !

Tu devrais être content ! Ta sœur est contente. Tu n'es pas content ?

– Si.

– Bon, alors !

– Mais toi ?

– Moi, je viens. Ce que tu peux être compliqué, David !

– Mais... » Elle n'a pas pu supporter mon regard... mon regard de mendiant... mon regard qui attendait... elle savait très bien quoi... alors, elle est partie. Moi aussi, ça m'arrive de faire celui qui a rien compris alors que j'ai très bien compris. Par exemple, avec Anna... Vendredi soir dans la rue quand elle m'a dit au revoir pour les vacances de Pâques, j'ai vu qu'elle attendait mais j'ai pas bougé, je l'ai pas réembrassée comme l'autre fois ; alors, c'est elle qui l'a fait. Je me suis senti coupable, je lui ai dit qu'au retour des vacances, je travaillerais pour la rembourser. Elle m'a répondu : « Je m'en fiche de cet argent », elle s'est serrée contre moi, ses mains sur mes bras, sa tête sur mon épaule et elle m'a dit pour m'encourager comme si elle devinait tout ce que je ressens : « Ça va très bien se passer, ça va être super. »

Malheureusement, maintenant je sais qu'on ne peut jamais comprendre à la place de l'autre sans avoir vécu la même chose que lui.

Le jeudi, on a eu le conseil de classe. Les profs ont tous dit que j'ai fait un très mauvais deuxième trimestre, je m'y attendais parce que j'ai la moyenne qu'en histoire-géo, je suis dans les cinq derniers de la classe et si je ne me remonte pas, au troisième trimestre, ils proposeront le redoublement. Mme Bijouty m'a pris à part à la fin de son cours, elle veut rencontrer ma mère. Je sais que si Marlène l'apprend, elle annulera le voyage et j'ai hésité. Ce serait peut-être mieux de ne pas le faire, c'est ce qu'elle voulait. Je me suis demandé si pour mon deuxième trimestre, il ne vaudrait pas mieux qu'elle le sache avant les vacances puisque de toute façon elle le saurait forcément et ce sera peut-être pire. Mais j'ai pensé que j'allais faire tellement de peine à Sophie et que finalement, ce voyage, c'était pour elle maintenant. Alors, j'ai inventé une histoire et j'ai vu que Mme Bijouty la croyait et même qu'elle était émue parce que depuis le début je sens qu'elle m'aime bien, je ne sais pas pourquoi. Je lui ai raconté que Marlène est au chômage – après tout, j'en sais rien, comme elle nous cache sa vie – et que, si elle est convoquée et qu'on lui dit que je risque de redoubler, ça va lui faire un choc de plus. J'ai demandé si on ne pouvait pas attendre un peu qu'elle ait retrouvé un travail. Mme Bijouty m'a proposé de m'aider à réviser un soir par semaine à cinq heures à la fin des cours après les vacances de Pâques. Je l'ai remerciée. Avant que je parte, elle m'a caressé la joue. « Ne vous en faites pas, mon garçon, les choses s'arrangent dans la vie. » Sur le moment, j'y ai pas pensé et Mme Bijouty non plus apparemment mais les bulletins scolaires sont envoyés aux parents par la poste. J'ai surveillé le courrier. La lettre est arrivée le samedi, j'ai reconnu l'étiquette, je l'ai prise et je l'ai cachée.

C'est en récupérant les lettres que j'ai remarqué celle de notre grand-mère, Christiane. Elle a mis son nom et son adresse et j'ai vu que maintenant, elle vit à Tours. J'ai laissé la lettre en évidence sur la table du salon. Je l'ai retrouvée pas ouverte dans la poubelle de la cuisine. Parce que je l'ai cherchée quand j'étais seul pendant que Sophie était au centre de loisirs pour la première semaine des vacances. J'ai eu une intuition : qu'avec cette lettre je vais comprendre pourquoi Marlène est comme ça. J'ai fouillé dans les placards, sous son lit, partout. À la fin, j'ai pensé à la poubelle parce que déjà, une fois, il y a très longtemps, je m'en suis rappelé, c'était avant la mort de Mamoune, j'ai retrouvé une lettre de Christiane à la poubelle. Cette fois, la lettre n'était même pas ouverte et j'étais étonné, elle ne l'a même pas lue. Elle veut vraiment qu'il n'y ait plus rien entre sa mère et elle. Pourquoi ? Qu'est-ce qu'il s'est passé ? Quand on ne veut plus se parler, plus se voir, même plus lire une lettre, c'est qu'il s'est passé quelque chose de grave. Avant de mourir, Mamoune m'a dit que c'est le passé qui explique tout. Elle m'a raconté l'histoire de Christiane sous X qui a rejeté Marlène à la naissance et que Marlène a été malheureuse. Et puis elle m'a dit, je me souviens, ça me revient :

« C'est plus difficile d'être une maman quand on n'a pas eu soi-même une maman qui savait vous aimer comme une maman. » J'ai tourné, retourné la lettre. 12, rue Auguste-Chevallier, 37000 Tours. À l'intérieur, il y avait un secret, sûrement. J'ai déchiré l'enveloppe. Comme elle l'avait jetée, je ne risquais rien.

« Chère Marlène, je t'écris une fois encore même si tu n'as répondu à aucune de mes lettres depuis six mois et je n'ose pas te téléphoner parce que je ne veux pas impliquer les enfants mais je voudrais vraiment te revoir et te parler. J'ai eu beaucoup de torts envers toi et je vois que tu ne me pardonnes pas mais nous n'avons jamais parlé ensemble, jamais. Tu as souffert de mon attitude toute ton enfance et sans doute toute ta vie et c'est vrai que je n'ai pas été une bonne mère. Au début, je ne parvenais pas à t'assumer, je ne me croyais pas capable d'être mère, je pensais que je devais avoir le cœur aussi dur que ma vraie mère que je ne connaissais pas, qui me manquait, qui m'obsédait et que je détestais, j'étais en colère, pleine de colère quand tu es née, et à cette époque-là, je ne pouvais pas comprendre que ma vraie mère, en fait, c'était Mamoune, qui m'avait aimée dès le début d'un amour immense, comme elle t'a aimée, comme elle nous a tous aimés… Je ne l'ai compris que tout dernièrement parce que juste avant sa mort (tu vois comme la vie est étrange !) j'ai retrouvé ma mère biologique, Suzanne, elle a été contactée par le Centre national d'accès aux origines personnelles, l'organisme de recherche des origines, et elle a accepté de me rencontrer. Elle n'était pas heureuse de me voir, même pas émue, en fait, je dirais… gênée. Et moi… je pensais que je serais bouleversée de la connaître enfin, une femme qui me ressemble physiquement… Pendant tellement d'années je m'étais dit que ce serait un moment bouleversant. En fait, j'avais l'espoir secret que ce serait comme dans un film : pleurs, étreintes, une scène de retrouvailles mélo, romantique, comme les filles en imaginent toujours. J'ai découvert… qu'on n'avait rien en commun, rien à se dire. Elle était trop jeune et pauvre et voilà. On ne se ressemble même pas. Bizarrement, je trouve que je ressemble plus à Mamoune maintenant. C'était… sans joie. Assise en face de cette vieille femme qui avait sa vie derrière elle, une vie entièrement sans moi – et moi une vie sans elle –, au bout de trois quarts d'heure à peu près, je ne savais plus quoi lui raconter. En la quittant, j'ai su que je ne la reverrais pas. On ne se l'est dit ni l'une ni l'autre mais c'était évident. Quand Mamoune est morte peu après, j'ai eu le plus grand chagrin de ma vie, j'étais écrasée, j'aurais voulu te parler, je te l'ai dit mais je ne savais pas encore trouver les mots, tout était encore fermé en moi. Mais depuis, c'est comme si j'avais ouvert une vanne et que la vérité de mes sentiments sortait. J'ai un regret infini d'avoir été une si mauvaise fille envers Mamoune et une si mauvaise mère envers toi. Je suis passée à côté de la vie, à côté du bonheur avec toi, avec Mamoune et même avec les autres, avec tout le monde et j'ai peur qu'à cause de moi toi aussi… Je ne peux pas te forcer à me voir bien sûr. Mais je ne voudrais pas finir ma vie comme ça sans qu'on se soit parlé. Je t'en supplie, fais-moi signe. Ta maman. Qui t'aime. Oui, Marlène, je t'aime. »

Elle a ajouté sous sa signature, je l'ai relu cent fois :

« P-S : Je sais que tu m'en veux aussi pour David. À cette époque-là, on s'était un peu rapprochées toutes les deux, tu te souviens ? À l'adolescence, j'ai senti que tu ne m'aimais pas et j'ai pris conscience que je m'étais mal occupée de toi. Je ne savais pas encore exprimer mon affection mais je t'ai fait des cadeaux, je t'ai payé tes vacances, je t'ai trouvé des stages après ton bac. Tu ne me parlais jamais de ta vie sauf cette fois où tu m'as demandé comment tu pouvais faire et au lieu de t'aider… Il n'y avait qu'une solution à ce stade et je ne voulais pas, je ne pouvais pas supporter l'idée que tu fasses comme ma mère mais je n'avais pas non plus encore le courage de te raconter mon histoire. Je voudrais aussi qu'on en parle, Marlène. »

Je suis resté longtemps, presque jusqu'à quatre heures, à penser à cette lettre, à la relire pour la savoir par cœur mais comme j'avais peur d'oublier des mots, je l'ai cachée sous mon matelas. Je comprenais qu'elle veut faire la paix avec Marlène, qu'elle lui demande pardon, qu'elle reconnaît ses erreurs, je comprenais son histoire, je comprenais ce qui lui est arrivé et pourquoi elle veut revoir sa fille. Mais c'était moi, mon histoire, qui m'intéressait. «Je sais que tu m'en veux aussi pour David.» Je me répétais ces mots. Ils devenaient de plus en plus mystérieux. Ce qui est écrit ensuite: «Il n'y avait qu'une solution à ce stade et je ne voulais pas, je pouvais pas supporter que tu fasses comme ma mère», je ne voyais pas le rapport, je me concentrais seulement sur «tu m'en veux aussi pour David». Il y a des choses qu'on ne peut pas... C'est écrit mais on ne le lit pas. Ça se voit mais on ne le voit pas. Parce que c'est impossible.

«Tu m'en veux aussi pour David». Je restais collé sur ces mots comme une mouche dans du miel, je n'en sortais pas et c'était insupportable. Tu m'en veux *de quoi, pour quoi*? C'était ça, le secret, je savais bien que le secret était dans la lettre. Je savais bien que j'avais une bonne intuition. Des fois, on sent qu'on va trouver avant de trouver, ça vient d'un coup, on a cherché partout, on croit qu'on a cherché partout, «Où est-ce que j'ai mis ma montre? J'étais sûr que...», et tout à coup on a une idée, les yeux tombent sur un endroit où on n'a pas encore regardé et ça y est, c'est là. Mais moi je comprenais qu'il y avait quelque chose qui s'est passé à propos de moi entre Marlène et Christiane mais qu'est-ce que c'était, merde, qu'est-ce que ça pouvait bien être ? Toute la journée, j'ai essayé de deviner. Il y a une idée qui me plaisait, qui me plaisait beaucoup : Marlène se serait disputée avec sa mère pour moi, parce que sa mère aurait dit du mal de moi. Marlène se serait fâchée avec sa mère pour moi ! Mais pour quelle raison ? Il faut des raisons très graves pour se fâcher complètement avec sa mère. J'ai hésité : est-ce que j'en parlais à Marlène ? Mais elle découvrirait que j'ai trouvé la lettre et à tous les coups, elle serait furieuse. J'ai décidé qu'il fallait que je voie Christiane. Avant de reprendre Sophie au centre de loisirs, je suis passé au cybercafé, j'ai cherché le téléphone de Christiane dans les pages blanches et je l'ai appelée. Elle ne s'y attendait pas, elle a répété plusieurs fois : « David… David… C'est toi, David ? » Elle avait la voix serrée, elle se raclait la gorge pour parler. Elle était étonnée. Je lui ai dit que Marlène ne sait pas que je l'appelle, que je veux la voir et lui parler. Ce qui est drôle, c'est qu'elle ne m'a pas demandé pourquoi. C'est moi qui lui ai dit que j'ai quelque chose à lui demander et que je ne peux pas le faire au téléphone. On a convenu qu'elle vient en train, que je l'attends à la gare et qu'on ira dans un café.

Elle est beaucoup plus vieille qu'à l'enterrement de Mamoune, elle a les cheveux gris, avant elle se les teignait, pourtant elle a seulement cinquante et un ans, elle me l'a dit. C'est elle qui m'a reconnu la première au bout du quai là où je devais me mettre à l'arrivée du train. Je l'ai vue s'avancer et j'ai pensé : elle est toute maigre, plus maigre que Marlène mais elles se ressemblent de visage, Marlène sera comme elle au même âge, il y a pas de doute qu'elle est sa fille. Elle m'a embrassé, elle m'a dit que j'ai grandi, ça m'a fait plaisir. On est allés dans une brasserie, on s'est assis près de la vitre sur l'avenue. Elle m'a demandé ce que je voulais, j'ai pris un Coca, elle un café au lait. Ça m'a rappelé que Mamoune buvait toujours du café au lait. Elle m'a posé quelques questions sur Sophie, sur l'école, sur notre santé, ce qu'on fait pendant les vacances, est-ce que Marlène va bien, pendant qu'on marchait jusqu'à la brasserie et en attendant qu'on nous serve parce qu'elle aussi était mal à l'aise, je crois. Et puis, elle a mis son sucre dans son café et là, ses yeux sont devenus graves et elle m'a dit :

« Tu as vu ma lettre, c'est ça ? » Ça m'a troublé. J'étais gêné qu'elle ait deviné, qu'elle pense que je l'ai ouverte, que je l'ai lue, c'est à Marlène qu'elle a écrit. J'ai répondu sans la regarder en face.

« Oui.

– Ça t'étonne que je te pose cette question ? J'ai cherché toutes les raisons pour comprendre pourquoi tu m'appelais. La première raison, c'est celle-là. Marlène t'a parlé... de moi ? » J'ai fait non de la tête. « Elle a lu ma lettre ? » J'ai fait non. « Tu as vu mon nom et mon adresse dessus ? » J'ai fait oui. « Elle ne l'a pas lue. Donc, elle ne l'a pas ouverte ? Elle l'a jetée ? Elle a dû jeter les autres aussi, c'était la quatrième. » Elle a eu un silence. « Et toi, tu l'as lue ?

– Oui. » J'ai hésité un peu et puis j'ai expliqué : « Je l'ai trouvée dans la poubelle. » Est-ce que c'est l'idée de la poubelle ? C'est vrai que la poubelle, c'est sale, c'est triste, ses yeux sont devenus tout mouillés et elle les a essuyés derrière ses lunettes. « Grand-mère, pourquoi tu lui as écrit : "Je sais que tu m'en veux pour David" ? »

Elle a posé sa main sur la mienne.

« Je me sens très coupable, David. Ce sont des choses que je n'aurais pas dû écrire. Je ne voulais pas que tu les lises. Mais Marlène ne veut pas me parler ni me voir et je ne sais pas comment renouer le contact avec elle. Je ne sais pas en fait de quoi elle m'en veut le plus. Je pense qu'il n'y a qu'une faute impardonnable dans la vie : c'est de ne pas avoir su aimer. Si tu as lu la lettre, tu as dû comprendre que je voudrais tant qu'on arrive à se parler mais c'est sans doute trop tard et c'est de ma faute.

– Pourquoi tu as écrit : "Je sais que tu m'en veux pour David" ? »

– Je l'ai écrit dans la lettre ? » (Elle le savait très bien et elle ne me regardait pas.)

« Pourquoi ?

– Tu n'as pas compris ? » J'ai fait non avec la tête. « David, je ne voudrais pas que tu penses des choses qui te rendraient trop malheureux. Les êtres humains, tu sais, changent avec le temps. On peut être très mal à un moment et avoir des pensées terribles et puis découvrir que ce qu'on croyait être un malheur est une chance... un bonheur... Moi, j'ai été très malheureuse, c'est ce que j'ai écrit dans ma lettre, quand j'ai découvert que Mamoune n'était pas ma mère naturelle et je lui en ai même voulu et c'était injuste. J'avais l'impression que c'était l'autre, celle qui m'a fabriquée, que je devais aimer. Maintenant, c'est le contraire, je sais que c'est Mamoune que j'aime, que j'aimerai toujours et c'est elle qui m'a aimée. Donc, tu vois, on change.

– Pourquoi tu as écrit : "Je sais que tu m'en veux pour David" ? »

– Je vais t'expliquer. Mais dis-toi que ce qui s'est passé autrefois, c'était autrefois. Ce qui compte, c'est ce que tu vis maintenant, avec ta mère, avec ta sœur. » Elle s'est arrêtée, je sentais qu'elle hésitait, je m'accrochais à ses yeux pour qu'elle commence. « Marlène avait dix-neuf ans quand elle est tombée enceinte – de toi. C'était jeune. Elle vivait à Paris, seule. Au début, elle voulait... elle voulait... son bébé... Et puis, à un moment, elle n'a plus voulu... elle m'a appelée, elle était angoissée, affolée à l'idée d'être mère, elle se trouvait jeune, j'ai senti qu'elle n'allait pas bien et j'ai essayé de la rassurer, je lui ai dit que ce serait merveilleux... et qu'elle devait te garder. Et je pense qu'après, elle m'en a voulu, voilà.

– Elle ne voulait pas me garder ?

– Non. Enfin, à un moment, elle ne voulait pas.

– Et mon père ? » Elle a eu l'air surprise.

« Ton père ?

– Oui, mon père. Qu'est-ce qu'il voulait, mon père ? Il voulait me garder, lui ?

– Je ne sais pas.

– Donc, elle voulait avorter. Qu'est-ce que tu lui as dit pour qu'elle change d'avis ?

– Elle n'a pas pu avorter parce que c'était trop tard. Elle est allée voir un médecin à l'hôpital mais elle était déjà à plus de cinq mois de grossesse.

– Et toi, tu lui as dit qu'elle ne devait pas avorter, c'est ça, c'est pour ça qu'elle t'en a voulu ?

– Oui... » À nouveau, elle ne me regardait pas et j'ai deviné qu'elle me mentait.

« C'est pas vrai. C'est pas ça qui s'est passé. Pourquoi tu ne me dis pas la vérité ? » Elle s'est troublée.

« David...

– C'est mon histoire. Toi aussi, tu voulais connaître ton histoire, tu as cherché ta mère, tu l'as vue.

– Elle m'en a voulu à cause de tout ce que je lui ai dit pour qu'elle te garde. Je ne pouvais pas supporter qu'elle fasse la même chose que ma mère, je ne voulais pas que ça recommence, c'était trop affreux. J'ai eu des paroles très dures, très dures, je l'ai culpabilisée. »

Tout à coup j'ai compris les mots de la lettre. Pourtant, je les avais lus cent fois mais là, en face de moi, elle les redisait. Et j'ai entendu ma bouche parler, en articulant, c'était la voix étrangère qui sortait de mon corps.

« Elle voulait m'abandonner sous X...

– À un moment, David, seulement à un moment. Elle était jeune, tu comprends, trop jeune, elle avait peur, c'est tout. Regarde maintenant, elle s'occupe de toi, elle t'élève, vous vivez tous les trois, vous êtes une famille et je suis sûre qu'elle est heureuse maintenant que tu sois là. C'est à moi qu'elle ne pardonne pas. Parce que je l'ai comparée à ma mère et parce que moi-même, je n'avais vraiment de leçons à donner à personne, j'ai été une mauvaise mère, une très mauvaise mère. »

Il était bientôt quatre heures, je me suis levé, j'avais besoin de partir, de marcher, d'être seul. « Il faut que j'y aille. Je dois chercher Sophie au centre de loisirs.

– David… je n'aurais pas dû te dire tout ça. C'est le passé, n'oublie pas. Ce qui compte, c'est aujourd'hui. C'est aujourd'hui, David. »

J'ai mis mon blouson.

« Tu ne m'embrasses pas ?

– Si. Au revoir.

– Tu ne veux pas rester encore un peu ? qu'on parle encore un peu ?

– Non.

– David, c'est fini, c'est loin. Tu es le fils de Marlène et elle t'aime, c'est la seule chose importante, tu comprends ? Tu m'en veux parce que je te l'ai dit ?

– Non.

– Si, tu m'en veux. J'aurais dû… Tu as tellement insisté… Et j'ai pensé que la vérité… mais je ne sais pas… c'est si difficile… David, ne pars pas comme ça.

– Je dois chercher ma sœur.

– À quatre heures ?

– Quatre heures et demie.

– Ce n'est pas à six heures ?

– Non.

– Tu m'appelleras ?

– Je ne sais pas. Peut-être.

– Je suis désolé, David. Tu as insisté mais je n'aurais pas dû. Tu ne voudras pas me revoir ?

– Si. » Mais ça ne voulait pas dire si.

« Pense à ta vie de maintenant, David, sois heureux. Et si tu le peux, un jour, dis à Marlène que je l'aime. Mais j'essaierai encore de lui parler. »

J'ai marché entre les tables vers la sortie du café et soudain je me suis posé une question, je me suis retourné vers Christiane, je lui ai demandé : « Et Sophie ?

– Sophie ?

– Elle la voulait, Sophie ?

– Oui.

– Et mon père aussi ?

– Oui. Je crois. À ce moment-là, déjà, on ne se voyait plus.

– Ah. Merci. Au revoir. »

Je suis parti. Je l'ai vue derrière la vitre du café, elle m'a souri et m'a fait un adieu avec la main, elle était triste. J'ai levé la main moi aussi. Puis, j'ai traversé la rue.

Et voilà, maintenant, il est six heures, je rentre à la

maison avec Sophie. Je l'ai cherchée au centre de loisirs. Elle est joyeuse, elle s'agite autour de moi dans la rue en parlant de la Hollande : comment sera le car, il paraît qu'il y a des toilettes dans les cars comme dans les trains et même des vidéos quelquefois et à Amsterdam, on pourra voir la maison d'Anne Frank, c'est une adolescente juive qui a écrit son journal pendant la guerre, un animateur l'a dit à Sophie, j'imagine que tout le monde au centre de loisirs sait qu'on fait un voyage.

Elle parle, elle parle, je ne l'entends pas.

Est-ce que c'est vrai ? Est-ce que Christiane m'a dit la vérité ou est-ce qu'elle m'a dit du mal de Marlène parce qu'elle lui en veut et qu'elle est malheureuse ? Je vois Marlène à vingt ans. Elle a un album de photos d'elle à vingt ans, ou moins peut-être, ou un peu plus, je ne sais pas, ce n'est pas marqué, elle est la plus belle du monde, c'est l'album de photos d'elle prises par mon père où elle rayonne, enfin, je crois que c'est mon père qui les a prises. Il ne l'a pas photographiée enceinte ou alors, elle a jeté ces photos-là et maintenant... je crois que je comprends... il n'y a pas de photo de moi bébé... pourquoi ?

Je marche avec Sophie mais je ne vois pas ce qui est devant moi, autour de moi et j'avance comme un aveugle dans un brouillard blanc, de toutes mes forces, je me concentre, je veux y arriver, je veux voir à quoi je ressemblais bébé, est-ce qu'on peut sans photo ? J'ai vu une émission sur les bébés où une femme disait qu'ils peuvent même avoir gardé dans leur mémoire des souvenirs du ventre de leur mère, la plupart du temps, ils ne s'en rappellent pas mais quelquefois ça revient. Toi, David, toi, rappelle-toi, cherche ! Je fais tout ce que je peux, je ferme presque complètement les yeux, je serre les poings… et je ne vois rien, rien ! et j'entends ma voix, ma voix de femme fantôme, cette voix dans ma tête comme si je me parlais tout seul, mais c'est un autre, une autre, qui dit doucement : *TU N'EXISTES PAS* et l'autre voix, la mienne, répond en colère : « Si, j'existe, je suis né, je suis là, tu es débile ou quoi ? » mais je sens la panique parce que je n'arrive à rien voir, le seul bébé que je revois, c'est Sophie mais moi, alors ? Moi ! *TU N'EXISTES PAS.*

Soudain, Sophie crie en me tirant par la main. « David, attention ! Mais qu'est-ce que tu fais ? Tu as failli te faire écraser ! »

Maintenant, on dîne. Marlène est là. Je ne parle pas. Je l'observe. Elle pose la poêle sur la table, elle sert Sophie puis moi. Quelques mots sur le centre de loisirs, sur le temps – il fait gris, pourvu qu'il ne pleuve pas –, sur le fromage qu'elle a acheté. Elle ne me demande pas ce que j'ai fait. Est-ce qu'elle me l'a jamais demandé ? Beaucoup de silence, on mange, on mâche. On débarrasse, Marlène frotte la poêle, je passe l'éponge sur la table. Je la regarde, elle s'ennuie. Si je ne lui parle pas, elle ne me parle pas, sauf pour dire : « Vous avez pris une douche ? Vous vous êtes brossé les dents ? Vous avez rangé votre chambre ? » Elle va dans sa chambre téléphoner, on se met en pyjama, je lis un livre dans mon lit, je m'accroche aux mots pour ne pas entendre la voix qui est là et qui veut répéter : « Tu n'existes pas. » Sophie dit bonsoir à Marlène qui l'embrasse. « Dors bien, ma chérie. » Moi, je ne viens pas lui dire bonsoir, elle ne vient pas non plus.

Dans le noir, je revois Christiane, je l'entends, tout ce qu'elle m'a dit… Et ça me revient : les cinq photos de moi qu'avait Mamoune, celle où je gigote en pyjama à rayures bleues, je suis si rigolo avec mes joues rouge-orange, et celle où Marlène me donne un biberon, c'était à Cherbourg, j'avais cinq mois, six mois, Marlène a l'air sérieuse et concentrée. David, c'est toi, c'est toi, dans ses bras, personne d'autre ! Il y a des photos de toi bébé, tu avais oublié. Tu vois ! Je rallume, Sophie dort, je cherche les photos, je me regarde longtemps, ça me fait du bien, je me sens mieux, je me sens plus calme. J'éteins et je me concentre sur mon visage de bébé, sur celui de Marlène, vingt ans mais tellement différente des photos où elle rit toute seule. Moi aussi, d'ailleurs, en tétant mon biberon, j'ai l'air tellement sérieux. La voix dans ma tête encore : *ELLE N'EST PAS HEUREUSE.* Si ! – Si ! *ELLE N'EST PAS HEUREUSE.* Je vois mes yeux de bébé, ma bouche et puis… et puis soudain je m'entends, je m'entends crier, pleurer, je m'étouffe tellement je pleure, des larmes coulent de mes yeux, je suis violet, mon visage est tout déformé, j'ai mal dans les poumons et là, au-dessus de moi, il y a le gros visage tout rond d'une femme chocolat au lait, qui me sourit, qui me parle et je hurle, il y a une lumière blanche, froide, horrible derrière la femme, elle me câline, elle me prend dans ses bras, et moi je hurle parce que je veux maman, maman, maman !... et elle ne vient pas, elle n'est pas là, elle ne veut pas m'avoir… et à la fin, j'ai des hoquets mais je me calme dans les bras de la femme chocolat qui sent un parfum de bonbon à la vanille. « Maman dort, maman se repose, mon chéri, et toi aussi, il faut faire dodo. »

Je suis couvert de larmes, je sens mon oreiller mouillé.

On part dans quatre jours.

18

C'est moi qui ai fermé la porte à clef et ça m'a fait comme si on s'en allait pour très longtemps. Marlène est descendue en ascenseur avec les bagages et Sophie à pied, à toute vitesse. J'ai foncé derrière elle pour aider Marlène à sortir les bagages. On a deux valises à roulettes, une pour Sophie et moi et une pour Marlène, le gros sac à dos que m'a passé Anna avec la tente et les sacs de couchage, c'est moi qui le porte, et deux sacs à dos avec des petites affaires, celui de Sophie pour l'école et un en cuir à Marlène, on est bien chargés. J'avais peur qu'elle trouve ça trop – trop lourd – parce que la gare des cars est loin, il faut changer deux fois en métro et après, à la sortie, il faut encore marcher dix minutes et descendre des escaliers, la gare est comme un énorme parking souterrain plein de monde, on a dû faire la queue pour s'enregistrer à une caisse et d'abord, on s'est trompés de queue et je me suis angoissé en pensant qu'on allait rater le car, j'ai couru au bon endroit à une autre caisse, je transpirais, le sac à dos était vraiment lourd et j'étais trop couvert avec mon pull et mon blouson. Je me disais que Marlène devait détester tous ces gens qui marchaient dans tous les sens et se cognaient, nous cognaient, cognaient nos valises. Il y avait des enfants de colonies de vacances et leurs parents inquiets les regardaient, est-ce qu'ils montaient dans le car ? est-ce qu'ils avaient bien donné leurs bagages au chauffeur pour qu'il les mette dans le coffre ? Il y avait des jeunes de vingt ans, des étudiants, qui fumaient, qui riaient, c'était les plus cool. On a mis longtemps à trouver notre car et pendant tout ce temps j'ai pensé que Marlène devait se dire que c'est l'horreur, je comparais, je voyais qu'elle est plus chic, elle s'était mise en jean mais tout neuf et tout propre et un pull rose très fin, très doux, je l'ai touché quand on était debout serrés dans le métro, et un blouson que je ne connaissais pas. Elle se tenait bien droite et je me suis dit qu'elle a de la dignité et que certainement elle trouve que la gare est sale, que les gens sont sales, c'était très sale par terre, des papiers gras, des cigarettes, un sandwich à la crème écrasé, ça sentait le pipi dans des coins et je sais que Marlène est maniaque de la propreté. Quand j'ai ramené la tente et les sacs de couchage de chez Anna jeudi dernier, elle a fait une tête ! « Qu'est-ce que c'est que ça ?

– Des sacs de couchage, pour le camping. » Elle ne pouvait pas le cacher que ça ne lui plaît pas de camper.

« Ils sont propres, au moins ? Elle les a ouverts, elle les a reniflés, ils sentaient bon la lessive, la mère d'Anna les a lavés avant de nous les passer, je le savais mais je disais rien, je la regardais renifler et j'étais malheureux parce que j'espérais que Christiane avait raison, que ce qui compte, c'est aujourd'hui et qu'aujourd'hui, c'est différent, j'espérais que tout changerait comme dans un miracle, que Marlène serait heureuse, finalement heureuse de partir, finalement heureuse d'être avec nous… avec moi… et je voyais que non et j'aurais voulu qu'on annule, qu'on ne parte plus, plus jamais…

À part cette histoire de sacs de couchage, elle n'a rien dit contre le voyage. Rien pour non plus. Elle a préparé sa valise, elle a pris ses jolis vêtements et c'est pour ça que j'étais mal que la gare soit si sale et j'avais peur que le camping soit moche même s'il a l'air bien sur internet, c'est trompeur, les photos. Quand j'y repense, les derniers jours et le départ se sont plutôt bien passés. Marlène ne s'est pas plainte, elle n'a pas critiqué. Elle n'a pas beaucoup parlé mais elle souriait à Sophie quand elle lui redisait pour la cinquième fois tout ce qu'on allait faire là-bas parce que Sophie a lu tous les soirs le guide d'Anna et elle pouvait parler de Van Gogh, de Bruegel, d'Anne Frank, des fromages… À moi, Marlène ne m'a posé que des questions techniques, qu'est-ce que j'avais payé exactement ? Combien d'argent elle devait prendre ? Est-ce qu'il y a une épicerie sur le camping ? Et un restaurant ? On n'a rien pour cuisiner. C'est vrai, ce que je peux être con, j'y ai même pas pensé ! De toute façon, elle a dit, je me vois pas réchauffant des conserves sur un Butagaz, on ira au resto. Elle a compté cinquante euros par repas, deux repas par jour, six cents euros pour tout le voyage, plus toutes les autres dépenses, disons, huit cents euros, au moins, j'étais gêné, Anna m'a convaincu, je me suis précipité pour réserver au dernier moment, ni l'un ni l'autre on a pensé à tout ce qu'il faudrait encore payer, moi j'y ai pensé au début quand j'ai eu l'idée mais j'ai oublié, du coup, mon cadeau, c'est même pas la moitié, et Marlène va payer… payer pour un voyage qu'elle voulait même pas faire…

Le car était très confortable, des grands fauteuils en velours bleu avec en plus des coussins, et tout comme Sophie rêvait, des toilettes, des écrans vidéo. Marlène a dormi presque tout le temps, en tout cas, elle restait les yeux fermés. Pendant une heure, elle a aussi écouté son iPod. Sophie a regardé un film avec les écouteurs du car. Moi, j'aimais mieux voir le paysage filer par la fenêtre, des grands champs, des forêts, un château, le TGV qui nous double en deux secondes. On a mangé des sandwichs, c'est Marlène qui les a préparés. Elle s'est réveillée, ça faisait deux heures et demie qu'on roulait, on était à un péage. Elle a ouvert son sac à dos en cuir, elle a sorti les sandwichs dans de l'aluminium, elle nous les a passés avec des chips et des petites bouteilles d'eau pour chacun. Ça a été le meilleur moment. J'étais près de la vitre, Sophie à côté de moi et Marlène sur la même rangée mais de l'autre côté du couloir. Il y a quatre places par rangée, j'ai pensé qu'il manquait quelqu'un, quelqu'un qui aimait tellement les voyages, mais qu'on fait quand même tous les trois une petite famille, surtout avec Sophie qui sourit, qui fait tomber son jambon sur ses genoux, Marlène lui dit « Fais attention » et Sophie se met à rire et ce rire et cette joie à ce moment-là avec le soleil et les ombres des nuages sur un champ d'herbe verte me rendaient le cœur gai. « On est bien, vous ne trouvez pas ? » Sophie a dit : « Oh ! oui. Super-bien. » Et Marlène : « Les sièges sont confortables. » Elle a incliné son dossier et elle a refermé les yeux. En Hollande, on a passé un grand pont. C'était la mer ou un immense fleuve très large qui arrivait à la mer, il y avait des gros nuages noirs mais une lumière brillante autour, magique, seulement, il allait pleuvoir et monter la tente sous la flotte !... La pluie a commencé à tomber juste avant l'arrivée, je voyais les grands essuie-glaces qui frottaient le pare-brise, on entendait les gouttes sur les vitres, sur le toit et le bruit spécial des pneus trempés sur l'autoroute. Marlène a rouvert les yeux. « Génial ! Génial, génial...

– Ça va peut-être pas durer. »

Mais il s'est mis à pleuvoir encore plus. Un homme devant nous s'est retourné, il a vu nos têtes, il a dit avec un accent, je pense qu'il était hollandais : « Ah ! Oui. Ça, c'est la Hollande ! C'est pour ça que les fleurs poussent. » Marlène lui a demandé : « Vous pensez qu'il va pleuvoir longtemps ?

– Un mois, deux mois, on ne sait pas. » Et il s'est mis à rire.

« Non, mais sérieusement ?

– Sérieusement ? On ne sait pas. »

Quand on est arrivés à la gare d'Amsterdam, il faisait nuit et il pleuvait encore. En fait, le voyage était plus long que je pensais. On allait devoir monter la tente dans le noir et sous la pluie et je me disais qu'on n'a pas prévenu le camping qu'on arriverait si tard, le pire, ce serait que ce soit fermé ! Je sentais Marlène crispée et de très mauvaise humeur depuis que l'homme a parlé de la pluie. Sophie le sentait aussi, elle ne parlait plus, elle restait près de moi sur le quai, concentrée, on cherchait des panneaux pour le métro parce qu'il faut le prendre pour aller au camping, normalement, c'est rapide, on a tout repéré avec Anna sur internet et elle m'a imprimé les plans. On a eu du mal à trouver et je crois que j'ai jamais été aussi angoissé parce que mon voyage, maintenant, c'était un cauchemar affreux. Marlène marchait derrière nous dans la gare. « On va où ?

– On prend le métro, c'est rapide. » Je tenais mon plan, j'ai voulu lui montrer. « Bon, ben avançons, avançons, on te suit, si tu sais. » Je tremblais de me tromper, j'avais mal à la tête. Tout le monde marchait en tirant des valises. Je me suis un peu perdu, on est arrivés à l'entrée de la gare des trains mais heureusement, il y avait l'escalier qui descendait vers le métro. On a vu un guichet « *Tickets en info* », j'ai dit le nom de la station mais la dame derrière la vitre parlait néerlandais ou anglais, pas français et j'ai vu que je suis vraiment nul en anglais parce que je comprenais rien. Marlène a discuté avec elle, elle a pris pour nous trois une carte qui permet de faire plusieurs trajets parce que c'est moins cher mais quand même cher, dix-sept euros chacun, elle l'a dit, ça lui faisait une dépense de plus, j'ai proposé de payer, bien que je sais que ça ferait juste avec le reste et je comprenais que j'ai tout mal calculé, Marlène m'a même pas répondu, elle a payé, et j'avais honte, j'étais gêné, tout était raté, c'est sûr.

Le métro était direct, on descendait au terminus, on a mis quinze minutes. Dehors, on a marché sous la pluie, Marlène a sorti son parapluie, Sophie et moi on a mis nos capuches, Marlène a proposé à Sophie de se mettre sous son parapluie. J'ai montré mon plan qui s'est mouillé à un monsieur très gentil qui m'a dit de marcher sur le grand boulevard où il y a des immeubles, un gros hôtel, un terrain de sports et après, un parc, le camping est là. Ça nous a pris dix minutes, on était trempés. À l'accueil, un gros gardien buvait une bière en regardant un match de foot, il a été étonné qu'on arrive si tard, il était sympa, il savait quelques mots de français, il nous a proposé un café au lait pour qu'on se repose un peu et qu'on sèche dans son chalet, même Sophie a tout bu, ça réchauffait. On se parlait pas, il s'est marré, il a dit : « Demain, zon, soleil ! » et il a fait un geste avec la main pour expliquer que c'était possible mais pas sûr. Il nous a conduits à notre emplacement, pas loin des douches et du restaurant parce qu'il pleut. On est devant un arbre tout rose de fleurs qui tombent par terre à cause de la pluie et ça fait un tapis rose. J'ai dit à Marlène d'aller au restaurant avec Sophie pendant que je monte la tente. Sophie a voulu rester avec moi, Marlène a refusé. La pluie tombait moins fort et un petit vent doux s'est mis à souffler. J'ai ouvert le sac à dos. Je voulais y arriver le plus vite possible mais j'ai jamais monté une tente. J'avais froid, je claquais des dents. Il y avait un lampadaire heureusement pas loin qui m'éclairait. Quand même, je voyais moins bien que de jour. J'ai tout sorti mais je trouvais pas le bon sens pour poser la tente et je ne savais pas quelles barres en plastique faire passer dans la toile, en plus, il y avait deux toiles, laquelle il fallait mettre d'abord ? Je perdais tout mon courage quand un grand mec blond est sorti d'une caravane qui était à dix mètres et il est venu. Je sais pas si c'était du hollandais ou de l'allemand ou du suédois ou du polonais, je fais espagnol deuxième langue. Je lui ai montré que je comprenais rien. Alors, il m'a demandé en anglais et là, j'ai compris. « You're alone ? » J'ai répondu : « No. Mum, sister... » et j'ai montré le restaurant avec mon bras. Il a rien dit. Il a regardé la tente, il l'a bien étalée, mieux que moi, il a mis les bonnes barres dans les bons trous, il a tiré les cordes, planté les piquets, en dix minutes, c'était fini. J'ai jamais eu autant envie de remercier quelqu'un, je lui ai fait un grand sourire, je lui ai serré la main. « Merci, thank you ! » Il m'a tapé sur l'épaule. « It's okay. Good night. » J'ai mis le sac à dos à l'abri à l'intérieur de la tente, j'ai sorti les sacs de couchage et les matelas gonflables que j'ai gonflés avec la pompe, puis j'ai couru les chercher au restaurant. « Ça y est, c'est prêt. »

Sophie était contente. Marlène, par contre, fumait en regardant autour d'elle comme si c'était horrible. Elle a dit qu'elle allait prendre une douche et demandé à Sophie de venir aussi. Moi, j'avais trop froid mais j'ai réfléchi que ça me réchaufferait si l'eau est bien chaude. Je suis allé chez les hommes. On s'est retrouvés sous la tente qui est grande, on avait de la place. Il ne pleuvait plus, j'ai même vu un bout de ciel avec des étoiles. Marlène a dit : « Tournez-vous, je me déshabille » bien qu'on voyait presque rien. Elle a enlevé son jean, enfilé un jogging et elle s'est glissée dans un sac de couchage. On a tous gardé nos tee-shirts. J'ai dit : « Elle est grande, cette tente. » Sophie a répondu : « Elle est vachement grande ! » J'observais Marlène dans son sac de couchage, ses cheveux et son front dépassaient. À part au gardien, elle a pas dit un mot depuis la gare. Je supportais pas ce silence.

« J'espère que demain il fera beau. Il y a des étoiles, maintenant. »

Sophie a dit : « On fera du vélo.

– J'en ai vu à l'entrée près du gardien.

– On ira petit-déjeuner au restaurant ? »

Marlène a répondu : « Oui, on n'a pas le choix, on a rien, de toute façon. » À nouveau le silence. J'écoutais le bruit du vent sur la toile et le bruit de nos corps quand on bouge dans les sacs de couchage. Sophie était au milieu entre Marlène et moi. Elle a dit : « Bonne nuit. » Marlène a répondu : « Bonne nuit, ma chérie. » Sophie s'est approchée, Marlène l'a embrassée. Ensuite, Sophie s'est penchée de mon côté : « Bonne nuit, David.

– Bonne nuit, Sophie. »

Elle a demandé : « Vous ne vous embrassez pas ? » Je me suis assis sur mon derrière dans mon sac de couchage, je me suis penché vers Marlène. « Bonne nuit. » Marlène a répondu sans bouger : « Bonne nuit. » Sophie s'est poussée pour qu'on puisse s'embrasser. Alors, je me suis approché de son visage, Marlène m'a donné un petit baiser sur la joue et elle s'est rallongée et ça a été comme si tout à coup je comprenais tout. Je suis resté assis, les bras et la tête sur les genoux. Je sais pas si c'est parce que Sophie l'a remarqué mais elle a dit : « C'est la première fois qu'on dort sous une tente tous les trois. Je suis super-contente. »

J'ai pas bougé, je serrais mes genoux entre mes mains, j'ai mordu ma peau à travers le sac de couchage, maintenant, je n'avais plus d'espoir. J'entendais le vent. La voix de ma tête a dit : *C'EST TOI, DAVID, SEULEMENT TOI. C'EST SEULEMENT TOI…* Elle a bougé, elle s'est tournée sur le côté.

Je crois qu'elle aime Sophie.

Qu'est-ce que je peux y faire si je suis né ? Qu'est-ce que je peux y faire si elle ne m'a pas abandonné ?

Elle ne m'a jamais embrassé, sauf un bisou rapide devant Sophie ou Mamoune ou à mon anniversaire… elle ne m'a jamais serré dans ses bras… elle ne m'a jamais demandé si ça va… elle ne m'a jamais dit « Je t'aime »… Et pourtant, moi, je l'aime, je l'aime tellement !...

Je voulais tant la rendre heureuse.

Qu'est-ce que je peux faire maintenant ?

Sophie m'a tiré par l'épaule pour que je m'allonge. « Il faut dormir, David. »

Je me suis couché. Après quelques minutes, j'ai entendu Sophie respirer plus fort. Par contre, Marlène bougeait, changeait de position, j'ai senti qu'elle n'arrivait pas à s'endormir. J'osais pas lui parler à cause de Sophie et puis pour lui dire quoi ? Après tout ce voyage, j'étais fatigué et je savais plus… Je voulais dormir et me réveiller demain quand il ferait jour et tout serait différent, simple, joyeux !... J'en pouvais plus de pas réussir à dormir, ça m'énervait, j'avais le ventre tendu. Il faisait pas complètement noir sous la tente et je voyais le visage de Sophie, calme, une main sur son sac de couchage. De l'autre côté, je voyais Marlène la tête complètement sortie maintenant parce que les sacs sont très chauds. J'ai pensé que si j'étais contre elle comme un petit enfant et qu'elle posait son bras sur moi, je m'endormirais tout de suite.

J'ai voulu voir si elle me parlerait, j'ai appelé tout tout bas pour ne pas réveiller Sophie : « Marlène... Marlène...

– Hein ?..

– Marlène...

– Laisse-moi, je dors. » Et elle s'est tournée en soupirant sur le côté vers la tente. Je ne sais pas combien de temps je suis resté les yeux ouverts à écouter les bruits mais je me souviens que j'ai fait un rêve, je ne me souviens pas de tout mais de ça : Marlène a peur parce qu'elle entend quelque part la voix d'un enfant qui pleure et ce n'est pas un enfant mais un fantôme d'enfant donc il n'est pas vivant, il est mort, elle le cherche, elle ne le trouve pas et ça l'angoisse. Je veux la rassurer, je suis à côté d'elle, elle avance en le cherchant sans faire attention à moi et je lui répète : c'est idiot, ça n'existe pas les fantômes. Après, je m'envole comme dans les rêves en nageant la brasse lentement dans l'air, je flotte et alors, c'est moi qui entends la voix angoissante d'enfant, de bébé et par la fenêtre de la salle de bains de Mamoune à Cherbourg, j'aimais bien me baigner et voir à travers mais là, c'est le contraire, je regarde à l'intérieur, je vois Marlène qui berce un enfant qui pleure et je m'aperçois que c'est une petite poupée, une poupée vivante, une poupée de chair... et je me réveille en sueur dans le sac de couchage et dehors, il commence à faire jour.

Marlène était déjà levée, elle n'était plus dans la tente. Sophie dormait encore. J'ai enfilé mon jean, mis mes chaussures, je suis sorti. Marlène était au téléphone, sur un chemin, au soleil, il faisait beau, même pas un nuage ! Elle me tournait le dos, elle ne m'a pas vu quand je me suis approché, je l'ai entendue qui disait : « Jean-Philippe », ça prouve qu'elle est encore avec lui, peut-être qu'elle l'aime ? Ça m'a fait un coup. Marlène s'est retournée : « Va-t'en. Tu vois bien que je suis au téléphone. »

Sophie s'est réveillée, elle a vu le temps, elle était ravie. « Regarde ! Regarde ce tapis de fleurs roses autour de la tente ! C'est super ! On va pouvoir faire du vélo, on va voir les champs de fleurs. J'ai super-bien dormi. J'ai faim. On va manger ? »

Au restaurant, Marlène ne parlait pas mais Sophie compensait. Ah ! si, à un moment, elle a parlé et elle a même été gaie mais en anglais parce qu'elle a parlé avec le serveur, un type avec des cheveux longs en arrière jusqu'aux épaules et des yeux très, très bleus.

Après, on a été voir pour les vélos chez le gros gardien, en fait, c'est le patron du camping et là, j'ai réalisé que j'ai encore tout faux. Je croyais que les vélos sont gratuits, ils sont payants, sept euros par jour ! Marlène a dit qu'elle en prenait pas, qu'elle préférait rester ici, j'ai dit « Mais non » et que c'est moi qui paye, « Sois pas stupide » elle a répondu, elle a été autoritaire, elle n'a pas voulu discuter, alors, je me suis senti humilié et même en colère contre elle, tout ce que je fais, elle me montre que c'est nul, mal préparé, que ça lui coûte cher, j'ai eu envie d'exploser et de lui dire mais Sophie s'est mise à essayer de la convaincre et Marlène a prétendu qu'elle est fatiguée et qu'elle préfère se reposer aujourd'hui. Je l'ai regardée, je sais pas comment mais ça l'a mise mal à l'aise, je pensais une seule chose, elle a dû le sentir : « Pourquoi tu ne dis pas carrément que c'est moi que tu ne supportes pas, que tu ne supportes pas d'être en face de moi ? »

Je me suis trompé aussi pour les champs de fleurs, ils sont à vingt-cinq kilomètres, il faut toute la journée, le gardien m'a donné une carte et m'a expliqué. Marlène nous a acheté des sandwichs à l'épicerie du camping. Sophie était triste qu'elle ne vienne pas mais on a tout de suite vu des cygnes et des canards dans un petit canal au bord de la route et elle était trop contente. Elle faisait plein de photos. Elle a voulu que j'en prenne une d'elle avec un cygne derrière mais il s'est approché en sifflant et elle a eu peur, on la voit qui part en avant sur la photo. C'est très facile de pédaler comme c'est tout plat, on allait vite et il y a tout le temps des pistes cyclables, par contre, pas tellement de campagne, des maisons partout mais jolies avec des tulipes, des fleurs aux fenêtres. On n'a pas vu beaucoup de champs de fleurs parce qu'ils sont presque tous sous des serres en plastique. Comme on avançait vite, on a été jusqu'aux dunes et la mer, c'est là qu'on a pique-niqué, sur une dune. On a vu passer des bateaux gigantesques, des pétroliers, à la queue leu leu. Il faisait froid quand même au vent, on se tenait assis dans le sable l'un contre l'autre. J'ai fait des efforts avec Sophie, j'ai fait de mon mieux mais mon cœur n'y était pas. Sophie m'a dit : « Demain, elle viendra avec nous, elle était fatiguée, c'est tout. On ira voir un port, il y a un port dans le guide et un château fort à côté devant un lac, un immense lac. »

Le soir au dîner, j'ai compté, Marlène ne m'a parlé qu'une fois quand on a commandé, elle est beaucoup plus sympa avec le serveur, elle lui fait des sourires, elle plaisante, elle rit comme elle fait toujours, trop fort, c'est faux. Il y avait une autre famille à une table à côté et chez eux, c'était vraiment gai, ça m'a rappelé chez Thomas, tout le monde parle, il y a du bruit, les parents regardent leurs enfants et sont fiers et ça se voit. Quand on s'est levés, la mère a remarqué Sophie et elle a dit dans je sais pas quelle langue mais j'ai deviné : « Tu es vraiment jolie », ensuite elle l'a redit en anglais : « You're a pretty girl. » Marlène a remercié, elle a posé sa main sur la tête de Sophie et elle l'a caressée. À peine devant la tente, elle a dit : « Vous allez prendre une douche et vous vous couchez. » Sophie a demandé : « Et toi ?

– Moi, je vais retourner au restaurant pour lire un peu. Bonne nuit. » Elle a embrassé Sophie. Elle s'est retournée vers moi, elle a vu que j'avançais pas pour l'embrasser, ça l'a troublée une seconde, elle m'a dit : « Bonne nuit » et elle m'a fait une bise sur la joue.

Je suis resté longtemps sous la douche chaude, tellement que Sophie est venue, elle s'inquiétait. Je regardais mon corps. Je suis maigre. J'ai un peu grandi mais je suis encore petit, j'ai plus de poils et mon zizi a grossi. J'ai du duvet de moustache, quatre boutons rouges d'acné, je les sens, sur le menton, et d'autres sur le front. Je ne suis pas beau. Peut-être que c'est ça aussi, elle ne m'a jamais trouvé beau.

Après tout ce vélo, Sophie s'est vite endormie. J'ai hésité longtemps. Je regardais la montre de mon père avec les aiguilles phosphorescentes. Dix heures et demie, onze heures, onze heures et quart… Je me disais que si Marlène arrive et se couche, ça sera plus possible, ça sera une autre fois. Je voulais le faire et j'avais peur alors j'attendais. Et puis, je me suis levé sans faire de bruit, j'ai marché vers le restaurant. Elle était au bar sur un tabouret, les jambes croisées un verre devant elle, une cigarette à la main, elle riait avec le serveur en se penchant en arrière. On voyait toutes ses cuisses, sa jupe était courte, et son nombril, son tee-shirt remontait. *ELLE VEUT BAISER AVEC LUI…*

Je me suis approché, c'est le serveur qui m'a vu le premier. « Your son…

– David, qu'est-ce que tu fais là ?

– Je veux te parler.

– Pas maintenant. » Ses yeux brillaient, ses joues étaient rouges, sa bouche sentait l'alcool. « Tu as laissé ta sœur toute seule en plus !

– Elle dort.

– Si elle se réveille…

– Je veux te parler.

– Tu vois bien que je suis occupée, là. » Comme je bougeais pas, elle a ajouté : « Demain matin.

– Non. Pourquoi tu ne m'aimes pas ? »

Elle est restée comme une statue, la bouche ouverte, immobile, mais sa main, elle tenait son verre, s'est mise à trembler, j'entendais les glaçons. Elle pouvait pas lâcher mes yeux, on était face à face. Le serveur a senti qu'il se passait un truc, il est allé au bout du bar et il s'est occupé à ranger.

Je la voyais floue. D'avoir dit ça, je pleurais, ça sortait tout seul en silence. Je respirais plus. J'avalais mes larmes, je voulais pas mais à un moment, j'ai ouvert la bouche et ça s'est entendu que je pleurais. Elle a dit : « Qu'est-ce que tu racontes ?... » Elle a réussi à détourner sa tête de l'autre côté mais deux secondes, trois secondes, ensuite elle s'est de nouveau retournée vers moi. « Me regarde pas comme ça, tu m'entends, me regarde pas comme ça, je le supporte pas ! » Je le sais qu'elle a horreur des larmes. Le serveur a posé une question, elle a répondu : « Nothing », il est sorti et elle m'a dit : « Tu me reproches tout le temps quelque chose. Tu me juges tout le temps. Tu m'espionnes tout le temps. Tu t'imagines que je le vois pas que tu fouilles dans mes affaires ! Tu te mêles de ma vie. Tu crois qu'on peut aimer un gosse qui te fait sentir sans arrêt qu'il trouve que t'es une mauvaise mère !

– C'est pour ça… que tu ne voulais pas m'avoir et que tu voulais m'abandonner ? »

Elle est devenue blanche, toute blanche, d'un coup.

« Qui t'a dit ça ? C'est elle… C'est elle, tu l'as vue !

– C'est pour ça… que tu ne m'aimes pas ? »

Il s'est passé un temps, combien ? je ne sais pas mais un silence, un silence horrible. Elle s'est mise à pleurer.

Elle était toujours sur le tabouret mais courbée, comme une fleur penchée, la tête vers le sol. Elle était malheureuse et j'ai réfléchi à rien d'autre. Je voulais la consoler, qu'on soit ensemble. Je me suis serré contre elle, j'ai posé mes mains dans son dos, ma tête sur ses seins. Elle m'a repoussé.

« Laisse-moi ! Va-t'en, laisse-moi ! »

Une seconde avant j'espérais encore… et maintenant… Je la regardais. Je voulais… l'attraper, la secouer, la frapper ! Mais je suis resté là sans bouger. Et puis, j'ai reculé, un pas, en la regardant toujours. Et alors, les mots sont sortis, la voix de ma tête est sortie : « Oui, t'es une mauvaise mère. Oui, t'es une mauvaise mère !

– Va-t'en !

– Pourquoi tu ne m'as pas abandonné ? Tu n'as même pas eu le courage de m'abandonner.

– Va-t'en, va-t'en !

– Christiane m'a dit que si tu ne m'as pas abandonné, c'est à cause d'elle. Mais moi, j'y crois pas, tu la détestes. Si tu ne m'as pas abandonné, c'est parce que mon père ne voulait pas, je suis sûr qu'il ne voulait pas, lui. »

Elle a dit comme un cri de colère :

« Ton père, il ne sait même pas que tu es né !...

– Mais si !

– Non.

– Si. Mon père, c'est mon père.

– Elle ne te l'a pas dit, ça, Christiane ? Et papi et mamie, ils ne t'ont rien dit non plus ? Je ne sais même pas qui c'est, ton père…

– Mon père, c'est mon père… »

Elle n'a pas répondu, elle pleurait, elle tremblait, elle ne pouvait plus parler. Je l'ai agrippée, tiré son tee-shirt, je l'ai poussée en arrière, son dos s'est cogné au bar. « Mon père, c'est mon père ! Mon père, c'est mon père !...

– Oh ! laisse-moi… »

Le serveur est arrivé. Il a dit quelque chose, il m'a attrapé, détaché de Marlène. « … your mother ! » Il me tenait par les épaules pour me calmer, devant Marlène, je la voyais plus. Je me suis dégagé d'un coup et je me suis enfui. Je l'entendais : « Il ne sait même pas que tu es né… » Sa voix restait à l'intérieur de moi et c'était sa voix, sa voix, cette voix que j'entendais. Et il y avait rien à faire et elle répétait, répétait : « Je ne sais même pas qui c'est, ton père… » J'ai couru pour m'échapper, pour ne plus penser, pour ne plus entendre, pour que tout s'arrête ! J'ai pris mon vélo contre l'arbre rose derrière la tente, j'ai croisé l'homme qui m'a aidé à la monter, il regardait les étoiles avec une femme, assis sur les marches de sa caravane, il m'a salué. J'ai foncé, je suis sorti du camping…

… Mais je l'entends encore ! Je la vois encore. Son visage… « Va-t'en, laisse-moi ! » Je pédale comme un fou, j'ai un point de côté, plus vite, plus vite ! Il y a deux cygnes qui dorment sur l'herbe au bord du canal. Un champ de terre noire, les lumières des maisons au loin tout autour et dans le ciel pas un nuage, pas de lune mais les étoiles, plein d'étoiles, c'est vrai qu'elles sont belles.

« Je ne sais même pas qui c'est… Christiane te l'a pas dit ? » Non… mais quand je lui ai demandé : « Et mon père ? Il voulait me garder ? », elle a eu l'air bizarre et elle m'a répondu : « Je ne sais pas. » Mais elle savait, tout le monde sait, bien sûr tout le monde sait et tout le monde ment ! Et c'est pour ça que Marlène a pas de photo de moi, et c'est pour ça que je ressemble pas à mon père, et c'est pour ça que papi et mamie étaient tellement gênés quand je leur ai demandé pourquoi et qu'ils ont inventé une histoire stupide de photos perdues, n'importe quoi ! Mon père, c'est pas mon père, Marlène m'a fait avec un autre et elle ne sait même plus lequel, elle en a tellement eu ! Peut-être qu'elle le connaissait même pas, mon père, quand je suis né, peut-être qu'elle l'a juste rencontré pour Sophie, Sophie lui ressemble, elle l'a voulue, elle l'aime, parce qu'elle aimait mon père, ça, j'en suis sûr. « Tout le temps tu me rappelles… dès que je te vois… et je le supporte pas… » Oui mais il y a Sophie, elle, tu l'as désirée, tu l'as faite avec mon père, tu peux l'aimer, tu ne veux pas la perdre.

C'est calme, une ville, la nuit. Ils sont tous devant leurs télés, je les vois dans leurs maisons. Et il y en a qui rient, pourquoi ? Pourquoi c'est comme ça ?

Je sais que tu peux être heureuse. Je t'ai vue sur les photos. Tu es heureuse quand je ne suis pas là. Tu riais avec ce serveur. Tu ris avec les autres. Je sais que tu peux aimer. Il suffit juste que je ne sois plus là. Tu n'as jamais voulu de moi. C'est ce que je peux faire de mieux. Partir.

Je vais à droite ou à gauche ? Bon, ça n'a pas d'importance, allez, tout droit. Tu vas être heureuse. Oui, j'ai enfin trouvé comment te rendre heureuse. J'ai réussi enfin. J'ai gagné.

Il ne faut plus que je pense, il ne faut plus que je pense à rien. Je ne veux plus la voir pleurer. J'ai trop mal. Son visage, ses mains qui me repoussent et sa voix, sa voix dure, elle peut être douce…

J'arrive sur un pont, j'entends des voitures, une autoroute, trois voies de chaque côté, c'est fou ce qu'il y a comme gens qui roulent la nuit. Je me mets sur la barrière du pont et hop ! Ne pense pas, David, pense à rien, sinon tu vas hésiter. Un camion, ses phares là-bas sous un autre pont. Combien de temps ? Vingt secondes ? Compte avec tes doigts. Un, deux, trois…

Éteindre la lumière, dormir, je suis fatigué, voler comme dans mon rêve. Je n'ai pas peur. Six, sept… Tu es fort, David, courageux. Voir Marlène heureuse. Ses paupières bleues, ses cheveux sur ses joues et un sourire, les yeux fermés, je la vois, quand je la peignais le jour des poux. Douze, treize… Le voilà, même pas vingt secondes. Quinze, seize… Elle me sourit. J'ai peur. David !... mais qu'est-ce que tu fais !...

Tout à coup, je sens une main sur mon épaule qui me tire, je sursaute, il m'attrape par les deux épaules mais pas comme le serveur, lui, c'est gentiment, il me tient très fort et le camion est passé et je le vois, il a des yeux bleus, une barbe grise et il me sourit et il ne dit rien, il me regarde. Il est grand. Il a une chemise à carreaux avec un bouton ouvert sur son ventre rond. J'entends qu'il souffle, ça vient de profond et j'ai l'impression qu'il sait, qu'il a compris, qu'il a tout compris. Il me parle en français et je pense : pourquoi il me parle en français ? Comment il sait que je suis français ?

« Moi aussi, j'aime regarder les voitures la nuit. Parfois, je me dis : est-ce que je serais capable de sauter et d'atterrir juste sur le toit du camion comme James Bond ? »

Il y a toujours le sourire sur son visage et ses mains toujours sur mes épaules. Alors, peut-être à cause de ça, je ne sais pas, peut-être à cause de ses mains, à cause de son sourire, ça monte dans mon cœur, dans ma gorge, une boule mais comme j'ai jamais eu, dure, tellement !...

ça me fait mal, je peux plus avaler, j'ai la poitrine qui va exploser, et mon visage, mes joues, ma bouche tendus, tellement ! Je sens que je tremble, tout mon corps tremble, je ne peux plus respirer, j'ai des hoquets, même pas de larmes au début, comme si c'était coincé, seulement la douleur qui prend tout mon corps. J'ai cette douleur, ma douleur énorme comme une bête dans mon corps. Et puis, tout à coup, ça sort, je pleure, je m'entends crier de chagrin, je ne peux plus m'arrêter.

Tu es seul, David, seul. Seul.

L'homme me regarde encore, me sourit encore, me tient encore très fort par les épaules et ses yeux brillent ou alors c'est moi qui vois tout qui brille à cause de mes larmes. Et il me parle ou bien c'est moi qui crois qu'il me parle, je ne sais pas.

« Tu n'es pas seul. Il y a des gens qui t'aiment. Essaye de penser aux gens qui t'aiment. Il faut penser aux gens qui t'aiment quand tu es malheureux. »

Longtemps je pleure mais petit à petit ça fait moins mal, je respire, je me calme. *Oui, c'est vrai, il y a des gens qui t'aiment.* Et maintenant, voilà, ils sont là, je les vois : leurs visages, leurs yeux… Sophie se réveille en pleine nuit sous la tente et sa petite tête sérieuse me cherche et elle s'angoisse : « Où est mon frère ?... David ! David ! » et elle sort, elle me cherche partout dans le camping, elle ne me trouve pas, alors, elle revient en courant et elle secoue Marlène. « David a disparu, David est parti ! »… Anna, son joli corps… qui rit, danse, saute autour de moi… Et son sourire quand elle me regarde, son nez, ses lèvres… Si je l'embrassais encore, j'ai envie… La sentir contre moi, chaude, douce… Et papi et mamie à Nice dans leur jardin qui espèrent qu'on va revenir… et Aziz et la folle et même Mme Bijouty… Sophie surtout. Sophie qui m'appelle, Sophie qui a besoin de moi. Qu'est-ce qu'elle deviendrait sans moi ?

Je remonte sur mon vélo.

Il frotte sa barbe en me regardant avec son sourire doux et mystérieux.

« Tu sais où tu vas, au moins ? Fais attention aux voitures. Les gens roulent vite la nuit. »

Je commence à pédaler.

« Et puis, si t'es amoureux d'une fille… »

Je m'arrête, je pose un pied par terre, je me retourne vers lui. Maintenant, son visage est dans l'obscurité, je ne vois même plus ses yeux.

« Oui, oui, je sais ce que c'est, moi aussi j'ai eu ton âge et même il n'y a pas d'âge. On croit qu'on va en mourir. Oui, on croit souvent qu'on va en mourir. Mais tu verras, en fait, on se console toujours. »

Je le regarde une dernière fois, et puis je m'en vais pour de bon. Je pédale comme un fou pour me réchauffer parce que j'ai froid. Pas de voiture, le vent sur ma figure. Il n'y a plus de lumières dans les maisons. Je suis seul mais ça ne fait rien, la nuit est toujours belle et je file à toute vitesse les yeux dans les étoiles.

DU MÊME AUTEUR

Aux Éditions Albin Michel

LE DÉMON DE HANNAH, 2009.

Aux Éditions de l'Avant-Scène

LE CAÏMAN, 2005.

LE DIABLE ROUGE, 2008.

LA VIE SINON RIEN, Collection des Quatre-vents, 2008.

Composition IGS-CP
Impression Bussière, mars 2010
Éditions Albin Michel
22, rue Huyghens, 75014 Paris
www.albin-michel.fr

ISBN : 978-2-226-19571-5
N° d'édition : 18836/01. – N° d'impression : 100623/4.
Dépôt légal : avril 2010.
Imprimé en France.